La Belle Endormeuse

Éditions Eyrolles
61, bd Saint-Germain
75005 Paris
www.editions-eyrolles.com

Éditrice externe : Frédérique Le Romancer

Depuis 1925, les éditions Eyrolles s'engagent en proposant des livres pour comprendre le monde, transmettre les savoirs et cultiver ses passions !

Pour continuer à accompagner toutes les générations à venir, nous travaillons de manière responsable, dans le respect de l'environnement. Nos imprimeurs sont ainsi choisis avec la plus grande attention, afin que nos ouvrages soient imprimés sur du papier issu de forêts gérées durablement. Nous veillons également à limiter le transport en privilégiant des imprimeurs locaux. Ainsi, 89 % de nos impressions se font en Europe, dont plus de la moitié en France.

ISBN : 978-2-416-01501-4

Nora Castaldo

La Belle Endormeuse

EYROLLES
Romans

1

C'EST BEAU, des gens qui dorment.

Adeline en a vu, comme tout le monde, des photos de dormeurs ridicules, bouche ouverte, filet de bave aux commissures des lèvres, ou grave allure de cadavre. Mais ça ne lui a jamais donné envie de rire.

Les siens, de dormeurs, elle les trouve tous plutôt jolis, même le monsieur plus très frais, enfoui comme un bébé dans le sommeil, détendu, apaisé, le visage éclairé par son rêve. Et la dame qui tressaille imperceptiblement, et le jeune cadre, au fond, un nouveau client, celui-là, sieste efficace, cravate à peine dénouée, prêt à reprendre le collier dès son réveil.

Adeline n'avait pas imaginé que sa vie, ce serait de regarder dormir des gens.

Sa vie, n'exagérons rien. Son métier.

Son métier, n'exagérons rien.

Ce n'est pas un métier. On peut dire qu'on est dans le bâtiment, ou dans la vente. Pas qu'on est dans le sommeil. Et pourtant, c'est son cas. Une vocation, sans doute, une vraie de vraie. Elle ne s'en est pas aperçue dès l'enfance, peut-être parce que c'est plus difficile à déceler qu'un talent précoce de pianiste, genre Mozart. Ses parents ne la produisaient pas devant les invités pour qu'ils admirent comment elle savait endormir le chat, par exemple. Et ce pour au moins trois raisons.

Il n'y avait pas d'invités.

Il n'y avait pas de chat.

Sa mère était morte d'une rupture d'anévrisme, depuis la nuit des temps.

Une rupture d'anévrisme, avait expliqué le docteur, navré, ça ne prévient pas. Pas toujours. À tout prendre, lui, le docteur, il préférait une bonne tumeur ou même un infarctus. On a le temps de se retourner. Là, vous voyez, avait-il ajouté en posant sur la défunte une main inutile et un regard compatissant, c'est comme si quelqu'un avait éteint la lumière.

À l'époque, le père d'Adeline exerçait sa profession ici même, dans ce qui est devenu la salle de sieste, la siesterie, comme l'a baptisée Lola, son amie pute, qui préfère qu'on dise travailleuse du sexe, mais les clients de Lola tiennent peu compte de ce qu'elle préfère.

Avant, ici, du temps du père, c'était un bar. Un bar parisien normal, avec zinc, pression, percolateur et poivrots. Avec flipper aussi, et juke-box. Un bar à l'ancienne, à l'éternelle, nullement branché. Adeline faisait ses devoirs là-bas, sur une table où personne n'avait le droit de vomir. Les habitués respectaient ça. La table de la petite, elle était sacrée. Régulièrement astiquée d'un revers de torchon par Sabine, la serveuse, qui avait peut-être été la maîtresse de son père, mais peut-être pas. Son père n'était pas un homme à maîtresses. Son père bossait pour qu'Adeline fasse de grandes études, comme l'aurait souhaité sa mère, dont la mémoire aussi était sacrée. Dont le portrait trônait telle une icône au mur, derrière le comptoir, à droite de la télé, tout près du plafond, pas si loin du ciel.

On n'avait pas idée, jugeaient les habitués, de s'en aller comme ça, en catimini, quand on était si belle.

Adeline avait appris très tôt que la beauté ne vaccine pas contre la mort. Mais cela n'empêchait pas les habitués de débattre de cette question et de beaucoup d'autres. Ça philosophait sec, au zinc. Ça débitait du concept. La gamine faisait ses devoirs sur fond de métaphysique et de Johnny, pas de rap dans le juke-box, que de la vraie musique, nom de Dieu.

Le nom de Dieu, on l'invoquait en vain. En vin, disait Aristide, le plus ancien des clients, fidèle parmi les fidèles et, de surcroît, rigolo.

Aujourd'hui, Adeline a ses propres habitués. Mais ils ne jurent plus, ils ne philosophent plus. Ils dorment. Chacun son talent. Son père savait faire boire. Elle fait dormir.

Lorsqu'il est mort, lui aussi, elle n'était plus là depuis longtemps. Elle habitait en Bretagne. Elle avait déjà raté pas mal de choses, dans sa vie, notamment ses grandes études. Pourquoi ?

Il y a toujours beaucoup de raisons aux choses. Les clients de son père le lui ont appris. Tout est compliqué. L'une de ces raisons était sans doute les heures passées à l'aider, son père, pour les comptes, pour la gestion des commandes. Un bar, c'est beaucoup de travail. Surtout quand on se mêle de se lancer dans la petite restauration, pour mettre du beurre dans les épinards. On ne servait jamais d'épinards au demeurant, plutôt du pain, des œufs et de l'huile, sous différentes formes, croque-monsieur, omelettes, œufs à la coque avec mouillettes. Pas de hamburgers. Que de la vraie cuisine, nom de nom.

Comme c'était une idée d'elle, la petite restauration, elle avait mis la main à la pâte, et ça lui plaisait bien. Mais voilà, cuisiner, c'est chronophage, comme disait Aristide, et les devoirs étaient moins bien faits, les leçons mal apprises. Le brillant avenir perdait peu à peu de son éclat. Ajoutez à ça diverses catastrophes telles que l'adolescence et les garçons qui vont avec, et qui viennent au bar, qui n'en finissent pas de secouer le flipper et de rire trop fort, et elle qui rit avec eux, puis qui souffre à cause d'eux, et qui recommence toujours, et qui ne retient jamais la leçon.

Forcément, ça finit par créer des tensions. Le père s'énerve. La mère, dans son cadre et sous son verre, affiche un sourire résigné. C'est dommage d'être morte quand on a une fille si belle, et il se confirme que la beauté n'arrange rien.

Quand elle part en Bretagne, à vingt ans, c'est pour suivre un garçon. Son père est toujours vivant et toujours en colère. Ils ne se parlent plus, s'écrivent à peine. Elle lui envoie des cartes avec des bigoudènes, pour le faire sourire. D'après Sabine, la serveuse, qui donne régulièrement des nouvelles, il ne sourit pas trop. Ce qui est une façon de ne pas dire qu'il a souvent la larme à l'œil, œil qu'il pose avec nostalgie sur la table où sa petite faisait ses devoirs, et qui n'est plus occupée par personne. Non, s'indigne-t-il quand un client – un client inconnu, jamais un habitué – fait mine de vouloir s'y asseoir. Non, non. Cette table est réservée.

En vingt ans, c'est fou comme ils se sont peu vus. Elle était toujours un peu fâchée, toujours un peu fauchée. Le train coûte cher, comme les études. Elle avait ses raisons, ses histoires, encore des garçons, encore des déboires. Elle revenait, pourtant, de loin en loin, et les vieux grognards goguenards du comptoir, qui repoussaient vaillamment les assauts de la cirrhose, arboraient de drôles de gueules de bois, de plus en plus pâteux, toujours philosophes, mais de moins en moins précis dans l'élaboration des concepts. Seule sa mère résistait à l'injure du temps, à peine jaunie par la fumée des gauloises, la loi Évin étant ici considérée comme une rumeur, voire une superstition.

Puis on s'est mis à déplorer des pertes. Les grognards tombaient comme à Gravelotte, les uns après les autres.

C'est Aristide, déplumé mais toujours épique, qui lui a raconté la mort de son père. Une belle mort, franchement. Radicale, instantanée, foudroyante. Une attaque surprise. Il s'est écroulé juste après avoir servi son Ricard à Aristide. Pas juste avant, juste après. Zéro goutte renversée. Professionnel jusqu'au bout.

Adeline a hérité du bar, alors elle est revenue.

Mais elle n'avait pas envie de continuer dans la limonade. Elle aurait pu, peut-être, mais Paris avait changé, même dans ce coin perdu du 18e. Plus personne n'était à l'abri du progrès. On rénovait à tout va. D'étranges enseignes voyaient le jour, des bureaux, du verre, des parkings. L'établissement paternel, modeste mais solide petite bâtisse têtue, ressemblait de plus en plus à un vestige. Vitrine presque opaque, salle au rez-de-chaussée, arrière-cuisine, réserve, et le logement au premier, séjour, cuisine, deux chambres. Papier peint, cretonne, faïence, formica. Un bar parisien typique des Trente Glorieuses, digne d'être reconstitué au musée Carnavalet.

Elle aurait pu en tirer un joli capital. Les offres ont défilé. Des palanquées de minets sont venus ronronner chez elle, qui l'avaient atteint, eux, le brillant avenir. Qui vivaient dedans. Des matous cravatés, matois, rusés, impatients de faire sauter cette verrue immobilière pour offrir un nouveau visage au quartier. Un visage tourné vers l'avenir.

Elle avait dit non.

Elle avait une autre idée.

2

Une lueur mauve à son poignet, assortie d'une douce vibration, tire Adeline de sa rêverie. Sa montre connectée la prévient que quelqu'un est entré dans la boutique. Elle avait songé à installer une sonnette, comme dans les magasins, mais elle ne peut pas se permettre de réveiller les clients.

Elle se lève sans bruit – la salle de sommeil est moins sonore que le bar d'antan, elle a fait poser sur le sol un revêtement spécial, les lits ne grincent pas, tout semble nappé d'ouate – et franchit la petite porte qui la sépare de l'accueil. Bien sûr, l'idéal serait qu'elle embauche un secrétaire, pour pouvoir se consacrer complètement à ses dormeurs, mais Adeline n'a jamais connu l'idéal. Depuis toujours, elle bricole.

Il lui faut quelques secondes pour réaliser.

La femme qui la fixe, plantée au centre de la petite pièce qu'elle appelle, un peu pompeusement, l'accueil, est un fantôme.

Un beau fantôme, quand même, bien conservé, pomponné au poil, Rimmel métal, fard *nude*, balayage déstructuré. Mais, sous les sourcils impeccables, Adeline reconnaît les yeux d'autrefois. D'immenses yeux verts, encore agrandis par l'écarquillement.

— Adeline, murmure le fantôme.

Adeline lui est surtout reconnaissante de n'avoir pas crié. Saisie, elle n'a pas refermé complètement la porte qui donne sur la salle de sieste. Elle le fait. Comme son père, elle songe avant tout aux clients. Puis elle avance d'un pas.

Il n'y a pas beaucoup de place, dans la pièce. C'est un simple sas qu'elle a créé au moment de lancer son affaire, jugeant qu'on ne pouvait pas passer directement de la rue au dortoir. Un bureau de bois clair en emplit presque le quart. Le reste de l'espace est occupé par trois fauteuils et une plante verte, un *Ficus lyrata* qui commence à prendre ses aises.

— Vous ne me reconnaissez pas, soupire la femme fantôme.

Oh, bien sûr que si, Adeline la reconnaît. C'est juste que…

Elle s'y attendait plus ou moins, à cette rencontre. À ces retrouvailles. Elle se les est imaginées souvent, mais pas comme ça, pas ici. Elle sait depuis longtemps où le – la – fantôme habite, elle a lu son nom sur la plaque dorée. Mais, depuis dix ans qu'Adeline vit à Paris, elle ne l'a jamais croisée. Elle a fini par se figurer que la revenante évolue dans un autre espace-temps, les hautes sphères, les vols transatlantiques, les palaces. C'est sûrement vrai, d'ailleurs. Adeline l'a googlée souvent, n'ignore rien des traces du temps sur son visage, du deuil et du succès.

C'est juste que quoi ?

Que la réalité de ce regard n'a rien à voir avec les photos d'internet.

Ce regard-là n'a pas changé depuis toutes ces années. Le temps, le deuil et le succès n'y font rien.

— Bonjour, madame Lahougue.

Elles demeurent muettes, toutes les deux, saisies. Peut-être la voix d'Adeline a-t-elle involontairement revêtu les inflexions d'autrefois.

Chacune d'elles devine que l'autre est en train de superposer au corps qui se tient devant elle celui, plus léger, plus souple, infiniment plus séduisant, qu'elle a connu vingt-cinq ans plus tôt. Mais ni les voix ni les yeux n'ont vieilli. La petite pièce vacille.

Le bureau disparaît, les fauteuils, la plante verte, et Paris. C'est la Bretagne, maintenant. La Bretagne du siècle dernier. Nous sommes en 1997. Les chiffres sont indélébiles. Nous sommes en septembre 1997. Temps breton.

3

— Bonjour, madame Lahougue.

Adeline et Mme Lahougue se regardent et se sourient. Elles ont le même âge. Elles se tiennent au milieu d'une cour de récréation. C'est l'heure des mamans. Adeline n'est pas maman. En septembre 1997, elle ignore qu'elle ne le sera jamais.

Mme Lahougue serre dans la sienne la main de son fils Romain. Il a trois ans et observe, d'un œil inquiet, les cabrioles des autres petits. Lui ne bouge pas beaucoup. Il s'accroche à sa mère. C'est un enfant sage. Un gosse anxieux.

— Je ne sais pas comment vous remercier, répond Mme Lahougue.

Adeline sourit. Sa modestie ne l'empêche pas d'apprécier les compliments. Au fond, elle aime qu'on ne sache pas comment la remercier. Et puis, elle est fière, aussi. Il y a de quoi. Elle vient de découvrir son talent. Non, Mme Lahougue emploie un mot bien meilleur : son don.

— Ce n'est pas grand-chose, vous savez, ment Adeline.

— Si, si, je vous assure. C'est un don. Vous nous sauvez la vie.

Là, elle exagère, mais peut-être pas autant que l'on croirait. Adeline n'est pas maman, elle ne sait pas ce que c'est que de vivre en permanence avec un enfant, de s'inquiéter pour lui chaque minute du jour et de la nuit. De la nuit, surtout.

Mme Lahougue rit. Son rire est magnifique parce que c'est un rire vrai. Un rire de joie. Un rire de jeune femme heureuse.

— Vous vous rendez compte, je m'imaginais que l'école allait décupler son anxiété. Et c'est le contraire qui se passe. Grâce à vous.

Adeline sourit. Elle n'ose pas aller jusqu'au rire. Elle est moins libre que Mme Lahougue. Le même âge, oui, mais pas le même monde. Mme Lahougue, les grandes études, elle les a faites. C'est ce qui se dit, en tout cas. Et son mari est *commercial* pour une *grosse boîte*. Dans leur monde, on rit sans se gêner. Adeline se contente de sourire, mais, à cet instant, en septembre 1997, elle est presque aussi heureuse que la jeune maman qui la regarde. Deux joies jumelles les animent. La joie d'avant les cataclysmes.

— La maîtresse est adorable, explique modestement Adeline. C'est une bonne école.

Mais Mme Lahougue rit de plus belle. Elle agite le doigt pour signifier qu'elle n'est pas dupe de la modestie d'Adeline. Non, non, toutes les maîtresses adorables du monde ne pourraient rien contre l'anxiété de Romain. La seule qui parvienne à la dissiper, c'est Adeline. Grâce à son don. Le don du sommeil.

— Vous vous rendez compte qu'il ne faisait plus la sieste depuis qu'il a un an.

Les autres mamans disent « depuis ses un an ». Mais Mme Lahougue est plus instruite qu'elles.

À vrai dire, non, Adeline ne se rend pas bien compte. La sieste, ça n'a jamais été son truc. C'est un truc de gosse, ou de vieux. Quand elle s'est présentée à la directrice de l'école, parce que l'ANPE – c'est comme ça qu'on disait, en 1997 – lui avait appris que la maternelle recherchait *une dame de service*, elle s'était présentée. Il fallait bien manger. La directrice lui a plu, elle a plu à la directrice, et voilà. Depuis, elle s'occupe des petits, avec la maîtresse, elle les aide à découper des trucs, elle les mouche, elle les nettoie quand c'est nécessaire, elle les console.

Et elle les endort.

Ç'a été une surprise pour tout le monde, à commencer par elle. Le premier jour. La première sieste.

Un dortoir vaguement angoissant, de petits matelas, une foule de doudous, la lumière tamisée. Ça ne vous dérange pas de vous occuper de la sieste, Adeline ? Si, un peu, ça la dérangeait. Elle redoutait de s'ennuyer. Depuis qu'elle avait quitté Paris pour un garçon, puis pour un autre, il y avait eu des aventures, des paysages, des blessures vives, des douleurs, des boulots, tous petits, mais jamais d'ennui et très peu de sommeil.

Alors la perspective de rester là, dans un fauteuil, à regarder dormir des enfants, ça l'enthousiasmait moyen.

De surcroît, elle craignait qu'ils s'empêchent mutuellement de sombrer, réactions en chaîne, concert de pleurs. Dans une école maternelle, le pire est presque toujours sûr.

Et puis, soudain, le miracle. C'est pour ça que Mme Lahougue parle de don. Il y a quelque chose de religieux là-dessous, si ça se trouve.

Soudain, donc, *tous* les gosses s'endorment, s'éteignent comme des ampoules après la fête. Pouce dans la bouche, doudou calé sur le ventre.

Plus un bruit.

Elle n'a pas eu besoin de raconter d'histoire. Elle n'a rien fredonné. Elle s'est juste posée dans le fauteuil. En quelques minutes, le sommeil était général. Même Romain dormait.

Surtout Romain.

Romain dont la mère avait fait tout un foin. Je vous préviens, il ne fermera pas l'œil. Il embêtera tout le monde. Au pire, si vous pouviez le laisser ne pas faire la sieste. Il dessinera. Il sera sage.

Tête posée sur le petit oreiller, il s'était endormi. Direct. Comme les autres.

4

— Est-ce qu'un petit café vous ferait plaisir ? demande Adeline à Mme Lahougue.

Celle-ci vient de se laisser tomber dans un fauteuil, sous la plante verte. Elle réfléchit puis s'ébroue et finit par répondre.

— Il y a deux choses qui me feraient vraiment plaisir.

Embarrassée, Adeline hoche la tête en attendant la suite. Elle a du mal à regarder son interlocutrice dans les yeux.

— Est-ce que vous pourriez arrêter de me donner du « madame Lahougue » ? À l'époque, on avait fini par s'appeler par nos prénoms. Mais peut-être que vous avez oublié le mien ?

Adeline sourit, maintenant.

— Non, Marion. Je n'ai pas oublié. Et la deuxième chose ?

— Vous n'auriez pas un truc un peu plus corsé que le café ? Je crois que j'ai besoin d'un vrai remontant.

Bien sûr, Adeline aurait dû inviter Marion à monter au premier. Elles se seraient installées au salon, dans le canapé. Elles auraient été plus à l'aise pour parler. Des retrouvailles, après vingt-cinq ans, c'est un peu dommage qu'elles aient lieu à l'accueil, sous cette plante verte. Mais voilà, Adeline est saisie, on la comprend. L'à-propos ne lui vient qu'après coup.

Alors elles trinquent simplement, leurs petits verres de vodka s'entrechoquent, une vodka, oui, c'est parfait, chacune dans son fauteuil, parce qu'Adeline ne peut pas quitter son poste comme ça. C'est qu'elle doit réveiller ses clients dans – elle jette un œil à sa montre connectée – dans treize minutes exactement. C'est ainsi. Elle a un métier à horaires.

Mme Lahougue, Marion, grimace à peine au passage d'une gorgée. La vodka est excellente. Adeline a gardé des contacts dans le milieu. Certains fournisseurs de son père sont encore de ce monde. Ou leurs enfants.

— Donc, reprend Marion, qui semble tenter de se faire une idée claire de la situation, avant, ici, c'était le... le café de vos parents ?

Adeline confirme. Ça fait deux fois qu'elle le lui explique, mais Marion est probablement trop remuée pour assimiler les infos du premier coup. Adeline aussi est remuée. Plus encore que Marion, sans doute. L'alcool l'aide un peu à réprimer les mouvements de son for intérieur.

— Quand mon père est mort, j'ai pensé vendre. Et puis je me suis rappelé que j'avais... vous savez ?

Marion opine.

— Un don. Oui.

— J'avais lu quelques articles sur la question. La question du sommeil. Et de l'insomnie.

En réalité, elle s'est documentée à fond. Pour essayer de se comprendre elle-même, d'abord. De saisir enfin pourquoi elle savait endormir les gens, sans rien faire de particulier. Juste en étant là. Assise. Elle n'a jamais rien trouvé. Il existe de très bons hypnotiseurs, mais, à sa connaissance, aucun d'eux n'est capable d'agir sur tout un groupe à la fois.

— J'ai fait dormir des gosses pendant vingt ans. Et depuis dix ans, ce sont plutôt des adultes.

— Un genre de montée en gamme.

— On peut voir ça comme ça.

Marion remue délicatement son verre.

— Donc vous êtes restée là-bas, après… les événements.

Les événements. Adeline s'efforce de demeurer impassible. Elle évite de regarder son interlocutrice et reprend, sur un ton qu'elle espère détaché.

— Oui. J'y serais peut-être encore si mon père n'était pas décédé. Je m'y sentais bien. On a beau être Parisienne d'origine, après quelques décennies chez eux, les Bretons finissent par vous adopter.

— Vous n'avez pas bougé de l'école, donc ?

— Non. On a fini par m'appeler la Dame de la Sieste. Ça me plaisait. Toujours mieux que la Dame Blanche.

Elle se promenait beaucoup. Le long de la grève. Et dans les allées du cimetière, bien sûr.

— Ça s'est passé comment, le retour à la capitale ?

Adeline grimace.

— Un vrai chemin de croix, la succession, la paperasse. Dans ma jeunesse, j'aimais bien aider mon père avec ça, mais le goût m'en est complètement passé. À Paris, j'ai pris conscience que le manque de sommeil était un problème pour beaucoup de gens. Vous savez, tout ce qu'on dit, la consommation excessive de somnifères, de psychotropes. Le burn-out, le stress…

Marion voit très bien ce dont il est question. Elle remue pensivement la tête, les yeux dans le vague. Sa main est très belle. Elle enveloppe le verre de vodka.

Adeline lui relate comment elle a fermé le bar dont les piliers avaient presque tous fini par perdre la bataille contre eux-mêmes, utilisé l'héritage pour transformer les lieux, créé sa salle de sieste. Sa siesterie.

Elle avait gardé l'idée de Lola, pour sa boutique.

Chez Adeline, siesterie.

— Et vous faites ça depuis quand ?

— Dix ans, arrondit Adeline.

Marion réfléchit, calcule. Elles ont tant de choses à se dire. Tellement plus que Marion ne l'imagine. Il faudrait parler de Julien. Ça viendra. Pour l'instant, elles se perdent encore beaucoup dans les détails.

Au bout d'un temps qui lui paraît raisonnable, Adeline ose poser la question :

— Et vous, madam… Marion ?

Marion rit :

— Madame Marion ! Ça fait tenancière de bordel. Madame Claude.

Adeline consent à sourire par politesse, tout en pensant à Lola, qui dort à côté. Il n'y a plus de bordels à proprement parler mais encore beaucoup de putes.

Le temps qu'Adeline se dise tout ça, Marion a fini de rire – toujours ce rire contagieux, à peine enroué – et commencé à raconter sa vie. C'est une merveilleuse histoire de brillant avenir. Une histoire à rêver debout. En plus, Marion expose très bien les faits, avec ordre et logique. C'est sûrement parce qu'on le lui a souvent demandé.

Elle rappelle qu'elle a fait de longues études. Des études de garçon. C'est-à-dire que non seulement elle a étudié les matières pour garçons – la science –, mais qu'en plus, elle a appris à *devenir* un mec, en cas de besoin. Forte comme un mec. Cassante comme un mec. Riant avec eux, plus fort qu'eux, s'en battant plus violemment les couilles.

Elle est devenue ingénieure. Dans un domaine très pointu, qu'elle énonce vite, sachant d'avance qu'Adeline n'en retiendra pas la dénomination, et parce qu'au fond, on s'en fout. Ce n'est pas l'essentiel.

L'essentiel, c'est qu'elle a rencontré Julien. Celui qui allait devenir son mari, le père de Romain. Il était breton. Il était commercial dans la première boîte où elle a été recrutée. Il était, il était, il était.

Il voulait revenir en Bretagne, comme tous les Bretons. Il voulait l'emmener là-bas avec elle, il voulait un enfant d'elle.

Et elle, toute mec qu'elle avait réussi à être, elle s'est comportée, avec lui, comme la pire des gonzesses. Elle a dit oui à tout. Elle a plaqué son boulot, elle l'a suivi en Bretagne, elle lui a fait Romain.

Toute cette partie de l'histoire, Adeline n'ose pas lui rappeler qu'elle la connaît par cœur. Ce qu'elle voudrait savoir – mais le veut-elle vraiment ? – c'est la suite. Ce qui s'est passé après. Après les événements.

Et puis elle comprend que si Marion s'attarde tant sur le début, c'est précisément parce que la suite l'effraie, ça se voit sur son visage. Ça y est, on y arrive. Mais Marion n'emploie pas de périphrase. Elle dit « la mort de Julien ». C'est mieux. Plus clair.

Cette mort invraisemblable de septembre 1998. Ses circonstances ahurissantes. Tellement ironiques. Les chiffres sont indélébiles. Surtout celui-là, gravé comme il l'est dans le marbre, allée 21 du cimetière Saint-Augustin, à Morlaix, où Julien repose tout près du poète Tristan Corbière (1845-1875). Tristan Corbière est mort à 30 ans, Julien à 29. Ce sont des chiffres qui donnent à penser.

Elles pensent donc, toutes les deux, chacune dans son coin. Mais pas trop longtemps, parce que ça fait déjà vingt-cinq ans qu'elles pensent. Marion reprend le fil.

Après l'enterrement de Julien, elle a quitté la Bretagne. Cela aussi, Adeline le sait. Elle est retournée chez ses parents, à Paris, avec Romain. Et elle s'est mise au travail.

D'un geste fluide, Marion éclipse quelques années confuses, des années de boulot, de recherches obstinées, dents serrées, à élever Romain qui ne dormait jamais, à faire des calculs jusqu'à l'aube.

Et puis elle avait fini par trouver.

Quoi, exactement ?

C'est difficile à expliquer. L'important, c'est que ce qu'elle a trouvé l'a rendue riche, voilà. Un *composant*. Un composant qui figure désormais dans les moteurs d'avion, dans les moteurs de voitures de luxe, un composant qu'aucun mec jusqu'alors n'avait réussi à élaborer. Un composant dont personne hormis les spécialistes ne connaît le nom, ni la forme, ni la fonction, mais qui lui rapporte chaque année de quoi dormir tranquille.

Marion tempère : elle a eu beaucoup de chance. La réalité est un peu moins glamour. Elle a dû se prostituer un peu, à sa façon, elle aussi, auprès de ses supérieurs, pour mener ses recherches tranquille, presque en contrebande, pour utiliser le matériel et les ordinateurs du bureau d'étude, pour avoir accès aux machines, et c'est pour ça qu'elle rigolait, tout à l'heure, en parlant de bordel et de Madame Claude. Oh, elle n'a pas non plus couché, hein, mais bon, elle a su plaire aux gens qu'il fallait. Et quand elle a déposé son brevet, elle s'est mise à son compte.

Adeline cligne des yeux et hoche la tête. Dans les grandes lignes, elle comprend. Ça sert à ça, les grandes études. Chacun ses dons.

Et puis, elle regarde sa montre.

— Je suis désolée, Marion, il faut que j'aille réveiller mes clients. C'est l'heure.

Marion se lève aussitôt, parvient à ne pas vaciller, pose son verre vide sur le bureau.

— Mais bien sûr, je suis désolée. Écoute, je te laisse ma carte. Tu m'appelles. On se revoit très vite. Romain va être…

Elle ne finit pas sa phrase, hésite à faire la bise à Adeline, la salue d'un mouvement de doigts, ouvre la porte et s'enfuit.

En pénétrant dans la salle de sieste, Adeline se demande si elle osera, elle aussi, la tutoyer.

5

Pour réveiller les clients, Adeline leur effleure la joue, du dos de sa main droite.

Il en a toujours été ainsi. L'endormissement se fait à distance, mais le retour au réel nécessite un contact. À peine. Un frôlement. Pas tout à fait une caresse. D'un même mouvement, elle dissipe leur rêve et s'en excuse.

C'est le jeune cadre qui s'extrait le premier du sommeil. Il se dresse comme un diable, n'en revient pas d'avoir dormi, roule des yeux ronds, consulte son téléphone.

— Putain ! s'exclame-t-il, sans qu'on sache exactement pourquoi.

Mais Adeline ne s'en émeut pas. Elle a l'habitude. On dit toujours des choses étranges au réveil, surtout quand il est brutal. Certains se montrent sentimentaux, comme après une anesthésie. Elle a reçu pas mal de compliments, depuis le temps.

Elle réveille Lola, qui ne s'appelle pas du tout Lola, mais qui juge ce prénom élégant pour une travailleuse du sexe. Ça vous a un côté, juge-t-elle, qui fait fantasmer les messieurs. Un genre cabaret allemand.

— Ça va mieux, l'informe Lola. Une sieste chez toi me repose plus que mille et une nuits dans mon gourbi.

C'est sûrement que pour Lola, aller au pieu, c'est comme aller au chagrin pour les autres. De quoi vous dégoûter des rêves.

De fait, elle semble reposée, presque pimpante. Grande dame, elle ne tolère pas qu'on l'interroge sur son âge, mais Adeline suppose qu'elle approche de la cinquantaine, ou commence à s'en éloigner. Ses cheveux roux lancent des éclats d'automne. Un bel automne ensoleillé. L'été de la Saint-Martin. Le temps des cerises à l'eau-de-vie.

Adeline effleure maintenant la joue du monsieur plus très jeune, et c'est un peu mouillé, de larmes ou de salive. Ça ne la dérange pas. Toutes ces années en maternelle l'ont familiarisée avec les fluides corporels. Il cligne des yeux. Sa calvitie s'orne de toupets épars. Il les plaque mécaniquement contre son crâne. Chacun sait bien, quand se desserre l'étreinte de Morphée, qu'il doit rapidement reprendre forme humaine, se coiffer, s'assouplir les maxillaires, battre des paupières. Ce sont des mouvements intimes et fugaces qu'Adeline aime beaucoup, auxquels elle fait sagement mine de ne pas prêter attention, comme son père s'abstenait de commenter la voix grossie des buveurs, l'ébriété galopante, les rires déplacés.

Suzanne est la dernière à dormir, tandis que les autres renfilent leurs chaussures, défroissent leurs vêtements, se redressent.

En quittant la salle de sieste, ils déposent des sous dans la boîte spéciale. Adeline ne vérifie pas. Un rapport de confiance s'est tout de suite établi avec les clients. Elle estime que s'ils ne paient pas, c'est qu'ils ont leurs raisons. D'autres règlent rubis sur l'ongle, prennent des abonnements, signent des chèques. Les prix d'Adeline sont drapés de mystère. À diverses reprises, elle a élaboré des prospectus, des grilles tarifaires, et même des cartes de fidélité, des promotions au moment des soldes. Et puis elle a laissé tomber. Sa comptabilité n'est pas d'équerre, elle redoute un contrôle du fisc, de l'URSSAF, s'efforce de ne pas y penser. Pour l'instant, ça tient, et ça ne l'empêche pas de dormir.

Celle qui la tracasse, par contre, c'est Suzanne. Elle a bientôt quatre-vingts ans et moins bonne mine que d'habitude. Éveillée, pourtant, elle ne les fait pas, ses quatre-vingts balais, toujours coquette, éclatant d'un rire aigu et massif comme un infarctus. Une des premières clientes de la siesterie, fidèle parmi les fidèles, dix ans de sommeil, ça finit par en faire, des heures. Suzanne est veuve, mais à son âge, c'est normal. Marion l'était à vingt-six ans. Marion était une gamine, veuve d'un gamin. Mère d'un autre. Suzanne aussi a un fils, dont elle ne parle pas beaucoup.

Adeline caresse la joue de son amie. En sa qualité de dormeuse premium, elle bénéficie de certains privilèges. La caresse est plus affectueuse, mais il y a aussi le petit café – jamais de tisane, tu rigoles ou quoi ? – et le brin de causette.

En général, elles parlent livres. Toutes deux partagent avec Lola un goût immodéré pour la lecture, même si elles arpentent des univers fictifs très différents. Adeline raffole des sagas où les générations défilent et les empires s'anéantissent, Suzanne trouve ça nunuche, préférant les récits secs, à l'os, et Lola ne jure que par les autofictions faisant la part belle aux traumatismes les plus raffinés.

La vieille dame tarde à sortir des limbes. Sa joue est flasque, ridée. De surcroît, elle s'obstine à dormir sur le dos, comme une gisante, mains croisées sur le ventre et dentier dans un verre – ce qui lui ramollit considérablement la face.

La caresse d'Adeline insiste, froisse l'épiderme avachi. Elle ne se réveille pas. Faudra-t-il pratiquer un bouche-à-bouche ? Adeline a suivi jadis un ou deux stages de secourisme, mais n'a jamais eu l'occasion de mettre en pratique les rudiments qu'on lui a inculqués.

Non, finalement, Suzanne émerge, grommelle, tâtonne à la recherche de ses dents. Dans les livres, c'est toujours amusant, les dentiers. Dans la vraie vie, c'est terrifiant et très pénible à voir. Il faut cependant concéder à Suzanne une certaine adresse pour chausser sa prothèse. Hop, voilà, c'est fait. La salle de sieste est vide. Adeline laisse à Suzanne le temps de recouvrer son bel esprit, et entrouvre la fenêtre. Elle aère entre chaque séance. Chaque session de sieste. L'air se vicie vite, chargé d'haleines et d'odeurs *sui generis*. Mais ça ne la dérange pas. Tout le monde pue un peu. Au bar, c'était bien pire.

Décidément, quelque chose cloche.

Suzanne est assise au bord de son lit, ses pieds reposent sur le sol, ses jambes enveloppées dans des collants de contention couleur chair malade disparaissent en tremblant sous une jupe taupe assez chic. Elle se palpe le front, comme si elle cherchait une idée. Sa main droite gît abandonnée sur la couette.

— Suzanne ? crie presque Adeline. Ça va ?

Il se produit alors un phénomène extrêmement flippant. La vieille dame lève les yeux sur elle et grimace. On dirait que la vue d'Adeline la révulse au dernier degré. C'est pire encore, on dirait que Suzanne n'est plus Suzanne mais un animal préhistorique s'exprimant par mimiques, ou une tortue, voilà, on dirait une tortue géante.

Ça cesse. Revoilà Suzanne et sa bonne bouille de vieille copine. Un sourire remplace la grimace, se diffuse en quelques secondes dans tous les coins du visage, fait légèrement remuer ses oreilles, plisse ses yeux. Elle chasse un chat de sa gorge et se lève d'un coup de reins, comme d'habitude. Peut-être ne s'est-il rien passé.

— Nom de Dieu, grogne Suzanne. J'ai dormi comme une poupée.

Ses comparaisons ne paraissent pas toujours bien ajustées, mais on s'y fait vite. Elles ont leur logique. C'est vrai que les poupées ferment les yeux quand on les couche.

Quoiqu'encore secouée par la grimace démoniaque de son amie, Adeline choisit de ravaler ses inquiétudes et de se laisser entraîner sur le terrain professionnel, plus neutre et plus plaisant.

— Ici, on sert un sommeil de qualité, répond-elle. Pas un ersatz à la benzodiazépine.

Suzanne sourit, fière de la fierté d'Adeline. Beau sourire. Ça semble aller mieux.

— À propos de roupiller, ajoute-t-elle, j'ai essayé de lire le bouquin que tu m'as prêté. J'étais en coma dépassé à la moitié du premier chapitre.

— Je t'ai dit qu'il ne fallait pas abandonner avant d'avoir lu les deux premiers tomes.

Les prochains clients ne sont pas encore arrivés. Il en va des horaires comme des tarifs : l'approximation les gouverne, mais on finit toujours par s'y retrouver. Les dormeurs se présentent le plus souvent par grappes. Quand il n'en arrive qu'un ou deux, tant pis, elle les couche quand même et ils ont droit à leurs vingt minutes de sieste. Les suivants attendent. Ça roule à peu près. Et l'à-peu-près, c'est tout un art.

Suzanne papote en vapotant. Elle a le droit. Elle dit tout le bien qu'elle pense du dernier Quignon, qu'elle adore presque à l'égal de Michard. Des écrivains, ceux-là. Des vrais. Des travailleurs du verbe. Adeline n'écoute pas trop. Elle préférerait lui parler de Marion. Mais jusqu'à quel point peut-elle raconter ?

Au fil des années, elle a souvent envisagé de faire de Suzanne sa confidente, mais n'a jamais franchi le pas. Si ça gâchait tout ? Elle s'est aperçue, au détour de leurs conversations, que la vieille dame pouvait, sur certains sujets, se montrer raide.

Et puis quand même, zut, Adeline se lance. Un peu. Pas tout de suite à plein régime. Elle tourne lentement autour du pot lointain.

— Il y a quelqu'un qui est venu, tout à l'heure. On ne s'était pas revues depuis vingt-cinq ans.

C'est assez moche comme début, assez embarrassé, mais bon, à la naissance, tout est souvent un peu moche.

Suzanne tète une taffe et fronce un sourcil. Ça ne devait pas être évident, pour son fils, quand il avait une bêtise à lui avouer.

— Un ex ? s'enquiert-elle.

Adeline rougit. Erreur. Elle n'aurait pas dû dire « quelqu'un ». Elle aurait dû dire « une femme ». Mais la vie n'autorise pas les brouillons. Et puis, « une femme », franchement, ça sonne trop solennel pour elle.

— Une amie.

— Pourquoi tu es rouge comme une betterave ?

— Les betteraves ne sont pas rouges.

— Réponds.

Adeline a eu tort de s'inquiéter. Suzanne est en pleine forme.

— C'est grâce à elle que j'ai découvert ma vocation d'endormeuse.

Endormeuse… Elle n'a pas prononcé ce mot depuis si longtemps. Suzanne, désormais, rigole, produisant des nuages biscornus, parfum fraise.

— L'endormeuse, ma belle, c'est une plante.

— Une belle plante, j'espère.

— Oui, mais empoisonnée. Elle donne des hallucinations.

— Ça me va bien.

— Et alors, qui est cette femme qui t'a révélé ta vocation d'empoisonneuse ?

Adeline lui récapitule la partie avouable de l'histoire. C'est bien, finalement, que Suzanne en soit la première destinataire, parce qu'elle sait écouter. Elle se concentre, acquiesce à certains passages, s'afflige à la mort de Julien, s'émerveille de la fortune de Marion, en tire des conclusions nuancées. Le décès du mari, aussi tragique qu'il ait été, n'a-t-il pas permis à l'épouse de conquérir sa liberté ?

Inopinément, Adeline s'esclaffe.

— On peut savoir ce qui te fait marrer ? s'enquiert Suzanne, déjà vexée au cas où.

— C'est de t'entendre dire des trucs féministes.

— Oui, et alors ?

— Pardon, mais il me semble que tu as quitté ton emploi dès que tu as rencontré ton mari.

— Je bossais à la Samaritaine. J'avais pas inventé un composant pour navettes spatiales, moi. Et puis j'avais un gosse à dresser.

Ce n'est pas vraiment un argument, mais Adeline n'insiste pas.

Au bout d'un court moment, il n'y a plus grand-chose à dire. Alors Suzanne se lève et son corps craque. Elle range sa cigarette électronique dans son sac. Fugacement, Adeline se demande s'il est facile de vapoter avec un dentier.

Où en est-on exactement ?

On en est au moment où, juste après le départ de Suzanne, une cliente se présente. C'est comme un théâtre, sa vie. Des scènes qui se succèdent, des comédiens qui font leur entrée.

Mais la nouvelle venue ne semble pas jouer la comédie. Elle est visiblement épuisée.

6

Et d'ailleurs, aïe, zut, elle éclate en sanglots.

D'habitude, Adeline gère bien les sanglots. Elle dispose, comme la plupart des professionnels exerçant dans des branches sensibles, d'une boîte de mouchoirs en papier. Mais elle ne les trouve plus, ou alors elle a oublié d'en acheter.

La petite – on peut dire la petite, elle a, quoi ? vingt-cinq ans, trente maxi – sanglote de plus belle – elle est belle, oui, mais épuisée – et laisse couler ses larmes. Alors, ni une ni deux, Adeline la prend dans ses bras. Elle pourrait être sa mère. Aurait peut-être aimé l'être.

À demi bâillonnée par l'épaule ronde d'Adeline, la petite dit qu'elle est désolée de pleurer comme ça, mais qu'elle n'en peut plus. Adeline ne répond pas, attend que ça se calme.

Ça va mieux. L'éplorée se ressaisit, cherche ses mots.

— J'ai vu écrit « siesterie », explique-t-elle.

Elle a déniché quelque chose pour s'essuyer les yeux, au fond d'une poche. Ça sent bon. C'est une lingette.

— Oui, confirme Adeline, ça paraît bizarre, mais c'est bien ça. Vous pouvez vous reposer ici.

— C'est payant ?

La question surgit toujours. Plus ou moins vite. Adeline explique les tarifs. La petite ne comprend rien.

— C'est à cause de mon bébé, reprend la jeune femme. Il ne fait pas ses nuits. Je deviens folle.

Tiens donc. Adeline n'est pas du genre à proférer des grandes théories, mais Aristide, à sa place, ne se serait pas gêné. Le jour du retour de Marion, une jeune mère épuisée se présente. Fait son entrée. Théâtre. Ronde des mères harassées. Cycle de la vie, pas de hasard, etc.

— Je comprends, répond-elle, sincère. Vous voulez vous allonger ? C'est gratuit, la première fois.

Ça, elle vient de l'inventer, mais ça lui paraît bien.

La jeune femme secoue la tête, on ne sait pas si c'est oui ou non.

— De toute façon, prévient-elle, je ne m'endormirai jamais.

— On verra bien, sourit Adeline en la précédant dans la salle de sieste.

Elle ferme la fenêtre, tire le rideau. La jeune femme a ôté ses chaussures et s'est déjà jetée sur un des lits. Souvent, les clients savent d'instinct celui qui va leur convenir.

Elle s'installe, en chien de fusil. Adeline l'observe. Elle est très attentive aux gestes qui précèdent l'endormissement, ces mouvements secrets, ces tâtonnements. Elle se demande si on ne les effectuait pas déjà dans l'utérus. Ses clients, allongés, sont sages comme des images d'échographie. Leurs mouvements ralentissent et flottent, baignent dans l'atmosphère amniotique.

Ça y est. La petite dort profondément.

Le bébé ne fait pas ses nuits. Personne ne fait ses nuits. C'est la nuit qui nous fait. Adeline n'a pas beaucoup de certitudes, mais ça, au moins, elle le sait.

Le silence, rythmé par la respiration profonde de la jeune mère, l'aide à penser. À repenser à elle. Aux années. Elle revoit la petite ville bretonne. Morlaix. Une cité médiévale, toute de granit et d'eau, surmontée d'un immense viaduc. La nuit, les trains semblent traverser le ciel.

Elle est arrivée par hasard en Bretagne, elle n'en est revenue qu'à la mort de son père. D'autres effectuent des tours du monde. Peut-être lui a-t-il manqué, pour partir vraiment, quelqu'un qui aurait attendu son retour.

Elle se rappelle chaque détail de la minuscule maison qu'elle louait. Une vieille bicoque dont la propriétaire était une vieille bique. Une vieille bique adorable et radine. Elles s'engueulaient délicieusement.

Elle revoit le salon biscornu avec sa cheminée. La baie vitrée donnant sur la rivière d'eau saumâtre, les bateaux qui sommeillaient à marée basse, sur leur lit de vase irisée. À marée haute, la rivière s'emplissait d'azur, s'ouvrait sur l'océan, là-bas. Quantité d'oiseaux prenaient leurs quartiers d'hiver dans les échancrures de la côte. On se promenait dans de hautes herbes et la forêt, juste derrière. À deux pas de chez elle, il y avait le Café du Port. À trois pas, on pouvait acheter des huîtres. Un genre de bonheur, surtout vu d'après.

Adeline n'a jamais eu peur de la nostalgie. Elle la savoure comme une bière brune. Amère et puissante.

Sa chambre était au premier étage. Elle était équipée de ce que la vieille bique appelait « une bow-window ». Avant, Adeline ignorait cette terminologie britannique, mais le mot avait fini par lui plaire autant que la chose : cette vaste fenêtre qui surplombait la rue, s'avançait vers le ciel comme pour vous y inviter.

Elle y passait des heures à regarder, lovée sur des coussins.

Évidemment, il s'en est passé de belles, dans cette chambre. Les plus belles de sa vie.

Les plus belles quoi ?

Justement, il n'y a pas de mots.

C'est peut-être pour ça que les aveux ne viennent pas. Il faut d'abord qu'elle les trouve, les mots. Ceux du dictionnaire conviennent mal. Pas de mots pour des moments pareils. Moments toujours trop courts, heures, minutes, alors que cette chambre, avec sa bow-window, était conçue pour abriter l'éternité.

La petite dort toujours. La petite mère.

Elle voudrait bien connaître son prénom.

Adeline se souvient de celle qu'elle était à son âge. Dans des moments de distraction, ou au réveil, elle croit toujours être cette femme-là. C'est l'actuelle qu'elle connaît moins. La vieille. La quinqua. Comment peut-on être quinqua ? Jadis, ce futur lui paraissait si lointain, cette engeance si rabat-joie, si angoissée, les quinquas nerveux, comme disait Aristide, à demi décrépits mais sans le charme des vieillards, encore actifs mais plus pour longtemps.

Quand la petite se réveille, elle est toute défripée, on dirait un poème d'autrefois, qui parlerait d'une rose. Peut-être qu'elle s'appelle Rose ? Adeline rebaptise souvent ses dormeurs.

— Non, répond l'intéressée après une série de bâillements. Je m'appelle Manon.

— Ça ressemble un peu à Marion, observe Adeline.

— Pas du tout, proteste Manon.

Elle dit détester que quelqu'un trouve des ressemblances entre son prénom et un autre. Entre son visage et un autre. Sauf si l'autre est celui d'une star, et encore, ça dépend des stars.

Elles discutent de ces questions. Manon n'est pas pressée de partir. Elle est assise en tailleur sur le lit, comme la gamine qu'elle est, de toute façon, il n'y a pas encore d'autres clients. Pour la sieste aussi, il existe des heures creuses.

— Je savais que ce serait dur, avec le bébé. On le savait.

— Et vous l'avez voulu quand même.

Manon lève les yeux vers Adeline pour vérifier que cette réponse ne contient pas une once de reproche. Mais non, le sourire d'Adeline le lui confirme, elle n'exprime que de l'admiration.

— Beaucoup de gens nous font comprendre que c'est irresponsable de mettre des enfants au monde à notre époque, explique-t-elle.

Elle tend les jambes pour chercher ses chaussures.

— Ils ont tort, affirme Adeline, avec une assurance de quinquagénaire.

Manon sourit. Ça lui va bien. Elle ne demande pas d'explications, de peur qu'elles ne soient pas convaincantes.

— C'est fou comme ça retape, commente-t-elle, désormais bien dans ses baskets. Il faut prendre rendez-vous, si on veut revenir ?

— Vous voulez revenir ?

— Oui. Alors là, plutôt deux fois qu'une.

— Il n'y a pas de rendez-vous. Si tous les lits sont pris quand vous arrivez, vous attendez la fin de la sieste des autres.

La petite hoche la tête. Elle souhaiterait ajouter quelque chose, peut-être au sujet du père de l'enfant, ou de leur mode de garde, ou de son métier à elle, mais si elle revient, elles auront l'occasion de les aborder, ces sujets. Adeline ne demande rien. On a le temps, parfois.

Elles se serrent la main, avec une certaine solennité, presque un air de bonshommes dans les vieux films. Un courant passe dans ces mains serrées, une onde, un flux, doux et joyeux, un souffle de printemps qui rend optimiste.

La porte de la rue se referme sur Manon et Adeline peut se reconcentrer sur sa rêverie.

7

Trois jours plus tard, elle franchit le pas. Elle aime bien cette expression parce qu'elle ne la comprend pas tout à fait. Comme « passer les bornes ». Quelles bornes ? Quel pas ?

En tout cas, la visite de Marion lui a fait faire du chemin. Depuis, son esprit bat la campagne. La campagne bretonne, surtout. Les bruyères, les roches rondes des Monts d'Arrée, toutes tièdes du patient soleil de là-bas. Les visages d'avant flottent dans l'air et se confondent avec ceux d'aujourd'hui. Elle découvre des ressemblances entre ses dormeurs et les gens de Morlaix, le jeune cadre lui rappelle l'agent d'entretien de l'école, en mieux peigné, Lola, c'est la directrice. Et elle a rêvé, pour la première fois depuis longtemps, de la caissière de l'Intermarché où elle faisait ses courses. Une dame frisée, sûrement morte aujourd'hui.

Le pas, elle le franchit d'un coup de pouce. *Envoyé.* Elle vient d'adresser un SMS à Marion, qui ne l'a pas recontactée depuis l'autre jour. Mais c'est normal. Marion est une femme d'affaires, une patronne, une employeuse. Elle préside des réunions. C'est ainsi qu'Adeline se la représente. Tailleur, lunettes branchées. Des images de séries télé.

Ça m'a vraiment fait plaisir de vous revoir, dit le SMS.

Pendant toute une minute, l'écran reste muet. Minute au cours de laquelle Adeline a le temps de regretter ce pas franchi.

Elle s'est conseillé à elle-même, plusieurs fois, de ne surtout pas relancer Marion. De laisser venir. Mais elle attend depuis vingt-cinq ans que la porte s'ouvre sur le passé. Alors elle ne s'est pas écoutée. Elle a fait fi de ses conseils.

La réponse arrive :

On n'avait pas dit qu'on se tutoyait ?

Non, elles ne l'avaient pas dit. Marion l'avait décidé. Privilège des cheffes. Adeline hésite, pour quantité de raisons. Surtout, elle ne voit pas quoi répondre. Elle a eu tort, peut-être, de passer les bornes. Tandis qu'elle hésite, la porte de la rue s'ouvre sur un homme qui sent très fort.

Certes, les odeurs ne la gênent pas. Pas trop. Dans la salle de sieste, ça sent le bourgeois, ça sent l'ouvrier, ça sent le retraité. Les parfums fraternisent et se dissipent tous ensemble quand elle ouvre la fenêtre. Mais là, le bonhomme sent *vraiment* fort.

Elle devine qu'il s'agit d'un SDF.

— Vous avez un joli sourire, déclare galamment le clochard.

Il n'a pas une voix de vagabond, ces voix trop graves, souvent fêlées, râpeuses. La sienne est celle d'un type qui n'est pas dans la rue depuis très longtemps. Assez, toutefois, pour puer.

Aussi étonnant que ça puisse paraître, elle n'a encore jamais reçu la visite de SDF. Au début, elle y avait vaguement songé. Tous ces gens sans logis dormant n'importe quand, n'importe comment et sûrement très mal, auraient dû se ruer sur l'aubaine, investir son dortoir, y chercher du chaud, du doux, du silence. Peut-être qu'ils n'osent pas.

Celui-ci est beau. D'une beauté classique, c'est-à-dire, selon les critères d'Adeline, qu'il ressemble aux cow-boys de western qui s'agitaient dans la télé, au bar de son père. Visage anguleux, traits secs, yeux impitoyables, barbe de trois nuits.

Elle n'a pas plus d'idées pour répondre au compliment sur le sourire qu'au message de Marion. Alors, fidèle à ses principes, elle ne répond rien. Le plus souvent, ça passe.

— Si j'ai bien compris, synthétise le cow-boy, on peut faire la sieste, chez vous ?

— Vous avez bien compris, confirme Adeline.

L'homme s'examine brièvement, jette un œil prudent sur sa vieille doudoune défraîchie, ses chaussures crottées.

— Ça me tente, conclut-il, mais ce serait mieux pour tout le monde que je fasse un brin de toilette avant.

Adeline est soulagée que les choses s'arrangent d'elles-mêmes. Elle a bien fait de garder le silence. D'autres qu'elles seraient sans doute embarrassées, mais elle a l'habitude des petites misères de notre condition humaine. Au bistro, déjà, c'en était plein, de petites misères. Sabine la serveuse lui a bien appris à ne jamais se laisser démonter.

— Suivez-moi, intime-t-elle.

Ils pénètrent dans la salle de sieste, où s'épanouissent ronflements profonds et souffles sonores, et en ressortent presque aussitôt par une porte qui donne sur un corridor.

— Au fond à droite, il y a un cabinet de toilette. Pas de douche mais un lavabo, du savon, une serviette.

Les anciens W.C. du bar. Les waters, comme on disait alors. Ils sont vastes, agréables, carrelage d'origine. Adeline s'y réfugie parfois pour un petit voyage dans le temps. L'écho des voix éteintes y retentit encore, si on ouvre grand les oreilles en fermant fort les yeux.

Le vagabond paraît ravi. Il s'apprête à franchir le pas en direction des commodités, mais un scrupule le retient.

— Excusez-moi… C'est payant, la toilette ? Parce que…

— Non, ça fait partie de la prestation.

— La prestation ?

— La sieste.

— Et la sieste ? C'est combien ? Parce que…

— Gratuit la première fois. Vous bénéficiez de l'offre découverte. Excusez-moi, je dois vous laisser.

De retour à l'accueil, elle se dépêche de consulter le SMS qu'elle vient de recevoir – sans doute Marion.

Il faut absolument qu'on se revoie. Que tu revoies Romain. Tu es libre quand ?

Bonne question, qu'Adeline n'avait pas anticipée. Elle est libre tout le temps. Elle écrit : *Jeudi soir.*

Elle réfléchit. Jeudi, c'est dans trois jours. Hors de question. Beaucoup trop rapide. Un empressement qui trahit l'état moribond de sa vie sociale.

Elle efface le point, le remplace par *de la semaine prochaine ?* S'oblige à cesser de réfléchir et envoie.

La réponse arrive sous forme d'adresse, dans un arrondissement chic, suivie d'un horaire, vingt heures, et d'une question de pure forme pour savoir si ça lui convient.

Elle répond *Parfait.*

Le clochard réapparaît, pieds nus, ses croquenots dans une main, ses chaussettes trempées dans l'autre.

— J'en ai profité pour faire une petite lessive, explique-t-il en désignant ses chaussettes.

— Parfait, répète Adeline.

— Et maintenant, qu'est-ce qui se passe ? s'enquiert l'homme, un peu embarrassé.

Ses chaussettes gouttent sur le sol. Il n'est pas tellement différent des gamins de maternelle, toujours empêtrés dans les complications. Toujours empotés.

— Dans cinq minutes, je vais procéder au réveil des patients. Vous pourrez prendre place après leur départ.

Il paraît impressionné par ce vocabulaire. Adeline n'est pas mécontente d'elle. Depuis qu'elle s'apprête à fréquenter une femme des arrondissements chics, elle a gagné en assurance.

L'homme sent encore un peu le Far West, mais moins. C'est supportable. Il s'assied dans un fauteuil. Son élégance décontractée contraste avec sa mise, ses pieds nus, son sac à dos boursouflé.

— Je n'ai pas l'intention de m'incruster, déclare-t-il, la mine soucieuse.

Elle remue la tête pour signifier pas de souci. Et elle la remue à nouveau, plus fermement, pour notifier que, de toute façon, il est hors de question qu'il s'incruste. Elle espère qu'il a bien décrypté ses remuements.

— Ma situation est provisoire, développe-t-il, bien qu'elle ne lui ait rien demandé.

Quand les gens parlent sans qu'elle pose de question, c'est qu'ils en ont besoin. Dans ces cas-là, elle fait mine d'être plus ou moins occupée à autre chose. Elle compulse de la paperasse, par exemple. Aujourd'hui, elle préfère consulter son téléphone. Mais il n'y a pas de nouveau SMS.

Il la fixe avec intensité, pour savoir si son statut d'errant remet en cause la possibilité d'une sieste. Il comprendrait sans doute qu'elle ne veuille pas faire entrer un homme tel que lui. D'ailleurs, elle hésite. Pose son téléphone sur le comptoir. Il esquisse un mouvement, décolle presque une fesse du fauteuil, prêt, s'il le faut, à renfiler ses chaussures pour vider les lieux.

Mais elle ne répond rien, se contente d'un nouveau remuement de tête, compréhensif.

Soulagé, il repose sa fesse.

— Je vais réveiller les autres.

Elle aimerait bien en savoir plus sur cet homme. Mais ça viendra. Elle l'espère. La vie d'Adeline est semée d'anecdotes incomplètes, de suites d'événements chaotiques et de retournements. Comme toutes les vies, mais en pire.

Quelques minutes plus tard, le vagabond s'écroule, éreinté, sur le lit de Manon. Il y a deux autres dormeurs, avec lui, et une dormeuse. Des habitués. Les affaires marchent bien.

8

C'EST LA PREMIÈRE FOIS qu'il vient chercher son fils après l'école. D'habitude, à ce qu'elle a compris, il n'a pas le temps. Il travaille beaucoup. Il se déplace. Il est commercial. Mais il n'a pas le genre commercial, tel qu'Adeline se le représente, cravaté, récuré, onctueux. Plutôt le genre pataud, mal coiffé. Ce genre. Son genre.

On ne voit pas souvent les pères, ici, à l'heure des mamans. D'ailleurs, ce n'est même plus l'heure des mamans. Il est tard. Il est en retard. Rien n'est normal. D'habitude, Marion est toujours présente à l'heure des mamans. Romain ne s'est pas inquiété quand tous les gosses ont quitté la garderie, un par un. Adeline est restée avec lui, assise à la table minuscule, comme Blanche-Neige chez ses nains. Ils ont fait de la pâte à modeler. Ça passe bien le temps.

Il faisait bon, dans la garderie, dans la lumière électrique très jaune de l'école. Une pluie d'automne battait les carreaux, ça sentait l'enfance, les feutres. Ailleurs, dans les profondeurs du bâtiment, il n'y a plus que la directrice, et elle ne doit pas être contente de ce retard. Elle n'aime pas les désagréments.

Et puis soudain, il est là, le papa, le commercial atypique, échevelé, cravate desserrée, un gros ciré bleu nuit enfilé par-dessus son costume, un ciré de marin, constellé de grosses gouttes.

La première chose qu'il dit, c'est : « Il pleut. »

Adeline sourit. Ça l'amuse, cet air éberlué. Il ressemble à Romain qui vient de se précipiter vers lui et de lui enlacer les jambes, comme font les gosses, tandis que lui fourrage dans les cheveux de son fils, comme font les pères.

Adeline regarde l'homme sans se gêner. Elle est toujours assise sur la chaise minuscule, ce qui lui donne une belle perspective en contre-plongée sur son visage où glissent des gouttes. Lui contemple les murs, les dessins d'enfants affichés, tous plutôt laids, ensoleillés. Il sourit, modifiant la géographie de ses traits, creusant des ridules, des ruisselets.

Elle se lève pour le voir sous un autre angle. Il est plus grand qu'elle, mais à peine.

— C'est fou, dit-il.

Elle suit son regard, cherche ce qui est fou, ne voit vraiment pas.

— J'étais dans cette école, moi aussi, à son âge.

Il montre son fils qui, après la brève étreinte dont il l'a gratifiée, fouille dans une caisse de livres. Cet enfant est vraiment sage. Trop, peut-être.

— D'accord ! répond Adeline, comme si cette information était cruciale et l'aidait à comprendre une foule de détails qui, jusqu'à présent, demeuraient obscurs.

C'est d'ailleurs un peu vrai. Elle entrevoit un schéma. Marion et son marin sont venus vivre dans son territoire à lui. Y est-elle heureuse ? Filent-ils le parfait bonheur ? C'est comme ça qu'on dit. Le bonheur parfait, on le file, sinon, comme disait Aristide, c'est lui qui file.

Apparemment, il a capté la question, par télépathie. Son sourire disparaît.

— Sa maman a la migraine, révèle-t-il, consterné. Une grosse migraine.

Il essaie de remettre en place une mèche. Quand il est rentré à la maison, Marion était étendue dans le noir. Elle lui a demandé d'aller chercher le petit. Elle a des migraines terribles.

— Ça lui arrive souvent ? s'enquiert Adeline.

Julien hausse les épaules, ce qui peut signifier beaucoup de choses. Elle repensera à ce haussement tout à l'heure, devant la bow-window. Il a des épaules fermes. Il a raison de les hausser.

— On a tous nos points faibles, élude-t-il.

La question d'Adeline, pourtant assez formelle, semble le contrarier. Les migraines de sa femme constituent peut-être, dans leur couple, un sujet pénible. C'est toujours la double peine des migraineux, souffrir et irriter les autres par leur souffrance. On prête à la migraine des intentions tordues, inconscientes, on y voit un message, un reproche.

Le père de Romain la regarde, à présent. Comme s'il la découvrait. Avec le même étonnement que son fils quand on lui présente un objet merveilleux, une étoile de mer séchée, par exemple.

— Ma femme… commence-t-il.

Ce terme ne convient pas. Trop solennel, peut-être. Il est trop jeune pour dire « ma femme ». Il reprend :

— Marion. Marion vous appelle *la belle endormeuse.*

Adeline baisse les yeux et sourit beaucoup trop, ravie, contrariée d'être si ravie, contrariée qu'il se serve de Marion pour lui faire un compliment, pour la draguer, alors que *sa femme* gît, torturée par son crâne. Tactique de mec. Elle a vu ça cent fois. Elle ne sourit plus. Elle relève les yeux et comprend que non, en fait. Aucune tactique. Il a dit ça comme ça, pour info.

En toute innocence, elle en est sûre. Il ne la drague pas. Il observe à nouveau les dessins, mains dans le dos, comme au musée.

— Ils sont doués, hein ?

Il quête son assentiment, enthousiaste.

— Ouais, répond-elle. Enfin bon, c'est pas tous des Picasso non plus.

Il hoche la tête.

— Romain adore l'école, bifurque-t-il. Il adore la sieste. C'est drôle, non ? Moi, j'en avais horreur. Même aujourd'hui, je dors peu.

Elle ne sait que faire de cette nouvelle info.

— C'est sûrement mieux, hasarde-t-elle. J'ai cru comprendre que vous faisiez beaucoup de route.

Il grimace.

— Trop, confirme-t-il. Beaucoup trop. Je passe mes journées en bagnole.

Ce fait paraît le déprimer. Il remue la tête avec une petite moue qui lui va très bien.

— Je déteste la voiture. Mon truc, c'est le bateau.

— Ah, vous naviguez ?

Elle sourit à nouveau. Elle aime l'idée qu'il navigue, et qu'il soit ce dont il a l'air. Un marin.

— Oui, bon, c'est de la plaisance. J'ai un petit voilier.

Rien que d'en parler, il a retrouvé sa joie de vivre.

— Romain doit adorer ça, suppose Adeline.

De nouveau la moue. Elle a dû gaffer.

— En fait… commence-t-il.

Il la regarde à nouveau puis ses yeux la quittent et errent dans l'air.

— Marion a le mal de mer. Elle ne m'accompagne pas. Et elle n'est pas trop rassurée si j'embarque seul avec Romain, alors…

Il s'interrompt. Elle acquiesce. Il navigue seul sur un petit voilier, comme ceux qui sont à l'amarre au port de Morlaix, ou à celui du Dourduff, où elle habite. Les bateaux minuscules qui dorment sur le flanc lorsque l'eau se retire.

— Il est comment, votre bateau ? Je vous ai peut-être déjà vu passer, par ma fenêtre. J'y reste pendant des heures.

Pourquoi dit-elle une énormité pareille ? Débile. Tant pis.

De toute façon, il n'a pas relevé. Il se lance dans une description technique de son embarcation, fournit des dimensions, puis indique ses trajets favoris. En effet, il y a une forte probabilité pour qu'elle l'ait vu passer. Il lui révèle que sa voile est ornée d'une salamandre dorée.

— Pourquoi une salamandre ?

— C'était le bateau de mon père. Il ne m'a jamais expliqué pourquoi.

Elle ne pose pas de questions sur ce père. Ils ont déjà beaucoup échangé, pour une première rencontre. Il ajoute pourtant une information cruciale, tout à fait inattendue.

— Je ne sais pas si j'ai bien fait d'insister pour qu'on vienne en Bretagne. Marion est une vraie Parisienne.

Adeline met les éléments bout à bout. Les migraines. Le mal de mer. Elle voit ce qu'il veut dire.

— Votre boulot vous plaît ? se permet-elle.

Il hoche négativement la tête.

— Des heures dans la bagnole, répète-t-il. Je bosse pour une boîte de machines agricoles, dans le Léon.

D'une main vague, il indique la direction du Léon. Adeline n'a pas tout compris à la géopolitique locale, mais elle sait que le Léon, c'est la terre. Et lui, c'est un marin. Une chose est presque certaine, ils ne filent pas le parfait bonheur. La directrice surgit, elle franchit au galop la porte de la garderie et s'arrête net, surprise, comme si elle venait d'interrompre une scène incongrue, voire intime.

— Ah, bonsoir M. Lahougue.

La directrice tend la main à Julien, avec un naturel admirable. C'est fou comme certaines personnes savent se comporter. Adeline mesure souvent à quel point les codes lui manquent. Elle regarde leur poignée de main. Celle de Julien paraît douce, ferme et chaude.

— Je suis venu en catastrophe, dit-il. Ma femme a la migraine.

Ses mains, maintenant, la directrice les met sur sa bouche. Excellent. Ça lui donne un air apitoyé.

— Oh, la pauvre ! Ça lui arrive souvent ?

Voilà ce qu'aurait dû faire Adeline. Plaindre plus franchement Marion. La directrice, elle, semble comprendre. La directrice sait. C'est peut-être pour ça qu'elle est directrice.

— Oui, répond Romain.

C'est avec la directrice qu'il parle maintenant, comme si Adeline n'existait plus. Leurs fronts sont plissés de concentration, de sérieux. Ils discutent céphalée, progression pédagogique, progrès. Le petit Romain est un peu lent. Ce n'est pas lent qu'il faut dire – le mot semble déplaire à son père – plutôt rêveur. Fronts plissés, sourcils froncés.

— Bonsoir, dit Adeline, je vais y aller.

— Bonsoir Adeline, répond la directrice. Merci d'être restée.

— Oui, merci beaucoup, renchérit le marin, comprenant tout à coup qu'il ne s'est pas montré assez reconnaissant.

Il sourit. Déplissé et défroncé, il est nettement plus sexy.

La belle endormeuse rentre se coucher.

9

— C'est sidérant, commente le joli clochard. J'ai jamais dormi si bien.

— Vous vous sentez mieux ? se renseigne poliment Adeline.

L'homme se livre à une brève auscultation intérieure.

— Oui, conclut-il. À part, peut-être, une légère gerbe. Ça me fait ça quand je dors en journée.

— Vous ne devriez peut-être pas renfiler vos chaussettes tout de suite, elles sont trempées.

Il fixe Adeline, les yeux encore ébahis de sommeil, puis fixe ses chaussettes. En effet, elle a raison, elles sont trempées. Les autres clients se rajustent et s'éclipsent, après un salut cordial. Ils n'ont pas l'air d'avoir été indisposés par la présence du vagabond, ni choqués par la relative intimité de cette scène de chaussettes. Dans une salle de sieste, rien n'est jamais tout à fait normal. Ni ordinaire. C'est peut-être l'une des raisons pour lesquelles Adeline l'a ouverte. Elle s'est créé un lieu dans lequel on n'a pas besoin d'avoir les codes.

L'examinant sans trop en avoir l'air, elle laisse se dérouler le bref débat intérieur qui prélude chez elle à la possibilité d'une histoire. Oui, il coche des cases. Mais elle a toujours aimé sa solitude. Trop, sans doute. Et elle n'est plus assez inexpérimentée pour croire à l'innocuité des élans sentimentaux sans calculs.

— Vous avez raison, répond le cow-boy.

Elle s'ébroue.

— J'ai raison ? À quel propos ?

— Il vaut mieux éviter de se mouiller les pieds, c'est bientôt la saison des rhumes.

Il retire sa chaussette à demi renfilée et la fourre avec l'autre dans l'une des poches extérieures de son gros sac à dos. Après un effort de réflexion, il retrouve ce qu'il voulait dire. Visiblement, il a encore envie de parler. Adeline jette un coup d'œil aux nouveaux arrivants. Il y a juste Lola et une jeune fille inconnue. Une très jeune fille très brune, très sombre, avec les yeux trop maquillés. Elle paraît nerveuse et Lola lui pose parfois la main sur l'avant-bras, pour la calmer. Adeline décide d'écouter encore un peu son sans-abri. Ça laissera le temps à d'autres dormeurs d'arriver.

— Oui, je disais que c'était sidérant, la façon dont vous endormez les gens, reprend-il.

Adeline remue la tête.

— Je ne les endors pas. Ils s'endorment tout seuls.

L'homme s'apprête à protester, mais Lola le devance :

— Il ne faut pas l'écouter, elle est modeste.

Puis elle tend la main à l'homme.

— Lola.

— Guillaume.

La jeune fille ne se présente pas. Elle porte des bas opaques noirs et un short noir. Le cow-boy s'appelle Guillaume, ce n'est pas un prénom de cow-boy, plutôt de poète, ou d'empereur allemand, mais Adeline stocke l'info quand même.

Lola enchaîne. Elle désigne la gamine.

— Je l'ai trouvée devant chez toi, à lire et à relire le panneau. Je lui ai expliqué le fonctionnement de ton institut. Ça l'intéresse.

— La première séance est gratuite, indique Adeline.

La petite semble apprécier modérément qu'on parle d'elle à la troisième personne et qu'une inconnue raconte sa vie à d'autres inconnus. Mais elle ne proteste pas, ne part pas en claquant la porte. Selon Adeline, ça confirme le diagnostic de Lola : l'adolescente est crevée. D'ailleurs, ça se voit. Le mascara n'adoucit pas les cernes.

— À propos de gratuit, rebondit Guillaume, vos prestations m'intéressent beaucoup, mais je traverse une période un peu délicate, sur le plan financier.

Lola pouffe. À cause du mot prestations. Elle doit lui trouver des connotations cochonnes.

— On peut s'arranger, répond Adeline.

Ce sont les chaussettes trempées qui lui ont donné l'idée, tout à l'heure. Comme Guillaume paraît tout ouïe, elle enchaîne :

— Vous payez en heures de travail. Prestations contre prestations.

Lola s'esclaffe.

— C'est-à-dire ? se renseigne Guillaume.

— Par exemple remettre la salle de sieste en ordre. Il n'y a pas grand-chose à faire, mais quand même. Un coup d'aspirateur, serpillière, laver les vitres, mettre les draps à la machine, ce genre de choses.

— Tope là.

Ils topent.

Quand il est parti, Lola se glisse dans la salle de sieste. Personne d'autre n'arrive, on va pouvoir commencer. La gamine hésite, se sent tenue d'expliquer un peu.

— C'est le stress, en fait. Je dors pas de la nuit.

Adeline sourit.

— Tu sais, je me demande si quelqu'un dort de la nuit, sur cette terre. En ce moment, c'est le défilé ici.

C'est vrai. Il y a beaucoup de nouveaux clients. Elle ignore pourquoi. Parfois, elle ne voit que les habitués, parfois ce sont des occasionnels, qui viennent pour une sieste ou deux puis disparaissent. Adeline consigne leurs noms et ce qu'elle apprend à leur sujet dans ses carnets. Le soir, elle relit ses notes. C'est sa passion, dans la vie : les gens. La vie des gens. Dans la réalité, mais aussi dans les livres ou dans les séries.

Elle a choisi de tutoyer la fille, mais ne s'en rend compte qu'après coup. La gamine ne paraît pas se formaliser. Elle acquiesce, d'un mouvement de tête silencieux. Ses yeux noirs sont magnifiques.

— Je suis sur mon téléphone, toute la nuit, à guetter les news.

Adeline n'est pas certaine d'avoir saisi.

— Tu attends des nouvelles de quelqu'un ?

Elle envisage un père militaire, lointain, un petit ami malade. On envisage vite.

— Non. Enfin oui. De la planète. J'ai peur que ça s'effondre.

Et elle lève sur Adeline ses magnifiques yeux noirs, épuisés. Les larmes ne sont pas loin. Où a-t-elle fichu les mouchoirs, bon sang ? La gamine a soudain l'air encore plus gamine. Retombée dans l'enfance dont elle commence tout juste à s'arracher. Peur que ça s'effondre. Que répondre ? Il faudrait trouver quelque chose de rassurant, mais là, tout de suite, rien ne vient.

— Oui, dit Adeline. Moi aussi.

— On est là, abonde la gosse. On fait rien.

Adeline opine. L'adolescente a raison. Dans le bistro de son père, il lui semble qu'on n'avait pas peur. La pitanche aidait sûrement, mais enfin, à l'époque, les problèmes étaient loin.

— Quel est ton prénom ? demande Lola, pour faire diversion.

La fille hésite, puis finit par répondre Camille, du bout des lèvres.

— C'est joli, dit Adeline.

Mais ça ne change rien à la disparition programmée du brillant avenir. Comme plus personne ne se pointe, Lola propose de passer à la sieste. Camille hésite, elle est nerveuse, se demande ce qu'elle fait là. Réaction très banale. Mais puisque personne ne l'oblige à rien, elle se choisit un lit, s'allonge.

Elle met quelques longues minutes à s'endormir. Quand elle y arrive enfin, Lola sommeille déjà.

Adeline se promène dans sa mémoire. Elle retourne à ce jour de l'automne 97 où Julien est apparu. Elle le regarde détailler les dessins des enfants, se regarde elle-même, s'entend dire que c'est pas tous des Picasso.

La petite grommelle dans son sommeil. Est-ce qu'elle cauchemarde ? Aux habitués, elle pose parfois des questions sur leurs rêves, mais elle n'est pas psy. Pas complètement. Personne, jusqu'ici, ne s'est plaint de cauchemars. D'ordinaire, ils restent à la porte.

Comme Camille s'agite, Adeline lui pose la main sur le front. Elle a chaud. Peu à peu, pourtant, son corps se détend. Sa respiration ralentit. Ça va aller.

10

— Ce qui ne laisse pas de me surprendre, explique Lola, ce sont leurs nouveaux fantasmes japonais, cette vogue des écolières lubriques.

Ce disant, elle décroche du portant une jupette à carreaux, la place devant son bassin et s'examine dans la psyché. C'est une friperie très correcte, dans le 11e, où elle vient souvent chiner avec Adeline. Elle s'y procure ses tenues de travail.

— Les secrétaires perverses, je cernais bien. Mais à la cinquantaine, on est plus difficilement crédible en lolita.

Adeline admire le courage de son amie.

— Franchement, moi je serais pas capable.

Lola fronce les sourcils.

— Personne ne te le demande.

— Oh, ça va, soupire Adeline, je juge pas. Je dis juste que moi, ça me prendrait la tête, tous ces mecs.

Lola se montre toujours un peu susceptible. Elle croit souvent déceler dans les propos des uns et des autres des allusions perfides contre son activité professionnelle. Or, c'est une militante, une théoricienne de la cause, et un rien l'embrase. Adeline, elle, prend rarement parti. Non parce qu'elle n'a pas d'avis, mais parce qu'elle comprend trop tous les points de vue.

— S'ils ne me prenaient que la tête, soupire Lola en roulant des yeux tragiques.

Elles s'esclaffent. Un jeune type dégingandé les écoute du coin de l'oreille, en tentant de ne pas en avoir l'air.

— Sans t'offenser, poursuit Adeline, je suis sûre qu'ils ne viennent pas seulement pour ton corps.

— Ah non ?

— Non. Ils te parlent. C'est forcé.

— C'est vrai que j'ai un client spécial, reconnaît Lola, en posant sur ses seins un petit chemisier blanc très strict.

— Spécial comment ? Sadique ?

Adeline n'aime pas ça. Avec Lola, on est toujours à un cheveu du féminicide potentiel. Certes, elle loue un joli petit appartement avec digicode, qui confère à son activité un lustre presque bourgeois. Mais elle le sait, ce décor n'est que trompeusement rassurant.

— Sadique, non. Ça, je gère. Je dirais plutôt dépressif.

Lola, dont la longue carrière s'entache malheureusement de deux suicides dont un avec préméditation, est embarrassée par les dépressifs. Ceux qui restent mous, assis au bord du lit comme au bord d'un fleuve et préfèrent discuter, si ça ne la dérange pas. Elle craint toujours de ne jamais les revoir.

— Quelque chose le tracasse. Quelque chose de grave. Il ne dort plus.

Adeline la voit venir et soupire. Lola va encore vouloir lui refiler son chaland. Or, ça la gêne. Elle n'aime pas mélanger les genres, ni le boulot avec l'amitié.

— C'est pas un symptôme de dépression, ça. C'est juste un signe des temps.

— Tout de même, je lui ai conseillé de venir te voir. Pour essayer.

— Donc maintenant tu ne me demandes plus mon avis.

— Je t'annonce sa visite. C'est déjà beaucoup.

Adeline s'apprête à répondre, mais elle est clouée sur place par le motif d'une veste vintage que Lola vient d'enfiler.

— Tu aimes ? C'est amusant, non, tous ces petits lézards ?

— C'est pas des lézards. C'est des salamandres.

Elle est pâle, soudain. Ailleurs. Si loin qu'elle ne perçoit pas le regard surpris de Lola qui la scrute en silence, puis la tire de son hypnose d'un claquement de doigts.

— Des salamandres. D'accord. Et donc ?

Adeline ne lui a jamais parlé de Julien. Et pourquoi ? Qu'est-ce qui l'empêche à ce point de raconter cette histoire ? Sa seule histoire véritable ? Pas si folle, en plus. Une toute petite tragédie. Mais c'est la sienne.

— Et donc rien. Des salamandres.

— Pas de lézard, alors ?

— Aucun.

— J'ai entendu un témoignage à la radio, enchaîne Lola, pas dupe mais charitable.

— Ah oui ?

Lola écoute toujours des radios bizarres. De préférence avec des témoignages d'auditeurs sur les sujets les plus consternants.

— Un homme appelait pour dire qu'il était envoûté par Victor Hugo.

Tandis que son amie singe la posture du grand poète, main sur son front préoccupé, Adeline aperçoit, au rayon chaussures, une silhouette familière.

C'est Suzanne. Justement, Adeline lui en a parlé, à elle, de Julien. Mais en dissimulant l'essentiel. Elle se souvient de la réaction de la vieille dame, de son visage méfiant. Non, il vaut mieux se taire. Les confessions ne mènent à rien.

— Suzanne ! s'écrie-t-elle en lui faisant signe.

L'octogénaire, un instant égarée, finit par la voir. Adeline se rappelle l'espèce de malaise dont elle a souffert, l'autre jour, en se réveillant. Elle se reproche de ne plus s'en être préoccupée. De n'y avoir même pas pensé. Elle n'a plus sa tête, en ce moment.

— Salut les filles ! lance Suzanne, guillerette. Vous semblez fraîches comme des scaroles !

Elle les rejoint, les embrasse.

— Alors ? C'est *the place to be*, si je comprends bien ? Vous venez vous renipper ?

— Oui et non, nuance Lola. Moi, c'est professionnel. Je cherche un costume de collégienne dévergondée.

Suzanne envisage de relancer leur éternelle polémique. Par principe, elle est plutôt antipute. Mais laisse tomber pour aujourd'hui.

— Moi il me faudrait des bonnes godasses. Avec mes oignons, je trouve rien de confortable. Ici, on dégote parfois des chaussures déjà portées, plus souples. Les neuves sont toujours trop serrées.

— La seconde main, c'est parfait pour les pieds, conclut Lola qui n'en rate pas une. Tu as fini le bouquin que je t'ai prêté ?

— Ton truc sur la fille abusée par ses trois frères ?

— Et par sa tante.

— Pas pu. Trop d'adjectifs.

Lola lève les yeux au ciel.

Elles décident d'aller poursuivre la conversation dans un salon de thé voisin, un établissement très correct, selon Lola qui revendique un certain standing. Comme c'est elle qui régale, personne ne s'oppose.

Attablées autour d'un oolong tarabiscoté, elles causent. Adeline ne se sent pas tenue au secret professionnel. Elle raconte le beau clochard, la lycéenne stressée, la maman insomniaque. Du monde. Du beau monde. Suzanne donne son avis. Elle virerait le clodo.

Lola soupire.

— Tu critiques l'amour vénal, et maintenant le vagabondage. Je te trouve désespérément rétrograde, Suzanne.

— Ah bon ? Parce que le tapin et la cloche, c'est des indices de progrès ?

La tenancière tend le cou, derrière son comptoir. Elle préférerait visiblement que le débat se tienne ailleurs.

— Guillaume va faire un peu de ménage, argumente Adeline.

— Il s'appelle Guillaume ? s'amuse Suzanne.

Adeline se concentre pour ne pas rougir. Échec. Suzanne, ravie, s'apprête à la charrier, mais voilà qu'elle grimace à nouveau. Comme l'autre jour. Cette expression simiesque, ou diabolique. Adeline sent son échine se glacer.

Lola n'a rien vu. Elle est tournée vers la patronne, dont elle vient de remarquer l'agacement, qu'elle attise d'un sourire snob.

— Ça va, Suzanne ? chuchote Adeline.

— Je suis un peu fatiguée. Je vais vous laisser, les filles.

D'un coup, elle a cent ans.

Adeline s'en veut. Même mesuré, l'optimisme est une erreur. Elle aurait dû retenir la morale de son histoire avec Julien : l'insouciance est mauvaise conseillère.

11

Quelque chose cloche.

Il est six heures du soir.

Guillaume le cow-boy nettoie le dortoir à fond. Lui, on peut dire qu'il a vite pris ses marques. Dès le lendemain de sa première visite, il était de retour, alerte, enthousiaste. « T'inquiète, je connais le chemin », a-t-il dit à Adeline en entrant, avant de se diriger vers le cabinet de toilette. Cette décontraction l'a un peu inquiétée, au début. Elle craignait qu'il s'incruste. Mais pas du tout. Après un repos réparateur d'une durée tout à fait réglementaire, Guillaume s'était éclipsé pour revenir à la fermeture et s'occuper du ménage.

C'est devenu un rituel. Il dispose de son matériel et on le voit passer, quand tout le monde est parti, chargé d'un tas de draps sales qu'il va fourrer dans le lave-linge. Ensuite, il lui donne des nouvelles de la rue. Jamais brillantes, mais il arrive à s'en marrer. L'épopée urbaine, il dit. Tout ce que ne voient pas les DF (Domiciles Fixes). Il raconte le foyer, les bagarres, les absurdités administratives.

Ce soir-là, elle le regarde travailler, en réfléchissant à ce qui ne va pas. Il passe un balai vigoureux et raconte ses dernières aventures. D'abord un peu distraite, elle finit par l'écouter.

Au bout d'un moment, elle hoche la tête, stoppant net la logorrhée de Guillaume.

— Quoi ? lance-t-il.

— Quoi, quoi ?

— Ton œil. J'y lis quelque chose.

— Quoi ?

— C'est la question que je te pose.

Elle sourit.

— Tu te demandes, poursuit-il, comment un garçon dans mon genre, éduqué, intelligent, dynamique, a pu se retrouver dans la rue.

— C'est ça que tu lis dans mon œil ?

— Entre autres.

Il affiche un demi-sourire suggestif.

— C'est vrai, admet-elle. Je me le demande.

— Tu ferais mieux de me le demander à moi.

— OK. Pourquoi un garçon comme toi se retrouve-t-il dans la situation de garçons pas comme toi ?

Il réfléchit.

— C'est une longue histoire. Disons que j'ai du mal à me taire.

— Voilà qui en dit long.

— C'est déjà trop. On va ménager le suspense, d'accord ? Si tu veux connaître la suite, tu es obligée de ne pas me virer. Là, je m'occupe des carreaux.

Il attrape son chiffon et se met au travail. Le couinement rythmique du chiffon sur les vitres fournit à ses trilles un accompagnement approximatif.

Ce qui cloche, ce n'est pas lui. Elle cherche. C'est souvent ainsi : un fait, un élément involontairement mémorisé s'enkyste en malaise, la titille, s'impose à sa conscience, sollicitée par un détail, une association sensorielle.

Et soudain, elle trouve. Le jeune cadre. Celui qui pratique la sieste active. Qui se recharge en vingt minutes, comme un téléphone portable dernière génération, et repart à l'attaque.

D'ordinaire, il vient en début d'après-midi et disparaît vite. Mais aujourd'hui, il s'est présenté en fin de journée. Quelque chose dit à Adeline, et avec insistance, que ce n'est pas anodin.

D'ailleurs, voilà qu'elle tombe sur lui, à l'accueil, alors qu'elle le croyait parti. Il traîne, fouille dans sa mallette, la referme, observe les murs, semble chercher un prétexte ou une occasion pour s'adresser à la patronne. Elle espère qu'il n'escompte pas la courtiser. Il n'est pas son genre. Elle ne raffole pas des gens efficaces. Sa préférence va aux anormaux, aux inaptes.

Ça y est, il s'approche du bureau, produit un sourire mécanique et sec, complètement raté, glisse un doigt sous son nœud de cravate. Mauvaises ondes. Elle s'assied à son bureau et commence à faire sa caisse, comme disait son père, histoire de paraître affairée.

— Bonsoir, tente-t-il.

Elle lève les yeux et feint de prendre cette apostrophe pour un signal de départ.

— Bonsoir, répond-elle. À bientôt !

Il ne bouge pas. Elle forme une pile de pièces d'un euro. Les dormeurs se débarrassent souvent chez elle de leur mitraille.

— En fait, se décide-t-il, je travaille pour le groupe Fargier, vous savez ?

Elle attend un peu avant de répondre. Le mot « groupe » la met mal à l'aise, sauf quand il s'agit de musique. Guillaume, dans le dortoir, se lance dans un solo, au chiffon à vitre.

— Non, répond-elle. Je ne sais pas. Je suis désolée, mais nous allons fermer.

Elle emploie le « nous » dans les cas comme celui-ci, lorsqu'elle laisse entendre qu'elle n'est pas seule, que ses subordonnés sont là, dans l'ombre, prêts à intervenir. Qu'elle est à la tête d'un groupe, elle aussi.

— Fargier, insiste-t-il, le promoteur immobilier. Les hôtels Eden Night, c'est nous.

— Ah. Enchantée.

Elle n'aurait pas dû dire ça. Il fallait trouver un terme plus conclusif.

— Et les résidences seniors La Bruyère.

— D'accord, d'accord. Je devrais connaître le groupe Fargier. Toutes mes excuses.

Il se tait, contrarié d'avoir mal emmanché cet entretien. Il cherche comment repartir sur de meilleures bases. Tant pis, il se lance, façon trapèze volant.

— Je suis chargé… Nous sommes…

Elle empile des pièces de vingt centimes. Elle aime le moment où la pile s'écroule.

— Il se trouve, reprend le cadre, que nous avons un projet pour le quartier. Un concept vraiment… Attendez que je vous montre.

Il pose sa mallette sur le bureau, en sort une liasse de papiers, lui présente une photo. Ce n'est pas exactement une photo. Une image de synthèse, aux couleurs saturées, très brillante. Elle met un peu de temps à reconnaître sa rue.

C'est parce qu'en lieu et place de la siesterie s'y dresse un immense bâtiment virtuel, géométrique et chichiteux, un truc en stuc hypermoderne, de l'aluminium, du verre, toute une tuyauterie de science-fiction.

— L'hôtellerie 3.0, commente-t-il. Une formule souple. Si vous voulez, on est à la croisée des mondes, entre le locatif de moyenne durée, l'appart'hôtel, le…

— Je ne veux pas.

— Pardon ?

— Vous avez dit : « si vous voulez », je ne veux pas. C'est clair ?

Et avec une fermeté qui la surprend elle-même, elle déchire la belle image. Deux morceaux, quatre.

— Attendez, proteste-t-il en essayant de sourire, comme si tout cela était un gros malentendu, nous souhaitons juste, pour l'instant…

— Moi, je ne souhaite pas. Ni pour l'instant, ni jamais. Vous n'êtes pas le premier à être intéressé par mon… par notre établissement. Je ne vends pas.

C'est vrai. En dix ans, elle a déjà reçu des offres, dont certaines lui auraient permis de finir ses jours au soleil. Le quartier se boboïse, se gentrifie. La spéculation immobilière est devenue folle, tout le monde connaît la question. Elle ne vend pas.

Ce qui l'étonne, c'est qu'on lui envoie ce freluquet en souliers étroits, plutôt que les grosses pointures. Il n'a rien du requin. Ou alors c'est une tactique, justement. Ils se sont renseignés, connaissent son passé de dame de service, lui supposent une tendresse pour les enfants.

— Je suis désolée, conclut-elle. C'est une maison familiale. Le sujet est assez passionnel.

Elle ramasse les morceaux de photo et les dépose soigneusement dans la valisette. Puis elle passe un coup de chiffon sur le plateau du bureau.

Le gamin s'apprête à rouvrir la bouche, mais Guillaume le cow-boy apparaît. Peut-être même qu'il est là depuis une minute ou deux, goguenard, son balai à la main.

— Nous allons fermer, monsieur, annonce-t-il.

Le coquelet hoche la tête.

— Très bien, dit-il. Très bien.

— Qu'est-ce qui est très bien ? se renseigne Guillaume, avec une innocence insolente.

Adeline lui sait gré de son soutien et, en même temps, ne peut s'empêcher de lui en vouloir un peu. À cause de sa posture bravache. Elle voit bien qu'il jubile de cette confrontation virile. De montrer qu'il est indispensable. Que les femmes ont toujours besoin d'un mec pour les protéger des autres mecs. Or, non. Elle n'a besoin de personne.

Elle se lève.

— Merci Guillaume. Monsieur, bonsoir, je vais vous demander de partir, maintenant. J'ai des choses à faire.

Et, d'un même mouvement, elle les chasse tous les deux, allez, allez, allez jouer ailleurs, les garçons.

Elle referme la porte derrière eux et pousse un soupir ressourçant. Le groupe Fargier reviendra sans doute à la charge. Il est rare qu'un seul refus suffise. Mais elle se sent de taille à résister. Fin de l'épisode, elle va pouvoir savourer ceux de la saga qu'elle dévore ces temps-ci, une odyssée nordique riche en chavirements.

12

À PEINE DANS LA RUE, le jeune cadre extirpe un smartphone de sa poche intérieure et, tout en s'élançant vers le métro, baragouine abondamment dans l'appareil. Guillaume le suit.

Pour Guillaume, la filature est devenue une seconde nature. Moins cow-boy que détective privé, agent secret, il a décidé de consacrer cette période vagabonde de sa vie à suivre le fil des conversations.

C'est quelque chose qu'il s'était souvent dit, dans sa période d'avant, sa période active, normale, administrée, quand il courait comme tout le monde dans les rues de Paris, dans les open spaces, quand il prenait les ascenseurs. Il croisait des gens et captait des bribes de conversations passionnantes dont il devait se résigner à ne jamais connaître la suite. L'issue. Il souffrait presque physiquement de cueillir au passage un « Tu sais ce qu'elle m'a répondu ? », puis rien. Le silence. Une autre bribe.

Aujourd'hui, il ne court plus, il erre tranquillement et sait ce qu'elle a répondu.

Pour qui s'intéresse encore à l'humanité, l'invention des téléphones portables est une bénédiction. Invisible, il chope les secrets. Se promet d'en tirer un livre, un jour. Plusieurs. Une série. Une encyclopédie.

Le jeune cadre est un client facile. Contraint d'élever la voix pour couvrir le tintamarre urbain, il raconte tout. Son interlocuteur paraît se situer plus haut que lui dans l'organigramme Fargier. Guillaume connaît la rengaine. Il perçoit les marques de servilité maquillées en boutades, la déférence crasse, la décontraction factice. Ben oui, Jean-Mi, mais elle l'a déchirée. Oui, déchirée. Quoi, comment ça ? Qu'est-ce que tu veux que je te dise ? Déchirée. J'ai les morceaux, je te montrerai.

Sous terre, le cadre attend la rame et s'éloigne un peu. Direction Montparnasse. Et, de là, Guillaume devine que ce sera la banlieue. Clamart, ou pire, Meudon. Tapi dans une encoignure, parmi d'autres qui, pareillement, débriefent leur journée, Guillaume se concentre sur le gamin.

— Bien sûr, lâche ce dernier.

Il enquille une série de « bien sûr », essaie de donner l'impression à son supérieur qu'il maîtrise la situation, que ça va de soi qu'il va gérer, bien sûr, bien sûr.

Tout cela n'est ni très utile, ni très intéressant.

Guillaume sent monter la déprime du soir. Le moment où on ne peut plus se mentir. Prétendre que son errance est transitoire, qu'il baguenaude par intérêt pour la race humaine, qu'il collectionne les mots comme des papillons, qu'il reprendra un boulot quand il le voudra, les agences d'intérim l'attendent, il peut tout faire, de la production, de l'encadrement. Il a toujours une pile de CV quelque part.

La vérité, c'est qu'il traverse une putain de dépression.

Avant, il n'arrivait pas à comprendre les gens de la rue, la déchéance. Il y avait quand même des filets de sécurité, une administration. Les migrants, oui, bien sûr, les sans-papiers, mais lui, il en a, des papiers.

— De toute façon, argumente le jeune cadre, c'est que le début. On lâche rien.

Lui, a-t-il lâché ?

Ses séances à la salle de sieste le reboostent. Le sommeil en lui-même, bien sûr, mais aussi le ménage, et surtout Adeline.

Normal qu'une femme comme elle, belle et tout, plus âgée que lui, avec son mystère, son sourire, normal qu'elle lui fasse de l'effet. Mais bon, et après ?

La rame arrive. Guillaume monte à la suite du cadre qui ne l'a toujours pas repéré. C'est ahurissant. Il porte pourtant son gros sac, occupe un certain volume dans l'espace. Mais son espace n'est pas celui du jeune homme, semble-t-il. Chacun sa galaxie.

— D'accord, conclut le cadre. Plan B.

Puis il rempoche son engin. Guillaume descend à la suivante.

Plan B. Ce qui veut dire ? C'est facile à deviner. On ne verra plus le petit poussin. Ils vont en envoyer un autre. Un dur. Ou alors une femme, quelqu'un d'insoupçonnable. Quelqu'un qui saura persuader Adeline, qui la prendra par les sentiments. Ça se voit, qu'elle est trop sensible, de toute façon.

Guillaume s'aperçoit soudain qu'il parle tout seul. Pas bon, ça. Il fouille ses poches et y trouve quelques pièces qu'il a subtilisées dans la caisse d'Adeline, en passant. Oui, c'est décevant, c'est triste, c'est laid. Mais ça va, c'est cinq balles, il est sûr qu'elle le sait et qu'elle ferme les yeux, la belle endormeuse. Et puis, de toute façon, il va les réinvestir tout de suite, ses cinq balles. Pour elle.

Il entre dans un café, en commande un, puis demande au patron s'il peut consulter internet. Parfois, dans les bars, c'est possible.

Le patron lui montre un vieil ordi, au fond de la salle et en profite pour ne pas lui rendre la monnaie. Voilà. Justice est faite.

Guillaume surfe, comme plus personne ne dit, et trouve des infos sur Fargier. Il s'en doutait, c'est du lourd. Il survole des photos de chantiers, d'immeubles design, de halls clinquants, parcourt quelques articles. Fargier, en fait, c'est un nom rassurant de daron d'autrefois, qui englobe tout un consortium, avec des sociétés beaucoup plus anonymes, des cabinets-conseils, des cabinets juridiques.

C'est ça qui l'embête le plus, Guillaume. Les avocats. La valetaille. Ceux-là sont plus redoutables que le petit cadre. Il ne suffira pas de leur déchirer la paperasse au nez. Ce nez, quand ils vont le fourrer, d'une façon ou d'une autre, dans les comptes de la belle Adeline, ça risque de faire mal. Parce qu'elle n'a pas l'air bien rigoureuse, la compta de la dame, avec ses piles de pièces, ses tarifs à la tête du client, ses petits arrangements dont il est bien placé pour connaître le caractère parfaitement informel.

Oh, il y a pire, comme montages branlants, à tous les niveaux du business. Guillaume en savait déjà quelque chose avant. Il en sait encore plus maintenant qu'il écoute aux portes. Personne n'imagine à quel point notre société policée repose sur les magouilles, les passe-droits, les embrouilles. Quand il le dit, on le traite de complotiste, alors il ne le dit plus. Mais le problème n'est pas là. Le problème, c'est l'essaim de baveux et de demi-sel qui risque de s'abattre sur la siesterie. Et ça, ça le rend malade.

Le mieux, c'est de ne rien dire à Adeline, et de veiller au grain.

Sur le sommeil des autres.

13

Aujourd'hui, c'est un hasard, mais presque tout le monde est là pour la sieste de 14 heures.

Par presque tout le monde, Adeline veut dire les nouveaux habitués. Ou les préférés. Ceux qui lui importent le plus, ces temps-ci, peut-être.

Il y a Suzanne, déjà couchée, dentier dans son verre, Manon, la jeune mère dont les cernes se sont reformés depuis la dernière fois, plus creusés encore. Il y a Camille, la lycéenne, et c'est plus étonnant parce qu'elle doit avoir cours, à cette heure, mais Adeline n'est pas la police, ni les parents. Il y a Guillaume, qui se dit que le fait de ne pas poser de questions à une lycéenne visiblement en train de sécher le lycée risque de constituer une pièce supplémentaire dans le dossier que les juristes de Fargier sont peut-être déjà en train de constituer sur Adeline.

Il ne manque que Lola.

Or, comme Adeline s'apprête à s'asseoir, donnant le signal du départ vers le pays des songes, la porte de la rue s'ouvre et la voilà, Lola, accompagnée d'un type chauve aux yeux fuyants. Adeline devine aussitôt, c'est le client dont elle lui a parlé l'autre jour. L'insomniaque. Le dépressif.

— Nous sommes un peu en retard, s'excuse Lola.

Le chauve grommelle un truc, ne sachant comment se tenir. Adeline leur désigne deux lits libres.

— Merci, chuchote Lola au passage. Il m'inquiète, tu sais.

— Je sais.

Jusqu'ici, tout est normal. Tout l'a été. Suzanne n'a pas refait sa tête de goule.

La jeune mère a raconté ce que racontent toutes les jeunes femmes que la naissance de leur enfant a fait basculer dans un monde où tout le monde juge normal que vous ne dormiez jamais, que vous ayez peur tout le temps, que vous n'ayez pas une minute à vous, pas une seconde, où vous êtes, dix fois par jour, ravagée par des tornades émotionnelles, mode de vie auprès duquel celui des pilotes d'élite de *Top Gun* ressemble à un séjour au Club Med.

Jusqu'ici, donc, rien de spécial.

On s'allonge, on se tourne sur son matelas, on cherche sa position préférée, on ferme les yeux.

Sauf le chauve.

Le chauve n'a pas un comportement normal.

Oh, Adeline ne lui reproche rien, non. Il joue le jeu. Lola lui a sûrement fait la leçon, expliqué le processus. Il a sagement cherché à bien faire.

Mais, à peine fermés, ses yeux se sont rouverts.

Avec le même élan pugnace et mécanique que l'attaché-case du cadre. Comme s'il avait un ressort entre les paupières.

Zut alors.

Plus surprise qu'inquiète, Adeline observe le phénomène. Le chauve se claquemure à nouveau dans son obscurité intérieure, se rencogne dans le fond du lit, essaie des poses, contrefait l'endormissement.

Et clac, les yeux s'ouvrent, les pupilles brillent, une lueur vague, en provenance de la fenêtre, vient nager dans ses globes oculaires. Il est au bord du larmoiement. De fatigue ou d'énervement.

Adeline n'en revient pas. C'est la première fois en dix ans qu'on ne dort pas chez elle.

Bon, elle s'approche doucement du chauve. Elle chuchote :

— Ça va, monsieur ?

Il se redresse, électrique.

— Non, en fait, ça ne va pas trop. Impossible de dormir.

— C'est curieux.

— Non, non, pensez-vous. J'ai l'habitude. Je vais partir, c'était une mauvaise idée. Je ne voudrais pas déranger les autres.

— Attendez. Recouchez-vous.

Il obtempère, nerveux. Un peu de sueur perle dans son sillon labial. Elle pose sa paume sur son front moite.

D'habitude, c'est quasiment instantané. Elle *sent* se relâcher les tensions, comme si les os ramollissaient. À son contact, les tissus se détendent, les muscles se relaxent, le sang circule.

Mais chez le chauve, elle perçoit une véritable panique intérieure, organique, un dérèglement général du métabolisme, ça tressaute, ça gargouille, ça se bouscule. Un crépitement d'influx contradictoires.

— Calmez-vous.

Elle sait bien qu'on ne se calme jamais sur commande. Si elle continue, il va lui faire une apoplexie.

Alors elle retire sa main, s'éloigne, se rassied. Tant pis.

Le pauvre type fait tout ce qu'il peut. On sent qu'il aime sa propre docilité, qu'il veut donner des gages de bonne volonté. C'est un ancien premier de la classe, un gros fayot. Elle en a connu, des comme ça, des émotifs, hantés par la peur de déplaire. Lui, en plus, c'est un émotif déprimé. Un cas lourd.

Fascinée, elle décide, pour voir, de ne pas retourner à l'accueil. Elle ne l'observe que du coin de l'œil, ressasse ce qui la tracasse.

Au bout des vingt minutes, il n'a pas fermé l'œil. Elle n'en revient pas.

— Je vais réveiller les autres, annonce-t-elle en regardant sa montre.

— Si vous voulez, je peux dire que j'ai dormi. Ce sera plus simple.

Encore un qui croit que le mensonge arrange les choses. Elle a commis cette erreur, jadis. On ne l'y reprendra plus.

Enfin, on l'y reprendra moins, espère-t-elle.

— Non, non, pas question. Si vous ne dormez pas, c'est qu'il y a une raison. On ne guérit pas la maladie en niant les symptômes.

— La maladie ?

Le voilà terrifié.

— Façon de parler.

— Mais vous n'avez pas peur que ça nuise à la réputation de votre établissement ?

— Je n'ai peur de rien.

En voilà un, de mensonge. Et un beau.

Pour se punir, après avoir frôlé toutes les joues, fait se rouvrir tous les yeux, elle annonce la nouvelle : elle vient d'échouer dans les grandes largeurs. Monsieur n'a pas dormi.

— Quel est votre prénom, au fait, monsieur ? Il faut que je le note dans mes tablettes.

— Claude, répond Lola.

Suzanne assujettit son dentier puis se prononce :

— En général, ce qui empêche *vraiment* de dormir…

Elle marque une pause, théâtrale, dont elle profite pour enfiler ses chaussures, d'étranges cothurnes orthopédiques.

— Oui, quoi ? s'agace Claude.

— C'est le *remords*, assène Suzanne. Vous avez quelque chose à vous reprocher ? Quelque chose de grave, je veux dire ? Vous êtes blanc comme un beau diable !

Silence. Elle est gonflée, quand même, se dit Adeline, admirative. Comme le pauvre Claude paraît tétanisé, recroquevillé sur son matelas, Lola tape dans ses mains.

— Bon, ça va, nous ne sommes pas au confessionnal !

Elle se lève, donne le signal de l'éparpillement. Manon et Camille remercient chaleureusement Adeline et laissent, en partant, leur quote-part dans la caisse.

Suzanne la salue d'un clin d'œil au passage. Celui qui signifie qu'elle est contente d'elle.

Claude est le dernier à partir. Penaud, il déglutit douloureusement et lui adresse un petit signe en regagnant la rue.

En le regardant s'éloigner, Adeline ne peut s'empêcher de penser que la vieille dame a vu juste.

14

C'est dimanche. Un dimanche lumineux de fin d'automne. La mer est haute, très haute. Les grandes marées emplissent la rivière de Morlaix. L'eau saumâtre déborde parfois et monte jusqu'au ventre des voitures bêtement garées sur le parking, le long du quai. Les voitures des touristes, le plus souvent. Des clients du Café du Port.

Mais ce dimanche-ci semble avoir opté pour la perfection. Un soleil tiède inonde la baie, veloute la surface des flots, allume des bouquets miroitants dans la ramure rougie des arbres. Un vol oblique d'aigrettes, que le lointain fait paraître immobiles, évoque un détail d'estampe. Les voiliers à l'ancre bercent leurs souvenirs de voyage et de vent. Le grand large patiente.

Assise sur un coussin à motifs floraux, devant sa bow-window, Adeline admire la vie. Adeline est douée pour regarder. Elle regarde le petit vieux qui rame, dans son annexe minuscule, vers son bateau minuscule, pour s'y livrer à de microscopiques activités quotidiennes. Elle regarde la femme à vélo, qui passe et dont elle ne sait rien. Elle l'a toujours vue pédaler vers on ne sait où, leurs horaires ne correspondent pas. Il faut admettre qu'Adeline n'a pas fait beaucoup d'efforts pour s'intégrer, dans ce quartier qu'elle trouve un peu prétentieux. À part celle, minuscule, qu'elle loue à la vieille dame avare, les maisons, ici, font plutôt dans le grandiose. Terrasses, piscines, hauts portails, pierre de taille. On y trouve du patron, du directeur, de l'inspecteur des finances. Le petit vieux lui parle quelquefois. La patronne du Café du Port souvent. C'est à peu près tout. Ça lui suffit. En deux pas, de toute façon, on est ailleurs, loin, sur le chemin côtier. On longe d'autres propriétés silencieuses, des manoirs. Parfois, un paon lointain pousse un cri.

Le dimanche, en général, elle se repose des gamins. Ils sont craquants, mais inépuisables, chaque matin, chaque année, hystériques pour un rien, morveux, malades, contagieux. Depuis qu'elle travaille à la maternelle, elle qui n'était jamais enrhumée, elle a attrapé deux angines et trois gastros redoutables.

Un rayon poussiéreux traverse la vitre et chauffe ses jambes nues. Elle porte, comme d'habitude, une longue jupe légère, un haut sans manches, ourlé de dentelle, qu'elle tient de sa mère. Elle n'a jamais froid. Tant mieux. La chaudière au fuel, installée dans la petite cuisine, exhale de sales relents. Quand l'humidité gagne, elle s'enroule dans son châle de gitane.

Elle laisse monter en elle une sensation complexe, délicieuse, dominicale, qui mêle un début d'appétit, la promesse d'une longue après-midi oisive, et quelque chose d'autre, de beaucoup plus trouble, de beaucoup plus excitant, lié à l'odeur de Julien, le père de Romain. Elle a la mémoire des parfums, en devine la formule. Impeccablement dosé, le sien se composait de fleurs, de sel et de sueur.

Sa main glisse le long de sa cuisse. Cette jupe légère est propice aux effleurements, elle les amplifie, les module, et quelques caresses judicieuses suffisent souvent à Adeline pour s'embraser. Ses pieds nus glissent sur le parquet tiède. Soupirer dans les coussins, face à l'immensité, en savourant le souvenir d'une fragrance. Nul besoin de manoir.

Nul besoin non plus de bateau pour embarquer. L'étoffe moirée de sa jupe fait des vagues, des remous, ses hanches ondulent au rythme d'une houle intérieure. Elle ne craint pas qu'on l'observe d'en bas, les éclats du soleil qui s'éparpillent sur la baie vitrée la dérobent aux regards, elle s'enfonce peu à peu dans l'écume, dans la lumière qui déferle sur le plancher, surprise, stupéfaite par la puissance de son plaisir.

Elle ralentit, s'attarde, rouvre les yeux. Des larmes dorées lui mouillent les paupières. Au travers, la silhouette mouvante des petits bateaux réapparaît, des taches mauves tournent sur ses rétines, elle se mordille la lèvre inférieure, se pelotonne différemment. La longue jupe propage la caresse jusqu'à ses chevilles, elle retarde tant qu'elle peut la prochaine onde et discerne soudain quelque chose qui tremble au loin, dans la baie.

Une forme, à contre-jour, qu'elle prend d'abord pour l'un de ces mini-mirages engendrés par les yeux, quand la lumière les noie. Mais non, c'est vaguement réel, ça se déplace, approche, se précise ou se dérobe, selon les mouvements du soleil et de l'eau.

Elle se redresse, et tout son corps se tend, galvanisé par la suspension du plaisir, une chaleur électrique lui rougit les pommettes, un murmure lui échappe, elle place une main en visière et plaque l'autre contre le plancher tiède. C'est une voile. Un vaisseau approche. On vient l'enlever. Elle plisse les yeux, entrouvre les lèvres, comme elle faisait, gamine, quand elle espionnait en pyjama, par l'embrasure de la porte du salon, les films de deuxième partie de soirée devant lesquels somnolait son père, persuadé qu'elle dormait à poings fermés. On y voyait des hommes torse nu embrasser des femmes pantelantes.

C'est un petit voilier de plaisance. Le vent le pousse lentement vers elle. Lentement mais sans heurt, avec une détermination tranquille. Elle sourit déjà, incrédule mais sûre d'avoir deviné.

Sur l'étoffe tendue de la voile, miroitant dans les rayons, c'est bien une salamandre, une grande salamandre dorée, dont la tête dodeline, comme pour confirmer qu'elle ne se trompe pas.

Elle entrevoit une silhouette à la barre.

La main d'Adeline descend, s'attarde sur ses seins, descend encore, le long du ventre. La salamandre est très visible, maintenant. Le petit vieux, sur sa coque de noix, interrompt ses grattements, se redresse avec effort, ses reins lui font mal, il contemple le nouveau venu. À la terrasse du Café du Port, quelques clients le montrent du doigt. On distingue les détails, le pont du navire, les bouts, les fanions.

Adeline garde les yeux rivés sur la silhouette de Julien, anticipe l'apparition de ses traits, qu'elle se rappelle très bien. Il porte une veste bleue, légère, qui s'ouvre sur sa poitrine. Ses cheveux remuent dans l'air, il accomplit les gestes immémoriaux des marins à l'approche des ports, des gestes savants et simples, précis. Il se déplace sans précipitation, le navire décrit un arc de cercle et ralentit doucement, la voile faseye. Julien jette l'ancre qui troue proprement la surface, sans presque d'éclaboussures.

Elle le regarde dans les yeux, séparée de lui par l'écran de la fenêtre, par son propre reflet qui lui renvoie son regard intense. Sa main, perdue dans les plis de la jupe, remue imperceptiblement, les muscles de ses cuisses se tendent.

Au moment où elle va s'abandonner complètement, au bord de s'engloutir, elle s'interrompt à nouveau. À nouveau elle s'entend protester. Un bref gémissement de surprise et de frustration délicieuse.

Julien, là-bas, vient d'attraper des jumelles et il examine la côte, en un lent panoramique. Elle saute sur ses pieds, se recoiffe, oui, se recoiffe, c'est un réflexe, à l'école elle est toujours bien peignée, cheveux tirés, barrette. Elle remonte sur son épaule le tee-shirt trop échancré, se rend rapidement présentable pour le moment où elle apparaîtra dans le cercle noir des jumelles de Julien.

C'est elle qu'il cherche, elle le devine.

Et, de fait, lorsqu'il se trouve pile dans l'axe de la bow-window, il s'immobilise. Elle se sait vue.

Lève la main.

Lui aussi lève la main.

C'est tout.

Il reste là, un long moment, puis lui tourne le dos, s'active sur son esquif. La salamandre, un moment avachie, reprend du poil de la bête tandis que le voyageur s'éloigne vers l'horizon.

Adeline, en soupirant, se rallonge sur ses coussins.

15

— Il y a un mec qui nous mate, annonce Camille, presque à voix basse.

— Pardon ? demande Suzanne.

Elle n'a pas entendu. À cause de la voix presque basse de Camille, mais aussi parce qu'elle mâchait son paris-brest et que le bruit de la mastication, explique-t-elle, lui bouche le circuit auditif.

— Un mec, insiste la lycéenne. À neuf heures. Regardez-le pas.

Lola, Suzanne et Adeline acquiescent, font tout ce qu'elles peuvent pour ne pas regarder le mec, glissent des coups d'œil en coin, traquent les reflets dans les cuivres du salon de thé.

Elles finissent par admettre que oui, effectivement, ce type a l'air louche. Il sirote un grand crème, seul à sa table, fixant son attention alternativement sur son téléphone et sur elles. Mais bon, il n'y a personne d'autre dans le petit établissement et il peut sembler humain, pour un coq, souligne Suzanne, d'être attiré par quatre belles poules.

— C'est cela, rit Lola en plantant ses dents dans le glaçage poudreux. Nous picorons.

Ce qui n'amuse pas du tout Camille.

— C'est sûrement un gros pervers.

Adeline a une autre hypothèse. Pas tout à fait une hypothèse. Un mauvais pressentiment. Mais elle le garde pour elle, tout en fixant dans sa mémoire les traits de l'inconnu. Celui-ci, d'ailleurs, ne baisse pas les yeux quand elle le dévisage. Il esquisse même un sale sourire. C'est un bonhomme trapu, cheveux noirs et luisants peignés en arrière, à l'ancienne, à la mafieuse.

Suzanne soupire.

— Faut arrêter, les jeunes gonzesses, avec votre dégoût des mecs. Ça va, je veux bien qu'on soit féministe, mais si on se lance dans une guerre des sexes, on n'est pas sorties du Flunch. Surtout Lola, qui, toute progressiste qu'elle soit, est financièrement dépendante des mâles.

Ravie de sa petite offensive perfide, elle éclate d'un rire quinteux qui balance alentour des miettes de paris-brest.

La lycéenne fronce les sourcils et dévisage Lola, réfléchissant à ce qu'elle vient d'entendre. Elle hésite à comprendre.

— Je suis travailleuse du sexe, explicite Lola. Ça te gêne ?

Avec une grimace de dégoût, Camille hoche négativement la tête.

— Je juge pas, répond-elle. C'est juste que…

— Que ?

— C'est de l'esclavage. Déguisé, mais quand même.

— Et les trois-huit dans un abattoir, tu appelles ça comment ? cingle Lola, lasse de toujours devoir se justifier.

— Abattage ou abattoir, telle est la question, sourit Suzanne.

— Venant de quelqu'un qui n'a jamais travaillé de sa vie, cette remarque ne me semble pas de très bon goût.

— Pardon, proteste Suzanne. J'ai travaillé. Puis j'ai élevé mon fils.

— Admirable.

— Stop, intervient Adeline. On avait dit qu'on était là pour passer un bon moment.

Et c'est vrai. Ça les a prises comme ça, après la sieste de 14 heures. Comme aucun nouveau client ne se présentait, Suzanne les a invitées au salon de thé. Camille a hésité un peu, mais ne s'est pas fait trop prier.

Voyant que le débat sur la prostitution fait long feu, Suzanne repart à l'attaque.

— Et toi, l'écolière, c'est normal que tu sois pas en classe à cette heure-ci ?

Camille se crispe.

— Non, confirme-t-elle. C'est pas normal. Je sèche.

Elle soutient insolemment le regard de Suzanne.

— Ah oui ? Tu sèches ? Tes parents le savent ?

Camille ricane.

— Oui, mais ils sont trop occupés à gérer leur séparation. Ils se renvoient la balle.

— C'est dommage pour ton avenir, opine Lola.

Le ricanement de Camille se mue instantanément en une espèce de sanglot ironique.

— Mon avenir ? Vous êtes sérieuse ?

Ah oui, se rappelle Adeline. La gamine ne croit pas au futur. Au fond, son attitude n'est pas si aberrante. Ce qui serait bien, en fait, ce serait qu'on lui fiche un peu la paix. Que Suzanne cesse d'envoyer ses piques, que Lola ravale son orgueil de geisha offensée, et qu'on se boive un thé intergénérationnel, tranquille. C'était le projet de départ.

Elle pose sa main sur celle de Camille, qui tressaille un peu, mais accepte le contact. Adeline sent trembler ce corps malmené, déjà déçu. Comment lui faire comprendre que la vie a du prix ? Que la joie vaut la peine ?

Elle charge ses mains de transmettre le message et, faute de mieux, gratifie Camille d'un sourire doux comme une éclaircie.

La petite n'ose pas regarder Adeline, mais elle semble se radoucir, porte sa tasse à ses lèvres, avec une élégance qu'on devine acquise plus que naturelle. C'est une jeune bourgeoise, à n'en pas douter. Si elle tombe, ce sera de haut.

Allez, pour l'instant, Adeline la retient, au bord du gouffre, l'aide à dormir, la réconforte. Elle ne serait pas si mauvaise mère, au fond. On dirait que l'atmosphère se détend un peu. Le mec, là-bas, a replongé dans son téléphone.

— Tu aimes lire ? s'enquiert Adeline, à qui la question semble idéalement neutre.

Bien vu ! Camille s'illumine.

— Ouais. Surtout de la dark romance.

— Expose le concept, ordonne Suzanne.

— Ben, dans celle que je lis en ce moment, l'héroïne est amoureuse d'un mec un peu toxique.

— Il fallait y songer, s'amuse Lola, qu'Adeline fait taire d'un froncement de sourcils tandis que Camille explique :

— Le mec enlève la fille et l'enferme dans une espèce de manoir. Et là, il l'agresse.

— Sexuellement, je suppose ? s'intéresse Suzanne.

— Pas seulement. Mais elle lui pardonne, parce qu'elle est raide dingue de lui. Et, au fond d'elle, elle espère le ramener vers le bien.

— Je comprends où tu puises tes idées militantes sur la condition féminine ! s'exclame Suzanne.

— Attends, rétorque Camille, c'est pas parce que tu lis des polars que tu rêves de commettre des meurtres !

— Un point pour la gosse ! s'esclaffe Suzanne.

Le débat littéraire paraissant avoir apaisé les esprits, Adeline commence à se détendre, lorsque Suzanne repart à l'attaque :

— Et toi, tu as un amoureux ?

Camille se renfrogne.

— Un amoureux. J'y crois pas.

— Tu crois pas aux amoureux ? insiste la vieille dame, sincèrement curieuse.

— L'amour, c'est un truc patriarcal, explique la lycéenne. Pour emprisonner les femmes.

— Et en faire des esclaves sexuelles, poursuit Lola, histoire de montrer qu'elle a assimilé la théorie.

— Exactement.

Camille s'est levée, cette fois. Possible qu'on l'ait perdue. C'est vraiment dommage. Tout se froisse, on dirait que la main maligne du Destin avec son grand D chiffonne à jamais cet instant pour le jeter dans la poubelle du Temps.

— Allez, t'énerve pas, tempère Adeline.

Ce n'est pas le bon mot. Camille n'est pas énervée. Déçue, plutôt. Elle attendait sûrement quelque chose de cette séance de sororité. Le mec les regarde à nouveau, n'en perd pas une miette.

— Si je t'ai vexée, je te présente mes excuses, déclare Suzanne, solennelle.

Puis la vieille dame se crispe, comme stupéfaite ou furieuse, et porte à son front une main extraordinairement veinée, fragile et tremblante.

— Le paris-brest, hoquette-t-elle. Il ne passe pas.

Et, avant que quiconque ait le temps de réagir, elle vomit sur la jolie table en faux marbre.

16

— Ça va aller, module Adeline en caressant la joue de sa vieille amie.

Suzanne a bien voulu qu'elle la raccompagne chez elle, mais refusé net qu'elle appelle un médecin ou le 15 – et puis quoi encore ? C'est juste qu'il y avait un truc pas frais dans la crème. Adeline, se remémorant la grimace hideuse de l'autre jour, est beaucoup moins confiante. Quelque chose déraille chez Suzanne. Depuis quand ?

Au moins, le mafieux, dégoûté, a levé le camp, ce qui est une bonne chose. Camille n'a pas demandé son reste et Lola s'est proposée pour aider, mais Adeline l'a assurée qu'elle s'en tirerait toute seule.

Maintenant, elles sont là, toutes les deux dans le grand appartement vide. Suzanne s'est affaissée sur le sofa, dans le salon. Vide et triste, l'appartement, malgré les murs ornés de photos sous-verre. Peu d'enfants sur les photos, peu de paysages. Essentiellement un homme, pris à tous les âges de sa vie, et dont les clichés racontent l'évolution, depuis sa jeunesse fanfaronne et vigoureuse jusqu'à son déclin. La dernière image le montre sur un lit d'hôpital, amaigri, un fin tuyau lui sortant du nez, soufflant avec panache une forêt de bougies d'anniversaire, plantées dans un gros gâteau à la crème. Un paris-brest ?

Ce ne sont pas des photos de famille, ce sont des photos d'amour. Toute une exposition.

Un amoureux. Suzanne en avait un, apparemment. Et un beau.

— J'ai mal à la tête, grogne-t-elle. Ça me tambourine comme une armée d'huissiers. Il doit y avoir de l'aspirine dans la salle de bains.

Adeline se lève, traverse la chambre, le corridor, le salon. C'est immense, ici. Immense et sinistre. Le parquet craque. A-t-il été, jadis ou naguère, un terrain de jeux pour son fils, pour des petits-enfants en délire ? Une patinoire ? Non, Suzanne n'est pas grand-mère. Elle parle peu de son unique rejeton. Ses amies ont tenté d'en savoir davantage, mais il semble qu'il n'y ait rien à apprendre.

Ça lui irait bien pourtant, à ce grand appartement, d'accueillir quelques rires de gamins. Quand elle bossait à la maternelle, elle les entendait, ces rires fantômes, dans la cour, dans les couloirs, ces rires errants, éternels éclats de vie qui composaient avec les taches indélébiles de peinture aux murs, les bosselures dans le lino, un monument immatériel, une ode à la joie de vivre.

Ici, rien de tout ça. C'est un mausolée, plutôt, un tombeau pour l'amoureux mort. Non, être veuve, même à quatre-vingts ans, ce n'est pas normal. La mort n'est jamais normale.

Elle trouve l'aspirine dans l'armoire à pharmacie. Des comprimés effervescents, parmi d'autres boîtes, des tubes, des flacons, qui constituent l'intimité médicale de Suzanne, et qu'Adeline est gênée de violer à son corps défendant.

Vite, elle referme l'armoire, mais un détail la fait tiquer. Elle la rouvre et remarque beaucoup de médicaments contre la nausée.

Elle y pense, y repense, met tout bout à bout, passe par la cuisine où elle plonge le comprimé dans un verre d'eau et retourne au salon, transportant précautionneusement le remède qui pétille avec optimisme. Suzanne somnole sur son sofa. Mais elle ne l'aide pas à s'endormir, elle lui pose une main sur l'épaule et la secoue doucement.

— Tiens, ma belle.

Suzanne la remercie d'un hochement de tête et boit, par grosses gorgées impatientes.

— Dis donc, s'inquiète Adeline, tu as souvent des nausées, des maux de tête, des étourdissements ?

— Pourquoi ? Tu crois que je suis enceinte ?

Suzanne tente de se marrer, mais ses yeux trahissent une anxiété intense.

— Parfois, j'ai remarqué que tu faisais une tête bizarre. Comme si tu étais au bord du malaise.

La vieille veuve finit lentement son verre, pour gagner un peu de temps. Elle réfléchit.

— Oui, avoue-t-elle. C'est pas toujours la grande forme. Tu verras quand tu auras mon âge.

Adeline lui reprend le verre et le pose délicatement sur un guéridon très chic qui paraît résigné à son sort subalterne.

— Rien à voir avec l'âge. Tu as consulté ? Tu as décrit tes symptômes à quelqu'un ?

Suzanne hausse les épaules.

— Alors moi, tu sais, les toubibs, moins je les vois…

— Appelle ton médecin, Suzanne. Sinon, je t'emmène aux urgences.

Suzanne esquisse un sourire complice, pour conjurer la gravité de la belle endormeuse, son sérieux, dans l'espoir qu'il soit encore possible de blaguer, que tout ça n'ait aucune importance. Mais Adeline fouille sans vergogne dans le joli sac de sa vieille amie, y pêche le téléphone qu'elle lui tend. Suzanne secoue la tête.

— Est-ce que… est-ce que tu pourrais l'appeler pour moi ?

En une seconde, son visage a changé. Son expression gouailleuse a disparu. On dirait une petite fille qui supplie. Adeline reconnaît cette imploration éperdue des enfants, pour qui tout est vital, un bonbon, un sourire, une écorchure. À la maternelle, Adeline savait les consoler en deux secondes, un câlin et ils repartaient en courant. Suzanne, hélas, a passé l'âge des cajoleries magiques.

— Ma doctoresse est très gentille, assure la vieille dame, comme pour tenter de s'en convaincre elle-même, avant de se lever péniblement et s'enfoncer dans les profondeurs de l'appartement dès qu'Adeline lance son « allô ».

Pas le courage d'entendre parler d'elle. Les mots vous plongent trop brutalement dans la réalité.

La doctoresse – mot qu'Adeline, à la différence de son père, n'a jamais employé – est effectivement très gentille. Elle écoute attentivement, pose quelques questions.

— Il faut que je la voie, confirme-t-elle.

Voix tendue, préoccupée.

— Vous pensez pouvoir la prendre entre deux rendez-vous ? ose Adeline.

— Non, je viens.

Très, très gentille. Ou particulièrement inquiète. Adeline raccroche, hésite, emprunte à son tour le long couloir par où Suzanne est partie se cacher. Elle la trouve assise sur son lit, un lit monumental, beaucoup trop vaste pour elle, et est aussitôt certaine que l'amoureux est mort là. L'immense meuble semble prêt à engloutir sa prochaine victime. Les épais rideaux de velours sont tirés, laissant tout juste passer un peu de gris du ciel d'automne.

Dans la demi-pénombre, Adeline ne discerne pas tout de suite les larmes qui coulent sans bruit sur les joues de Suzanne.

— Elle va venir.

Elle voudrait ajouter que tout ira bien, mais préfère s'abstenir. À la place, elle se hisse à côté de Suzanne et lui prend la main.

— Je suis foutue, souffle la vieille dame.

— Arrête !

— On le sait, quand on est foutu. Je t'assure.

— Je reste avec toi, d'accord ?

Suzanne hoche faiblement la tête. Elles se serrent l'une contre l'autre, comme deux gamines dans le noir, qui guettent pour se faire peur le pas lourd du croquemitaine, de l'ogre, du loup, de toutes les saloperies qui, depuis toujours, arpentent la nuit pour venir vous chercher.

17

— C'EST GRAVE ? demande Lola.

Adeline a horreur de téléphoner en pleine rue mais, en sortant de chez Suzanne, elle avait besoin de parler. Elle croise des passants indifférents, pressés, dont quelques-uns lui accordent un bref regard avant de se fondre dans l'oubli.

— La toubib a l'air de le penser. Elle a juste dit qu'elle avait besoin d'examens complémentaires. Et elle a appelé elle-même la clinique pour obtenir un rendez-vous rapide.

Lola ne répond pas. Adeline l'écoute souffler la fumée de sa cigarette. C'est curieux, on dirait que Lola ne fume qu'au téléphone, quand elle est seule chez elle.

— Quand est-ce ? demande Lola.

— Quand est-ce que quoi ?

Question idiote, mais Adeline est distraite, à cause de ce bruit de fumée dans son oreille, et aussi parce qu'elle passe devant un 8 à Huit et se souvient qu'elle n'a rien à manger. Elle pousse la porte, s'engage dans les rayons étroits.

— Le rendez-vous.

— Ah, oui. Demain, 9 heures.

— Je passerai la chercher à 8 heures.

— J'y serai. Je lui ai dit que je l'accompagnais.

— Parfait, nous ne serons pas trop de deux. À demain.

Elle raccroche. Par son métier, sans doute, Lola semble habituée à gérer les horaires. Tout le contraire d'Adeline qu'une autre pensée vient tracasser.

Quelque chose la gêne, la perturbe, mais quoi ?

Elle cherche, essaie de repousser les images désagréables de Suzanne auscultée par la gentille doctoresse, une femme jeune posant délicatement son stéthoscope sur le torse de sa patiente, sur son dos, le glissant sous son chemisier, passant le brassard du tensiomètre autour de son biceps flasque.

Elle revoit la mine accablée de Suzanne, le visage concentré du médecin.

À la fin, elle s'était éloignée pour appeler la clinique. Muettes et immobiles, Adeline et Suzanne avaient tenté de capter quelques mots. Puis la doctoresse était revenue, souriante, annonçant que c'était bon, ils pourraient la prendre dès demain. Une chance. Une chance incroyable, vous savez. Suzanne, comme égarée, a posé une drôle de question. Elle a demandé quel jour c'était, demain.

Et la toubib a répondu : jeudi.

Voilà. C'est ça qui perturbe Adeline. Jeudi. Demain soir, elle est invitée chez Marion. Marion et Romain. Demain soir.

Elle aurait voulu avoir toute la journée pour elle. Pour se préparer. Fermer la boutique, pour une fois.

La clinique et l'invitation, le même jour. Trop d'événements pour une seule date, trop d'émotions. Matériellement, ça ne pose aucun problème, mais ce n'est pas le matériel qui la soucie.

À propos de matériel, elle se rappelle qu'elle est là pour acheter de quoi manger, constate qu'elle se tient, immobile, devant un mur de conserves, et puis, à nouveau, est traversée par la sensation désagréable.

Elle se retourne et le voit.

Le mec du salon de thé. Le mafieux. Avec ses cheveux gras tirés en arrière.

Elle en a le souffle coupé. Les mains dans les poches de son blouson, un gros blouson informe, il est penché sur le bac des surgelés, apparemment fasciné par une brandade de morue.

Leurs regards se croisent, il se redresse et lui sourit. Les rayons de la supérette sont étroits, ils se trouvent beaucoup plus près l'un de l'autre que dans le salon de thé. Elle distingue des détails déplaisants, des points noirs sur son nez, l'éclat visqueux de ses sclérotiques.

Une rage glacée envahit Adeline. C'est comme de sortir dans la neige, par temps clair. Le corps et l'esprit tout à coup nettoyés. Elle devrait avoir peur, mais elle n'éprouve qu'une colère très pure, comme l'autre jour, face au jeune cadre. Comme autrefois, aussi, dans sa vie d'avant, quand on voulait se mêler de ses affaires. Elle repousse ce souvenir.

— J'y crois pas. Vous me suivez ?

Il sort les mains de ses poches. Ce sont de moches mains, trapues comme lui, carrées. Il a un physique de méchant de cinéma. De frappe. De gouape, comme disait Aristide.

— Disons, répond-il, que je m'intéresse à vous.

Elle fait un pas vers lui, et ils sont vraiment très près l'un de l'autre. Trop. Mais elle refuse de reculer.

— Arrêtez votre baratin. Vous bossez pour Fargier, c'est ça ?

— Je note que vous avez mémorisé le nom de notre groupe. Dois-je en conclure que vous aussi, vous vous intéressez à nous ?

— Non, vous ne devez pas. Par contre, si vous continuez à me harceler, je dépose plainte.

— Vous harceler ? Vous croyez qu'on va me mettre en prison parce que, comme vous, j'apprécie les salons de thé et m'achète de quoi dîner ?

Ses mains attrapent la boîte de brandade. Il scrute l'étiquette avec une moue réprobatrice.

— C'est que, voyez-vous, Adeline, je suis célibataire. Et je travaille beaucoup. Alors, parfois, je cède à la facilité du surgelé.

— Je vous interdis de m'appeler par mon prénom.

— Pourtant, c'est un joli prénom. Comme ceux de vos amis, Lola, Suzanne, Camille. Mais, si vous préférez, je connais aussi leurs noms de famille.

Il laisse tomber la morue dans le bac. Cesse de sourire.

— Et leurs adresses, ajoute-t-il.

Elle reste figée, le souffle court.

— Qu'est-ce que vous voulez ?

À nouveau, le sourire gluant déforme le visage du type.

— Ce que *nous* voulons, c'est juste un peu d'attention de votre part. Un peu de réflexion. Nous avons des propositions mirobolantes à vous faire. De quoi vous offrir une belle vie. Nous sommes des entrepreneurs. Pas des criminels.

— Je n'ai jamais bien saisi la différence.

Il hausse les épaules avec indulgence.

— C'est un peu facile, ça, Adeline. Indigne de vous.

Elle expire, profondément, consciente que le cocktail de colère et d'adrénaline lui permet de tenir l'angoisse à distance. Une distance qui s'amenuise. Sans quitter des yeux ceux de l'homme, elle s'oblige à réfléchir et conclut qu'elle doit gagner du temps. Pour elle, pour Suzanne. Elle a besoin de renforts, et elle va en trouver.

— Donnez-moi une semaine.

L'homme paraît surpris. C'est sûrement bon signe.

— Une semaine ? Pour quoi faire ?

— J'ai des choses à régler. Je ne dis pas non… (Elle se crispe.) Pas oui non plus. Je veux bien… examiner votre offre. Dans une semaine. Repassez à la siesterie avec vos paperasses.

Nouveau sourire, différent. Le truand semble disposer d'une gamme de sourires, tous plus hideux les uns que les autres. Celui-ci oscille entre sournoiserie et lubricité.

— C'est un rendez-vous, Adeline ? Je n'en espérais pas tant.

— D'ici là vous cessez de me suivre, vous ne m'appelez plus par mon prénom, et vous foutez la paix à mes amis. À mes clients.

L'homme acquiesce et lève les yeux au plafond.

— Il y a cette jeune mère de famille, aussi. Mon Dieu comme elle semble épuisée ! Comment s'appelle-t-elle, déjà ?

— Allez-vous-en. Tout de suite.

Mais il ne bouge pas et c'est elle qui fuit, contrainte de le frôler au passage, malgré sa répulsion. Il sent la vanille et l'ail.

18

Selon certains critères courants, le docteur Risser est un bel homme : mince, sans doute sportif, chevelure léonine à peine domptée, mûr mais vigoureux comme un éphèbe, blouse blanche entrouverte sur un polo à crocodile.

La journée a été longue et pénible, surtout pour Suzanne, qui a subi ce qu'il est convenu d'appeler une batterie d'examens. Adeline et Lola n'ont enduré, elles, outre celles de l'anxiété, que les rigueurs de l'attente. De temps en temps, leur vieille amie réapparaissait, plus ou moins rhabillée selon la nature de l'auscultation.

Question standing, rien à dire. C'est une clinique de luxe, apparemment peu affectée par la déréliction qui frappe les services de santé réservés aux gens ordinaires ou pire, aux pauvres. Suzanne, elle, a les moyens.

On s'y emmerde élégamment, on s'y tortille de trouille sans ostentation, se contentant d'un discret battement de pied contre le lino nickel, d'un tapotement d'ongle manucuré sur l'accoudoir du fauteuil.

Parfois, une infirmière passe, ou un grand spécialiste. Tous les yeux se lèvent sur eux, puis replongent dans les portables. Il n'y a plus de magazines depuis la pandémie. Mais on parcourt toujours le même vide. Seules Adeline et Lola tentent de s'évader dans leurs livres respectifs.

Suzanne a fait bonne figure, tout le long. Dès qu'elle avait cinq minutes, elle leur proposait de sortir prendre l'air et, surtout, s'avalait une taffe de nicotine électronique à la sauce caramel. Elle a raconté des blagues, juré qu'elle n'avait rien, mais alors rien du tout, d'ailleurs elle l'a bien senti, à la tête des techniciens, à l'IRM, ils lui prodiguaient des petits sourires sous leur masque et elle était désolée de les avoir dérangés pour si peu.

— Vu les dépassements d'honoraires dans cet établissement, a dit Lola, ils se consoleront vite.

Quand Adeline lui a demandé si elle avait prévenu son fils, Suzanne s'est presque énervée.

— Prévenu de quoi ? J'ai l'air morte ? Il attendra un peu pour l'héritage.

Fin du débat.

Elles ont donc attendu encore. À midi, elles ont consommé des wraps à la cafétéria de la clinique. Elles ont ri tellement c'était infect. Suzanne a regretté ses petits salons de thé et juré que, dès le lendemain, quand toute cette affaire serait réglée, elle irait bâfrer non pas un, mais deux paris-brest. L'aller-retour. Parce que la Bretagne, c'est bien, à condition d'en revenir.

Dans son coin, Adeline a réfléchi à cette phrase.

À force, elles se sont presque convaincues que cette journée à la clinique était une perte de temps, mais resterait un souvenir presque burlesque. Rien ne semblait si grave, ici. C'était presque comme chez un coiffeur de luxe, un institut de beauté suisse.

Mais maintenant, devant le docteur Risser, l'illusion se dissipe.

On les a prévenues qu'il les recevrait « pour une synthèse ». On a demandé à Lola et à Adeline si elles étaient de la famille, et Suzanne a répondu oui. Personne n'a insisté ni demandé de précision.

— Bon, commence le docteur.

Il ménage un silence savant, concerné, professionnel.

Devant lui gisent des liasses de feuilles imprimées, cabalistiques.

Derrière lui trône le crâne de Suzanne, affiché sur un écran lumineux. Il apparaît en tranches, de profil, et, plus impressionnant, de face, les fixant avec son sourire de squelette édenté.

— Bon, reprend-il. Il se passe quelque chose, dans cette tête.

On ne sait pas trop si c'est une blague, si elles sont censées sourire. Personne ne s'y risque. Lui, les observe, l'une après l'autre, façon flic. *Bad cop*.

— Quelque chose de pas très joli.

— Ça, répond courageusement Suzanne, c'est pas nouveau.

C'est la dernière fois qu'elle répondra quelque chose au docteur. Après, il monopolisera la parole.

Adeline écoute, bien sûr. Plus que jamais. Beaucoup plus. Mais ce que dit le docteur est plus fort qu'elle. Elle déconnecte. Les mots passent au loin, comme un vol de bestioles nuisibles qui obscurcit tout, le soleil, la vie. Qui salit tout. Ça lui a fait ça quand son père est mort. Quand Julien est mort. Trop de réalité d'un coup.

Elle les reconnaît, pourtant, les mots. Elle les identifie. Elle entend « tumeur », elle entend « métastases », « échéances » et, plus loin, « palliatifs ».

Le médecin articule. De temps à autre, il compulse le dossier. Ou remonte, d'un index net, ses lunettes jusqu'à la base de son nez, d'où elles reglissent. Peut-être sue-t-il un peu, mais à peine. Il doit avoir la peau grasse. Adeline pense à ce genre de choses plutôt qu'aux mots eux-mêmes, tumeur, métastases, traitement, qui reviennent, qui repassent dans l'air moite de la pièce, qui bourdonnent en essaim dégueulasse.

Sur le mur, le squelette de Suzanne sourit toujours.

— Je préfère être cash, explique enfin le docteur, avant de céder la parole au silence.

Mais comme il ne bouge pas, n'annonce rien, semble attendre, il faut bien que quelqu'un se décide. Alors c'est Lola qui s'y risque. On entend presque sa langue sèche se décoller de son palais.

— Concrètement, à quoi faut-il s'attendre ?

C'est une bonne question. Sans doute un peu vague, mais bonne. Le docteur Risser ne paraît pas décontenancé. Il savoure. Il se lève, ça y est. Se dirige vers la fenêtre qu'il ouvre sans effort. Il montre le ciel gris.

— Posez-lui la question.

— À qui ? demande Lola, interloquée.

— Au bon Dieu. Moi, je n'ai pas la réponse.

Il se rassied, ravi de lui-même.

— Merci docteur, dit Lola. Nous allons nous occuper de notre amie. Sans avoir votre talent, je suis un peu de la partie, moi aussi.

— Ah bon ? Vous êtes praticienne ?

— Péripatéticienne.

Elle se lève. Adeline et Suzanne l'imitent, comme une seule femme.

— Je préfère être cash, dit Lola en se dirigeant vers la porte.

Qu'elle claque derrière elles, au nez fin du docteur.

Mais ce n'est pas le tout, de faire les braves, les insolentes. Maintenant, elles se retrouvent toutes les trois, seules, devant cette porte fermée, et Adeline n'a qu'une envie : la rouvrir, se jeter aux pieds de ce type qui n'est peut-être pas tout à fait le bon Dieu mais qui, en l'occurrence, constitue ce qui s'en rapproche le plus. Elle en veut à Lola de l'avoir provoqué. Il va se venger. C'est sûr. Il a tous les pouvoirs, y compris celui d'arguer de son impuissance. Il faut le supplier, il faut...

— Bon, les filles, dit Suzanne, c'est pas que je m'ennuie...

Et elle se dirige vers quelque part, qui doit être la sortie, Adeline n'en sait rien, elle n'a jamais été à l'aise dans les labyrinthes.

Il y a sûrement quelque chose à faire, quelque chose d'intelligent ou, au moins, de normal. Peu à peu, les mots hideux prononcés par le médecin inoculent leur venin. Tumeur, métastase, traitement, et surtout palliatif. Suzanne est foutue, elle l'avait bien dit. Adeline se dit qu'elle n'a pas vu la tumeur sur les radios. Ni les métastases. Elle ne sait pas quoi faire de cette pensée. Elle essaie juste de suivre le rythme de Suzanne qui cavale drôlement, pour une mourante.

Puis elle comprend qu'elle cavale parce qu'elle fuit.

Lola trottine derrière leur amie. Il faudrait s'arrêter, réfléchir, passer au secrétariat, il existe forcément un protocole, un processus, des démarches, on ne peut pas s'en aller comme ça.

— Attendez! s'écrie Adeline.

Suzanne se retourne à peine. La sortie est en vue. Elles se retrouvent sur le trottoir. Le monde est bizarrement ordinaire. Les passants passent, parlent. Rien n'est suspendu.

— Suzanne, supplie Adeline, il faut qu'on y retourne.

Elle se rend compte qu'elle est essoufflée. Suzanne non. Lola regarde ailleurs.

— C'est vrai, rétorque Suzanne. C'était un peu court. On n'en a pas assez profité.

Adeline sent l'exaspération la gagner.

— Arrête, s'il te plaît!

— Je ne remets pas les pieds là-dedans.

Elle affiche une moue butée de petite fille pénible. Celle qu'elle a sans doute été.

— Quel individu ignoble, ajoute Lola, qui tremble encore de fureur et regrette d'avoir claqué trop poliment la porte au nez du docteur.

Adeline est accablée.

— Il est ignoble, mais il va tout faire pour…

Suzanne l'interrompt, d'un geste sec.

— Il ne va rien faire du tout. Il s'en fout. Je suis foutue. Un pigeon au bout du voyage.

— Mais n'importe quoi ! s'énerve Adeline.

Ce n'est pas du tout ainsi que les choses devraient se passer. Des scènes pareilles, elle en a déjà vu des tonnes, dans des séries. Normalement, elles devraient se prendre dans les bras, toutes les trois, pleurer, sourire à travers leurs larmes. Là, elles sont à deux doigts de s'engueuler pour de bon.

— Je rentre chez moi, annonce soudain Suzanne. J'ai besoin d'être seule.

Et hop, elle fiche le camp sur le trottoir, sort sa cigarette électronique et l'enfourne sans ralentir. Adeline esquisse un pas dans sa direction, mais Lola la retient.

— Elle a dit qu'elle avait besoin d'être seule.

— Mais on ne peut pas…

Lola raffermit sa prise sur le bras d'Adeline.

— Aujourd'hui, on la laisse tranquille. C'est demain qu'elle aura besoin de nous. Demain, après-demain. On ne la lâchera pas.

Elle plante ses yeux dans ceux d'Adeline puis la prend doucement dans ses bras. C'est alors seulement qu'elles se mettent à pleurer. Toutes les deux.

Plus tard, alors qu'elle rentre chez elle, le visage encore tiède et gonflé, Adeline se souvient qu'on est jeudi.

Le jeudi.

Il lui reste quelques heures avant d'aller chez Marion.

Impossible. Elle s'arrête, sort son téléphone pour annuler.

Mais suspend son geste.

Bien sûr, ce serait si confortable, de ne pas se rendre à ce nouveau rendez-vous de la vie. Ce serait facile. Elle a toutes les raisons de se décommander. Pas toutes, mais deux, au moins. Et des bonnes, chacune d'elles lui apparaissant soudain sous les traits menaçants d'un homme, le mafieux et le médecin.

Elle les voit comme s'ils se tenaient devant elle, distingue tous les détails de leurs figures, que la peur et la colère ont imprimés en elle.

Mais ailleurs, dans ce paysage intérieur, dans cette hallucination qui l'immobilise sur le trottoir, téléphone à la main, elle entrevoit d'autres yeux, un visage à demi effacé par le temps perdu. Julien. Il lui sourit.

C'est avec lui qu'elle a rendez-vous ce soir.

Elle rempoche son téléphone.

19

Aristide aurait employé le mot « cossu ». Adeline se souvient soudain qu'il adorait cet adjectif et l'employait à tout propos. Pour une voiture que, posté au zinc, il voyait passer dans la rue, pour la vêture d'une bourgeoise, pour le château d'une vedette à la télé.

En quelques jours, c'est le deuxième appartement cossu qu'elle visite. Sa deuxième incursion dans le grand monde.

Sa troisième, si on compte la clinique.

Adeline se sait casanière. Elle n'a pas pris le large quand Julien l'y a invitée. La vie tente à nouveau de la chasser de sa tanière. Elle pense à Suzanne, qui n'a jamais quitté son cénotaphe. Elle revoit son crâne exposé sur le mur, derrière le docteur Risser, et elle sait qu'elle a bien fait de ne pas annuler son rendez-vous.

Le vestibule, chez Marion, doit être trois fois plus vaste que chez Suzanne. Il contiendrait sans peine le salon d'Adeline.

Elle est impressionnée, bien sûr, s'immobilise sur le paillasson.

— Entre ! lui intime Marion, radieuse et ferme.

Elle entre.

C'est un espace haussmannien. Elle remarque la sobriété nue des surfaces, indice de luxe et de bon goût. Elle sait que le bon goût se signale par le blanc, l'absence de bazar, l'évidence du vide. Rien ne traîne, les meubles sont là pour faire joli, pas pour contenir une pléthore de vieilles godasses.

Marion la débarrasse de sa doudoune, qui détonne déjà.

Pourtant, vraiment, Marion fait tout pour la mettre à l'aise. Vingt-cinq ans de grand monde n'ont pas altéré son enthousiasme juvénile, son plaisir de vivre, elle sourit toujours à jolies dents blanches, sans bridge ni plombages visibles, elle se déplace avec l'assurance de ceux qui ne se méfient pas de l'existence.

Qui, pourtant, s'est montrée bien vache avec elle. Vache puis généreuse. Marion n'y voit sans doute que du hasard, elle ne prête aucune intention malveillante au Destin.

— Ça me fait, mais hyper plaisir de te voir, lâche-t-elle d'ailleurs.

On voit que c'est vrai. On voit qu'elle savoure la présence d'Adeline dans son vestibule, que, pour la regarder, pour l'admirer, elle en oublie les phrases toutes faites, celles qui s'imposent quand on retrouve une vieille amie un quart de siècle après. Adeline n'est pas exactement une vieille amie. Marion s'en fout.

Elle reste plantée, perdue dans sa contemplation d'Adeline, avec, sans doute, tous les souvenirs qui ruissellent, toute la Bretagne, toute la petite enfance de Romain, tout ce bonheur d'être jeune qui ne se mesure qu'après coup.

— Bon, conclut-elle. Viens.

Elle précède Adeline dans un salon, alors là, il n'y a même plus de mots pour en dire l'immensité, la splendeur, la perfection. Des fauteuils d'époque relookés. Quelle époque ? Une époque sobre, minimaliste, un empire quelconque, une antiquité, un âge d'or, avec quand même des mini-moulures, des raffinements, juste ce qu'il faut d'excès.

— Vas-y, l'invite Marion. Pose-toi.

Adeline se pose précautionneusement dans une causeuse et avise, au mur, un tableau qui ne représente rien.

— Je sais ce que tu penses, affirme Marion en fourgonnant dans l'armoire à liqueurs.

Adeline est heureuse de l'apprendre, car elle-même l'ignore. Elle a plutôt l'impression de ne pas penser, à cet instant. Les pensées viendront plus tard, quand elle se retrouvera seule chez elle, et plus tard encore, lorsqu'elle surveillera ses dormeurs. C'est là qu'elle pense le plus, et le mieux.

— Tu te dis que je suis devenue une bourgeoise. Goûte ça.

Elle lui verse un liquide ambré. Un vieux whisky, évidemment écossais. Son passé au bistrot et les explications patientes de son père ont doté Adeline d'une assez bonne connaissance de l'alcool. Il la console parfois, mais mal, et fait payer cher ses services.

Elles trinquent. Tintement de cristal. Elles boivent une gorgée. C'est bon, en effet. Non, c'est mieux que bon, c'est de la sorcellerie.

— Tu te dis, poursuit Marion en faisant claquer sa langue, que je suis devenue une grosse bourgeoise. Une bourge. Et c'est vrai. Je me suis rendu compte assez vite que j'avais envie de ça.

Adeline a conscience de n'avoir pas encore prononcé la moindre parole depuis son bonjour timide, sur le seuil. Ce qui ne semble pas déranger Marion.

— Et tu sais pourquoi ?

Non, mais pas la peine d'y réfléchir, la réponse va suivre. Adeline boit une deuxième gorgée, se sent de mieux en mieux.

— Parce que c'est à *moi* que je le dois. À moi toute seule. À mon boulot. Pas à mes parents, pas à… un mec.

Silence. Le spectre de Julien leur apparaît à toutes les deux. Elles le regardent. Mais, c'est la magie des spectres, son allure diffère selon la spectatrice. Aux yeux de Marion, c'est celui d'un jeune père épuisé, rentrant du boulot, dénouant sa cravate miteuse de petit commercial, s'écroulant dans un fauteuil. Pour Adeline, c'est un marin radieux à la peau salée. Elle boit une troisième gorgée.

— Quand ça a commencé à bien marcher pour moi, quand j'ai vu du respect, puis de l'admiration dans les yeux de mes collègues, tous ces ingénieurs brillants issus des grandes écoles, quand je suis devenue la patronne, j'ai eu des rêves de grandeur. J'ai voulu le meilleur pour Romain. Que ses amis l'admirent. C'était ma revanche.

Adeline sourit. Elle comprend.

— Mais au fond de moi, je t'assure, je suis la même. Exactement. On ne change pas.

Ce déversement spontané de confidences surprend un peu Adeline. Elle en a moins appris, en plusieurs années, sur Lola ou sur Suzanne, qu'en deux minutes sur Marion. Mais elle se souvient qu'elle était déjà ainsi, vingt-cinq ans plus tôt.

— Ce qui est fou, commente Adeline, qui sent que c'est à elle de dire quelque chose, c'est qu'on ne se soit pas croisées à Paris, depuis dix ans.

Marion tempère, d'un petit pincement de lèvres.

— Fou, oui et non. Tu sais, Paris, c'est très cloisonné, en fait. Et puis je bosse beaucoup, je voyage beaucoup.

Elles boivent quelques gorgées supplémentaires, histoire d'entériner cette explication.

— Romain n'est pas là ? remarque soudain Adeline.

À cet instant, elle perçoit une légère crispation chez Marion. En effet, il n'est pas là, et ça lui déplaît. Peut-être son flot de paroles était-il destiné à combler le vide créé par l'absence de Romain.

— Il a tout un tas d'occupations, confie-t-elle.

Adeline refait le calcul auquel elle s'est déjà livrée maintes fois. Romain doit avoir vingt-neuf ans. L'âge de Julien à sa mort. Le genre de symbole auquel on reste difficilement indifférent. Remarquant que Marion attend qu'elle la relance, elle s'exécute :

— Des occupations ? Il fait quoi, dans la vie ?

D'un hochement de tête, Marion confirme qu'elle s'attendait à cette question. Qu'elle n'est pas femme à redouter les sujets déplaisants.

— Rien, en fait.

— Ah.

Ce « ah » a échappé à Adeline. C'est un « ah » sincère, peiné, compréhensif, un « ah » qui ne condamne pas mais qui aimerait en savoir davantage, si possible.

— Écoute, reprend Marion, Romain a du mal avec la vie, je crois. Il se lance dans des trucs et, à chaque fois, il se ramasse. C'est dur. Je préfère qu'on n'en parle pas trop, quand il sera là.

Maintenant, elle implore Adeline du regard et quitte son fauteuil pour s'asseoir à ses pieds sur un genre de pouf, comme une esclave antique ou un petit chat.

— Bien sûr. Il… Il a fait des études ?

Marion hausse les épaules.

— Commerce, disons. Il espérait monter sa boîte. Il croit beaucoup à internet, aux réseaux en général. Je dirais que c'est un solitaire. Il rêve de tout faire depuis chez lui. Pas de hiérarchie. Personne au-dessus, personne en dessous. Pareil pour ses histoires d'amour.

Un bruit de clés. Des pas dans l'entrée. À l'autre bout de l'appartement. Loin.

— C'est moi !

La voix et les mots cueillent Adeline au creux de l'estomac. Julien avait les mêmes. Rien de très original, certes, comme façon de s'annoncer, mais c'est si saisissant qu'elle doit se concentrer pour ne pas trop écarquiller les yeux. Ce n'est plus un spectre. C'est lui. En direct de l'au-delà.

Le plancher vibre. Un pas ferme, il sera là dans une seconde, il va passer cette porte à deux battants. Encore du théâtre, alors ? La grande scène ?

Adeline se concentre sur le visage de Marion, qui semble anxieuse. Que sait-elle ? Qu'a-t-elle su, au juste ? Rien, sûrement. Mais est-ce qu'on peut ne rien savoir ? Est-elle à ce point passée à côté d'elle-même, à l'époque ? Et toutes ces années ?

Bien que peu de secondes se soient écoulées depuis que la clé de Romain a tourné dans la serrure, Adeline a eu le temps de se l'imaginer. Elle n'a jamais repensé à lui autrement que comme à un enfant, n'a jamais essayé d'imaginer son corps d'adulte. Cette grosse voix, qu'elle vient de découvrir, fournit des indices, l'aide à sculpter un visage. Elle ne possède que trois photos de lui. Sur l'une, il rayonne, debout sur le pont de son bateau. Sur une autre, il paraît triste, mélancolique, assis par terre, devant la cheminée de la petite maison du Dourduff. Sur la dernière il marche, de trois quarts dos, le long d'une plage, et cette image tord trop les tripes. C'est le portrait d'un départ. D'un adieu.

Elle a le temps de noter que des photos, Marion n'en a accroché aucune au mur.

Romain entre. C'est Julien.

Impossible de parler de ressemblance. C'est une réincarnation. Une résurrection. Même rugosité des traits, même mâchoire ferme, même chevelure en fouillis, même splendeur du corps sous les vêtements qui paraissent superflus, inutiles, comme si on enfilait un costard branchouille à une statue grecque.

Impossible, cette fois, pour Adeline, de contrôler ses yeux et sa bouche. Marion éclate de rire.

— C'est dingue, non ?

— Bonjour, dit Romain en souriant.

Même sourire.

Adeline se lève en tremblant, ne sait pas quoi faire de son verre, ni de sa carcasse. Il la dépasse d'une demi-tête, comme son père. Il la prend dans ses bras et lui pose une bise sur chaque joue.

— C'est dingue, confirme-t-elle.

Romain s'est déjà écroulé dans un fauteuil précieux, qui proteste en grinçant.

— Qu'est-ce qui est dingue, exactement ? s'enquiert-il.

— La ressemblance avec ton père, tu sais bien, le gronde Marion, déjà nerveuse.

Il hoche la tête, fouille dans l'armoire à liqueurs sans avoir besoin de se lever. Il a choisi le bon fauteuil pour ça. Il en tire une bouteille de brandy et s'en sert un gros verre, qu'il lève.

— Santé !

La première différence est peut-être apparue. Dans cette assurance d'enfant gâté. Dans cette façon de se servir. D'être chez lui. Julien n'était chez lui que sur son bateau. Mais peut-être aussi que c'est un jeu. Quelque chose, en lui, met mal à l'aise. Pourtant, il sourit toujours, il dévisage Adeline avec un authentique intérêt.

— J'imagine que… que tu ne me reconnais pas, dit-elle.

Petite grimace désolée de Romain. Charmante grimace.

— J'avais trois ou quatre ans.

Marion ne dit rien. Elle semble apprécier qu'ils se parlent sans son truchement.

— Tu n'as aucun souvenir de… là-bas ?

Il avale deux grosses gorgées tout en hochant négativement la tête.

— Non. Et je n'y suis jamais retourné.

Adeline le sait. Du moins pour les quinze ans qu'elle a passés seule en Bretagne, entre la mort de Julien et celle de son père. Quinze années coincées entre deux pierres tombales, dont elle conserve peu de souvenirs. Comme si c'était le même jour qui se répétait indéfiniment. Elle avait espéré les revoir. En vain.

— Mais depuis cette époque, confie Romain, j'ai du mal à dormir.

20

Il n'y a que deux clients, aujourd'hui. Guillaume le cow-boy, et le chauve. Comment s'appelle-t-il, déjà ? Elle consulte discrètement ses tablettes. Claude. Claude le Chauve. Ça fait descendant de Charlemagne. Un qui n'aurait pas percé.

— Je vous fais sourire ? demande-t-il.

— Non, pas du tout. Je pense à Charlemagne.

Il n'insiste pas. Il a l'air fatigué.

— Vous retentez l'expérience ? s'enquiert-elle.

Ils sont à l'accueil de la salle de sieste. Elle, derrière son bureau, lui, debout, fébrile. Guillaume attend déjà sur son lit.

— Oui. Je suis de plus en plus insomniaque.

— Mais mon… fluide n'a pas l'air d'agir sur vous.

— On ne sait jamais.

— En tout cas, tant que vous de dormez pas chez moi, c'est gratuit.

Il n'est pas d'accord, remue la tête et fronce les sourcils.

— Non, non. Il faut que je paye. C'est comme chez le psy, vous savez ?

Non, elle ne sait pas, ne veut pas savoir. N'est pas psy, elle le répète tout le temps. Mais bon, si ça lui chante. Il pose deux billets de vingt sur le bureau. Ça a l'air de lui chanter. Elle les range dans la caisse.

— On y va ? propose-t-elle, comme personne d'autre ne se présente.

Ils pénètrent dans le dortoir. Très à l'aise, Guillaume leur fait coucou, les yeux mi-clos, au ras de la couette.

— Je vais tester un autre lit, annonce Claude.

Il tâte deux ou trois matelas, opte pour une place près de la fenêtre, dans l'angle, ôte précautionneusement ses chaussures. Il ressemble à un plongeur qui se prépare à fouiller un canal pour en remonter un mort.

— C'est bon, annonce-t-il en levant le pouce, quand il est couché.

Elle s'assied à sa place. Quelques minutes passent et Guillaume se met à ronfloter.

Claude, non.

Il soupire.

Adeline lui sourit, l'exhorte muettement à ne pas s'affoler. Ça viendra quand ça voudra. C'est comme l'érection, pense-t-elle. Ça ne se commande pas.

D'autres minutes passent. Elle détache son regard du visage anxieux de Claude. Elle repense à sa soirée de la veille, chez Marion.

Elle n'est pas douée pour les bilans mais, quand même, globalement, c'était bien. C'était simple. Elle avait redouté le malaise. Ou de ne pas savoir quoi dire. D'autant que Marion lui avait savonné la planche en lui interdisant d'évoquer la vie professionnelle de Romain. Mais ça s'était bien passé. Peut-être grâce à l'apéritif, ou aux grands crus qui avaient suivi.

Un repas de rêve, bien sûr. Le grand jeu. Mais elle n'en voulait pas à Marion de cette ostentation, parce que justement, avait-elle compris, ce n'était pas de l'ostentation. C'était la norme, pour elle. Pour eux. Ce luxe. Elle n'avait pas cuisiné elle-même. « Une société » s'était occupée de tout. Des gens très bien, ils viennent chez vous, avec le matériel, ils préparent tout. Il n'y a plus qu'à réchauffer, en suivant les instructions. Hyper facile. Marion disait beaucoup « hyper », parce qu'elle avait une hyper-vie, voilà tout.

Pas moyen, par contre, de se rappeler la teneur exacte des conversations. Adeline entendait plutôt l'inflexion des voix, revoyait les sourires. Le plaisir d'être ainsi accueillie, avec tant de naturel, d'évidence, et presque, lui avait-il semblé, de reconnaissance. Pour quoi exactement ?

Il y avait aussi cette délectation plus trouble, plus coupable, de se laisser bercer par la voix retrouvée, intacte, de Julien, vibrant dans la gorge de son fils.

Bien sûr, Romain employait les mots de son temps. Des mots que Julien aurait peut-être fini par utiliser, lui aussi. Des mots d'entreprise, du langage *corporate*, à moitié anglais, technique. Finalement, ils avaient bien fini par en parler, de la carrière de Romain, de ses tentatives avortées, de ses start-ups qui n'avaient jamais démarré. Mais ça n'avait pas eu d'importance.

Se formaient aussi, dans la mémoire d'Adeline, des images de pays lointains. Les voyages en duo du fils et de la mère. La mélancolie des avions, les climats, les paysages à tomber par terre. Elle avait avoué ce qu'elle s'était dit sur leur paillasson : elle arpentait surtout son quartier.

En fait, pour Marion et Romain, rien n'était anormal. Rien n'était grave. C'était ça. Ils possédaient cette aptitude bourgeoise à ne s'étonner de rien, à ne pas juger. Adeline était une ancienne dame de service. Elle faisait partie des gens de peu et vivait une vie modeste. C'était logique. C'était l'ordre des choses. Au fond, elle était plutôt d'accord. On ne voit pas l'air qu'on respire.

Marion n'avait pas tout à fait tort, décidément, quand elle affirmait qu'elle n'avait pas changé. En Bretagne aussi, elle s'était coulée dans la vie que Julien lui avait gentiment imposée sans méchanceté, sans avoir l'impression de la brimer. Aujourd'hui, elle était à l'aise dans l'opulence. Et la mort de Julien ne l'avait pas brisée. Elle constituait juste un nouveau challenge pour ses capacités d'adaptation.

Ces pensées réjouissent Adeline. Cette belle soirée. Elle s'en repaît, s'en gargarise presque. Mais elle n'ignore pas que c'est pour éviter de penser aux problèmes. Le mafieux, le docteur, les truands, la tumeur. Toutes ces années passées sans grande angoisse, sous anesthésie, et, tout à coup, le réveil, la vie et la douleur, cœur qui bat et coups du sort.

Quand même, avant de réfléchir aux combats qui s'annoncent, elle s'autorise une petite prolongation mentale de la soirée d'hier.

— Excusez-moi, murmure Claude, embarrassé.

Elle se secoue, lui sourit. Il est toujours aussi éveillé qu'un teufeur sous cocaïne. Mais on sent qu'il est bien élevé. Si ça se trouve, ça fait cinq minutes qu'il se trémousse sur son lit en tentant d'attirer l'attention d'Adeline.

— Oui, Claude ?

— Je crois que c'est fichu pour aujourd'hui.

Il coule un regard vers Guillaume qui paraît voguer dans l'Eden. Claude voudrait bien discuter un peu, mais craint de l'éveiller.

D'un hochement de tête, Adeline montre qu'elle a compris et l'invite à la suivre à l'accueil.

Ils s'assoient tous les deux dans les fauteuils. Personne ne se présente pour la sieste suivante.

— Oui, donc… se lance Claude, comme s'il poursuivait une conversation. Vous vous souvenez de ce que m'a dit votre amie ? La… la vieille dame.

Adeline se fige.

Claude la regarde, et elle réalise qu'il lui a posé une question depuis un bout de temps.

— Je… excusez-moi. J'ai la tête ailleurs.

Claude l'excuse. Pas de problème. Il fait les gestes de celui qui comprend tout à fait.

— Cette dame m'a assuré que ce qui m'empêchait de dormir, c'était le remords.

Ah oui, ça lui revient. Le remords. Elle hoche la tête, mais il veut davantage. Qu'elle parle, qu'elle mette des mots. Alors elle dit que oui, elle se souvient. Claude en prend acte, d'un nouveau geste.

— Eh bien, je crois qu'elle a raison, dit-il.

Puis il se met à souffler, bizarrement, comme s'il libérait d'un coup des litres d'air coincés dans ses poumons.

— Vous avez des remords, Claude ?

Il tressaille. Le mot, prononcé par elle, a un autre relief. Il est plus aigu, plus blessant.

Mais il confirme, tête basse. Du temps passe, puis il la regarde au fond des yeux.

— Est-ce que… Est-ce que vous accepteriez que je vous raconte ?

Il l'implore, maintenant. Quelque chose de vital se joue, elle le voit. Mais elle n'a pas envie d'accepter. Elle a envie de lui rerappeler qu'elle n'est pas psy, ni prêtre, ni rien, qu'elle ne peut rien pour lui.

— D'accord, dit-elle. Je vous écoute.

Après tout, si cet aveu lui permet de retrouver le sommeil, on est en droit de supposer qu'y prêter attention relève plus ou moins de ses obligations professionnelles.

Mais, au moment où Claude ouvre la bouche pour débonder son cœur, Guillaume apparaît à la porte du dortoir, s'étirant et clignant des yeux.

— Je crois que je suis bien reposé, annonce-t-il.

Nouveaux gestes de Claude exprimant que c'est partie remise, qu'il reviendra. Il salue la compagnie, adresse à Adeline un sourire pâle mais reconnaissant, et met les voiles.

— Pas de nouvelles de Fargier ? demande Guillaume à brûle-pourpoint.

Adeline, qui s'apprêtait à faire ses comptes, s'immobilise.

Claude s'est chargé de lui parler de Suzanne, et Guillaume remet Fargier sur le tapis. Merci messieurs. Elle se serait bien accordé quelques moments de déni supplémentaire, à baguenauder dans ses souvenirs cossus.

Elle examine le visage du cow-boy, pour jauger ses intentions. Elle se trompe rarement sur les visages. Le sien, outre son charme négligé, laisse augurer une franchise de bon aloi. C'est un visage qui connaît les masques. Les mensonges de la vie, ses faux-semblants, ses salades. C'est un visage ami. Allié. Elle se lance.

— Si, dit-elle.

Elle explique le sale mec. Le rendez-vous, les menaces voilées.

Guillaume écoute, enregistre les infos.

— Ouais, conclut-il. Méfie-toi.

D'accord. Merci du conseil. Finalement, elle en sait peut-être plus long que lui sur les saloperies humaines. Bien sûr qu'elle se méfie. Comme elle s'est méfiée à chaque fois qu'on a essayé de lui extorquer une promesse de vente. Seulement, Fargier, c'est différent. La méfiance ne suffira pas. Elle ne l'éconduira pas aussi facilement que les autres. Pour le vaincre, il lui faut des armes, des vraies.

— C'est ça, ton plan? répond-elle, découragée.

Il sourit.

— Je veux dire qu'il faut les prendre au sérieux, ses menaces. Ces gens-là sont capables de tout. Je me suis un peu renseigné, à droite et à gauche. On n'a pas de preuves, bien sûr, mais ils savent passer à l'action.

Elle le regarde, mais ne lui rend pas son sourire.

— J'ai dit quelque chose? hasarde-t-il.

Elle secoue la tête et attrape un billet de dix, qu'elle défroisse.

— Non, justement, répond-elle.

— Comment ça?

— La dernière fois qu'on a causé, toi et moi, tu as prétendu que tu avais du mal à te taire. Mais tu ne m'en as jamais dit plus. J'ai cru comprendre que c'était ça qui t'avait conduit dans la rue.

Il s'affale dans un des fauteuils, face au bureau, considère le ficus.

— Oui, confirme-t-il. C'est exact. Et alors?

— Et alors aujourd'hui, tu me donnes des conseils d'expert sur la stratégie à adopter face à Fargier. Je me dis qu'il y a peut-être un lien. Tu sembles en savoir long sur lui.

— Pas sur lui. Sur les gens comme lui.

— C'est-à-dire?

Il hésite, apparemment fâché d'avoir à s'avancer sur ce terrain.

— Les… les gros entrepreneurs, les décideurs, les grands groupes. Ils sont prêts à tout.

Adeline hausse les épaules.

— Rien de vraiment inédit, si?

Une rougeur apparaît à la base du cou de Guillaume puis remonte et lui envahit les joues, le front. C'est spectaculaire et inédit. Elle ne l'a jamais vu si contrarié. Ça ne lui déplaît pas du tout. Elle s'aperçoit soudain que le mafieux et le docteur Risser, l'oncologue, ont – au moins – un point commun. Ils maîtrisent parfaitement leurs émotions. Guillaume, non. D'ailleurs, il se lève et arpente l'accueil.

— Peut-être, s'énerve-t-il, mais moi je les ai vus faire. Je… J'ai des preuves. Et je n'ai pas supporté. Je leur ai dit ce que… peu importe.

Il disperse tout ça dans l'air, d'un mouvement irrité de la main.

— Je ne voulais pas te contrarier, s'excuse-t-elle, avec une franchise qui le désarme aussitôt.

— Tu ne me contraries pas.

— Non ?

— Non, c'est bien pire que ça.

Il semble vouloir en révéler davantage, mais se ravise.

— Suzanne est très malade, bifurque Adeline.

L'érubescence de Guillaume se dissipe. Il se rassied.

Elle lui raconte. Il reste muet, les yeux dans le vague, hochant la tête, comme si cette information venait confirmer quelque chose dont il s'était toujours douté.

— J'ai remarqué, quelquefois, murmure-t-il, elle a des… absences.

Ils font silence ensemble. Elle revoit l'étrange grimace de la vieille dame.

— Qu'est-ce qu'on va faire ? l'interroge-t-il, au bout d'un long moment.

Elle apprécie ce *on*.

— On va s'occuper d'elle.

21

Aujourd'hui, rien ne s'est passé, c'était bien. Les soucis sont restés stockés dans un coin de son crâne, presque effacés, remplacés par des souvenirs lumineux, tièdes, marins. Pas de nouvelles de Suzanne, Adeline n'a presque pas repensé au sale type de Fargier. Moyennant un peu d'autopersuasion, un soupçon de magie, on peut aisément se figurer que le mal se dissoudra tout seul. À Pompéi aussi, on a dû se convaincre que les grondements du Vésuve n'étaient qu'un lointain orage.

Les clients se sont succédé par petites vagues tranquilles, disciplinées. Des clients simples, heureux de faire étape dans son oasis. Tous affectés, à des degrés divers, par l'insomnie, mal du siècle nouveau.

En fin d'après-midi, la jeune maman pousse la porte. C'est impeccable, les dormeurs précédents viennent de partir, Adeline est seule. Elle est heureuse de la revoir, et réalise qu'elle s'est un peu inquiétée pour elle, sans vraiment s'en rendre compte.

Comme elle ouvre la bouche pour la saluer, un homme entre à son tour, hagard, mal coiffé, engoncé dans quelque chose, et il faut quelques secondes à Adeline pour comprendre que ce qui l'empêtre est un porte-bébé, dont l'occupant braille à pleins poumons.

— Je suis le père ! hurle l'homme, qui tend la main à Adeline en un geste de mendiant.

Elle la lui serre, sourit. Ce sourire défronce aussitôt les sourcils du jeune papa qui commence à déboucler les courroies du porte-bébé, comme on se débarrasse prudemment d'une ceinture d'explosifs. La mère n'a encore rien dit. Pas possible, de toute façon, dans ce tapage.

— Je peux ? demande Adeline en désignant l'enfant.

Un instant interdit, l'homme hoche vigoureusement la tête et lui confie son fils.

Celui-ci, aussitôt, se tait.

Un silence profond, épais, luxueux comme un manteau royal, drape leurs corps crispés.

— Il fait ses dents, murmure la mère, avec précaution, pour ne pas réactiver le vacarme.

L'enfant sent bon. Il est déjà passé à autre chose, comme font les enfants, passionné par les cheveux d'Adeline, par la grosse barrette en bois verni qui les attache. Il bave d'intérêt, louche de plaisir.

— Il est adorable, dit-elle.

Les parents échangent un regard surpris. Ils avaient oublié que ce petit être qui les torture jour et nuit pouvait paraître, aux yeux d'autrui, adorable. De fait, en le voyant ainsi dans les bras d'une autre, en s'éloignant légèrement de lui, ils le considèrent mieux et comprennent à nouveau pourquoi ils en sont fous. Le gamin leur sourit, on dirait qu'il nage dans la joie d'être au monde.

— Un petit dodo, j'imagine ? demande Adeline.

Les parents acquiescent en cadence, leurs deux têtes fourbues remuant à peine. Ils ne disent rien, comme si la seule promesse du sommeil les avait déjà endormis.

— On y va. Vous aurez le dortoir pour vous.

Ils pénètrent dans l'antre enchanté, choisissent deux lits proches, s'y étendent, se tiennent par la main, leurs doigts se croisent. Adeline a toujours l'enfant dans les bras, elle évolue avec un naturel parfait, pour leur faire comprendre qu'elle s'en occupe, qu'ils n'ont plus à se soucier de lui, ni de rien.

C'est vrai, d'ailleurs. La présence chaude, tonique et détendue du petit humain contre son cœur la bouleverse plus qu'elle ne l'aurait cru. Il lui semblait avoir fait le deuil de la maternité, depuis longtemps, depuis qu'elle n'est plus torturée par l'horloge biologique et la prescription immémoriale, l'injonction génésique, l'obligation de *trouver quelqu'un*, après Julien, après les autres.

En trois minutes, les parents dorment. Il en faut une de plus pour vaincre la résistance du bébé. Il sursaute légèrement puis se love comme un chaton dans le sommeil. Leurs trois souffles célèbrent le silence recouvré.

Adeline s'installe sur un des lits, dos au mur. Elle arrange ses bras et ses jambes pour se faire berceau, se détend. C'est un moment parfait. La perfection ne se décrète pas, ne se prépare pas. Elle s'invite, si elle veut.

Mais voilà, c'est déjà fini. Son téléphone vibre. Il est resté sur le bureau de l'accueil, elle l'entend d'ici, le bois amplifie le bourdonnement de l'appareil. Les emmerdements aussi s'invitent sans façon.

Elle hésite, décide de laisser trépider, mais aussitôt tous ses soucis l'assaillent et s'imposent. Suzanne a besoin d'elle.

Gémissant légèrement, à cause de ses articulations rétives, elle sort du dortoir. Le bébé dort toujours. Il dort même plus profondément, heureux, comme tous les bébés, d'être transbahuté pendant son sommeil. Adeline arrive juste à temps pour décrocher. C'est Lola.

— Bonjour ma belle, je te dérange ?

— Jamais. Tu as des nouvelles ?

Elle se rend compte qu'elle murmure, mais Lola ne pose pas de questions.

— Oui, je suis allée voir Suzanne.

— Et alors ?

Un temps, assez long, de mauvais augure.

— Alors, elle est en pleine forme.

— Hein ? Comment ça ?

— Écoute, elle a fait le ménage à fond chez elle, elle a ouvert les rideaux. Quand je suis arrivée, elle écoutait un 33 tours de La Compagnie créole.

Adeline se mordille la lèvre inférieure. Ça doit être grave.

— Je pense qu'elle est dans le déni, diagnostique Lola.

— C'est peut-être aussi bien ? suppose Adeline.

— Aussi bien ? Elle affirme, je cite, que le toubib est nul, qu'il s'est planté. Elle ne veut pas entendre parler de traitement, ni d'hôpital. Elle ne veut *rien* faire.

Adeline berce doucement l'enfant qui grogne.

— En fait, je ne crois pas qu'elle soit dans le déni. C'est juste qu'elle accepte.

— *Juste* ?

— Oui, enfin, elle en a marre de l'obscurité, des souvenirs.

— Quels souvenirs ?

— Tu es déjà allée chez elle ? Tu as vu les photos ?

— Oui, soupire Lola. Son mari. Elle espère le rejoindre, c'est ça ?

— Elle trouve normal que tout finisse. Et pas question de gâcher les jours qui lui restent dans un lit d'hôpital, criblée de tuyaux. Elle va se laisser vivre jusqu'à la mort.

— Joli. Mais ça ne se passe pas comme ça, et tu le sais. Si elle ne se soigne pas, elle va souffrir. Elle va… se dégrader. Tu as déjà remarqué cette espèce de… grimace ?

— Oui.

— Qu'est-ce qu'on fait ? s'impatiente Lola. J'ai le numéro de son fils. Je l'appelle ?

— Surtout pas !

C'est sorti tout seul. Après, elle essaie d'étoffer ce cri, de construire des phrases, elle parle du respect qu'on doit aux décisions des gens, surtout sur un sujet pareil, on va attendre un peu, se donner du temps. Elle dit tout ça en murmurant.

— Se donner du temps ! s'indigne Lola. Quelle prétention ! Tu crois vraiment que c'est nous qui nous le donnons ? J'ai cru comprendre que Suzanne n'en avait plus beaucoup en réserve.

— Je réfléchis, promet Adeline, et je te propose un plan d'attaque très bientôt.

Lola finit par consentir à raccrocher. Adeline retourne dans le dortoir, se repositionne sur le lit. Ses bras et ses épaules l'élancent.

La petite famille dort toujours.

Un plan d'attaque. N'importe quoi.

22

— ALORS, c'est là que vous vivez ?

À force de naviguer sous la bow-window, forcément, il a fini par accoster. Il s'est tenu un instant immobile, main dans les poches, sur la cale, comme s'il admirait un paysage grandiose, genre Venise.

Elle, assise sur son plancher, dans sa robe du dimanche, a d'abord fait mine de ne pas l'avoir remarqué. À peine séparés par un lacis de reflets, ils ont joué, très mal, la comédie de l'indifférence. Mais c'est Adeline qui a décidé de passer à l'acte suivant. Elle a ouvert la fenêtre.

Ensuite, ça s'enchaîne. Même un mauvais acteur arrive à suivre une trame quand elle est si ancienne, si usée. Elle agite la main, il joue la surprise, sourit. Un sourire trop sincère. Puis il dit, donc :

— Alors, c'est là que vous vivez ?

Réplique convenue. Convenable. Comédien du dimanche.

Elle lui fait signe qu'elle descend. Son cœur bat trop vite, bien sûr. Elle est surprise d'être si peu gênée. Pourtant, Le Dourduff-en-Mer est minuscule. Tout le monde s'y épie. Mais cet homme si jeune, si simplement beau, qui l'attend sous sa fenêtre lui rappelle ses amoureux d'avant, ceux de son adolescence, qui passaient la prendre pour une virée à mobylette, puis en Dauphine pourrie. Là, on est en Bretagne, alors il est venu en bateau. Suite logique, rien de compromettant. Et quand bien même, peu importe.

Il est là, sur le seuil du jardinet de ciment, les avant-bras posés sur la balustrade, souriant à contre-jour. Éblouissant.

— C'est chouette ! observe-t-il.

Elle pousse le portillon, le passe, et lui attrape le bras.

— On fait un tour ?

Ils longent le quai, passent devant le Café du Port. Personne en terrasse, il pleuviote, c'est parfait. Plus loin, c'est la palud, une zone intermédiaire, encombrée de tout un matériel métallique. Le coin des producteurs d'huîtres. Ils marchent sans parler, jusqu'à se retrouver sur le chemin qui suit la rivière, vers la forêt.

— Ici, on est tranquilles.

Elle ne sait pas ce qu'elle a voulu dire. Ça lui a échappé. En fait, si, elle le sait très bien. Il ne répond pas, il sourit.

Ils ralentissent l'allure. Elle s'aperçoit qu'il fait frais et qu'elle n'a pas pris son blouson. Elle porte juste sa robe et un vieux pull par-dessus. Pas grave. Ce n'est pas le froid qui la fait frissonner. Des gouttelettes leur festonnent bientôt le visage et les cheveux. Depuis qu'ils ont atteint le sentier qui s'élève parmi les grands arbres et les hisse lentement vers le sommet de la colline d'où ils verront la baie, ils n'arrêtent pas de causer.

Ça leur vient comme ça. Un flux. Un babil de gosses. Il parle de son bateau, du plaisir infini qu'il éprouve à fendre les vagues, cette sensation grisante, le choc léger de l'étrave, le vent dans ses cheveux, l'idée qu'on va quelque part. Elle lui répond qu'elle n'a jamais navigué, puis raconte son passé, dans le bar paternel. Ce qu'ils se disent les passionne. Comment ont-ils pu vivre si longtemps loin de l'autre ?

Ils ne sauront pas dire à quel moment, exactement, ils se sont tutoyés, mais ça y est, c'est fait, comme si, justement, ils se connaissaient d'avant, de toute éternité, comme s'ils rattrapaient un retard. Elle explique qu'elle vient souvent se promener ici, lui montre certains arbres, certains oiseaux, certaines fleurs. Il rigole, la traite de Blanche-Neige dans la forêt, ça la vexe un peu, mais elle aime être vexée par lui.

Plus tard, ils s'assoient dans une petite clairière, sous un pin. Ils sont à mi-flanc de la colline et l'on aperçoit, entre les troncs, une vaste propriété avec piscine. Ils en sont aux confidences. Il doute d'avoir pris la bonne décision, en entraînant Marion en Bretagne.

— C'est une fille géniale. Une scientifique. Elle n'est pas faite pour ici. Elle a sa carrière à construire. Mais elle, c'est Paris, forcément.

Elle croit se souvenir qu'il a déjà dit ou sous-entendu tout ça, la première fois qu'ils se sont vus, à l'école.

Il grimace. Une grimace d'ado lunaire déconcerté par les complications de la vie. Elle mesure à quel point il préfère les choses simples, et qu'il a pris pour de l'amour son admiration pour Marion. Il est dans le pétrin.

Mais ce n'est pas sa faute à elle. Elle n'est pas sainte Thérèse. Elle ne peut pas débrouiller miraculeusement sa vie. Les hommes, elle l'a remarqué, ont souvent eu tendance à vouloir déposer leur fardeau dans ses bras. Alors, pour l'embêter, ou juste pour voir, elle lui parle de Romain.

— C'est rare, un enfant aussi…

Elle cherche ses mots. Elle aime beaucoup Romain et le trouve différent des autres. Un enfant aussi quoi ? Calme ? Attentif ? Posé ? Anxieux ?

— Il est fabuleux, conclut Julien, avec un enthousiasme si total qu'elle en éprouve une bouffée de jalousie.

Jalousie que, curieusement, Marion ne lui inspire pas vraiment.

Il adore son fils, il admire sa femme, mais il la désire, elle. Pire, il l'aime. Ça se voit, elle le sait, ils le savent. Petite tragédie classique. Ils se sont trouvés. Les âmes sœurs se reconnaissent facilement. C'est embêtant, cette histoire.

Mais, à part le tutoiement, quelques frôlements au long de leur promenade, son ciré à lui contre son pull à elle, à part des regards et leur certitude que, pour l'instant, il a raté sa vie, rien ne se produit de vraiment dramatique.

En ce qui la concerne, croit-elle, ça pourrait presque s'arrêter là. Elle accepte cette fatalité douce de l'avoir rencontré, qu'ils se veuillent, et que ce soit impossible parce qu'ils aiment tous les deux Marion et Romain. Même, se dit-elle un peu plus tard en regardant s'éloigner le petit voilier, la salamandre dans l'air gris, même, ce serait mieux. La vie, enrichie de cette belle impossibilité, cesserait d'être quotidienne. Elle penserait à lui, lui à elle. Ils pourraient encore se parler, se raconter leur enfance, cheminer dans la forêt, s'asseoir sur la mousse. La pureté, au fond, ce n'est pas pour les chiens. Elle deviendrait une fille formidable. Exemplaire.

Le bateau rapetisse, et elle glisse sa main le long de sa cuisse, atteint l'ourlet de la robe. Sa propre peau l'électrise, elle se faufile sous le tissu.

Il reviendra, c'est sûr. Ils auront d'autres dimanches. Les gens d'ici le remarqueront, parleront, ça reviendra aux oreilles de Marion. Ils vont tout gâcher, c'est sûr. Oh, oui. C'est sûr.

Le vent faiblit, la salamandre s'immobilise au milieu de la baie. La main d'Adeline poursuit son voyage et bientôt la houle s'empare d'elle, la fait tanguer en rythme.

Elle revoit le visage de Julien sous l'ondée, ses yeux attentifs quand elle lui parle d'elle, elle entend son rire.

C'est sûr, elle va tout gâcher.

23

— Je ne comprends pas, insiste Adeline. Elle veut nous voir ?

— Absolument pas, répond Lola.

— Mais alors, pourquoi on y va ?

— Justement, *parce qu*'elle ne veut pas nous voir. Elle me l'a dit très clairement.

Logique de Lola. Adeline ne discute pas. Elle marche, trottine, plutôt, tâchant de se maintenir à la hauteur de son amie.

— Quand même, risque Adeline, si elle veut être tranquille…

Lola pile brutalement, se masse les yeux, soupire, puis se tourne vers Adeline et lui parle en articulant, comme à une demeurée gentille mais pénible.

— Suzanne souffre d'un cancer incurable, d'accord ?

Non, Adeline n'est pas d'accord. Pas du tout. Mais le cancer ne vous demande pas votre avis. Lola a parlé un peu fort, et quelques passants, saisis, accélèrent sans se retourner. Elles sont là, toutes les deux, au milieu du trottoir, à parler métastases. C'est terrifiant. Adeline aimerait se remettre en marche. Or Lola n'a pas terminé.

— Et maintenant elle décrète qu'elle ne va pas se soigner ? Qu'elle ne veut plus voir ses amies ? Je ne veux pas être accusée de non-assistance à copine en danger.

D'accord, oui. Adeline capitule.

— Et qu'est-ce que tu comptes faire ?

Lola vient de repartir, sans prévenir. Adeline cavale à ses trousses.

— Je croyais, répond-elle, que tu devais nous fournir un plan d'attaque.

— J'ai dit ça pour me débarrasser de toi, j'avais un bébé sur les bras.

Lola sourit et, pour montrer qu'elle n'est plus fâchée, ralentit, laisse Adeline la rejoindre.

— Et toi ? s'enquiert-elle.

— Moi ? Si j'ai un cancer incurable ? Non, a priori.

Lola ne sourit plus. Elle a raison, ce n'est pas drôle. Elle lui pince la main. Une poigne de fer. Certains de ses clients apprécient certainement.

— Aïe !

— Réponds à ma question.

Vague, la question, bien sûr. Mais quand Lola la pose, ce n'est jamais par hasard. Elle remarque la moindre altération des traits d'Adeline, la moindre perturbation de son humeur.

— Oui, bon, j'ai quelques soucis.

— Quel genre de soucis ?

Genre tragique. Une vieille tragédie amoureuse qui remonte du passé, un gros dilemme moral, et par ailleurs ce sale mec menaçant.

— C'est compliqué à expliquer, c'est long.

— Je croyais que tu avais le pouvoir de te donner du temps. Vas-y, c'est le moment.

Inutile de finasser avec Lola. Les péripatéticiennes sont toujours plus fortes que vous, question philosophie.

— J'ai revu la femme d'un homme avec qui j'ai eu une histoire, il y vingt-cinq ans.

— Une histoire ?

— Une belle histoire triste.

— Elle est au courant ?

— Je ne crois pas.

— Elle est sympathique ?

— Très.

— Aïe.

Parvenue à cette conclusion, Lola ne pose plus de questions. Si besoin, elle le fera plus tard. Adeline se sent curieusement soulagée.

Quand elles sonnent chez Suzanne, celle-ci fait la morte, et c'est de très mauvais goût. Mais Lola a vu un rideau remuer et elle insiste, écrase la sonnette, arrête quand elle a mal au doigt, recommence. La voix de la vieille dame finit par retentir dans l'interphone.

— J'ai dit que je ne voulais pas te voir.

— Comment sais-tu que c'est moi ?

— À ta façon de sonner comme un ours en rut.

Un claquement retentit. La porte de l'immeuble s'ouvre. Dans l'ascenseur, elles ne disent rien, examinent leur reflet au fond du grand miroir. Deux femmes entre deux âges, entre deux étages. Chez Suzanne, la porte est entrebâillée. Elles la trouvent devant la télé, une émission débile du matin, sur une chaîne publique. Suzanne ne leur accorde pas un regard. Lola s'empare de la télécommande et éteint l'appareil au milieu d'une phrase jaillie de lèvres trop fardées.

Suzanne n'a pas mauvaise mine. Elle porte un jean, un pull, un collier. On dirait une jeunette de soixante-dix ans. Adeline remarque la lumière qui, en effet, baigne l'appartement. C'est beaucoup mieux comme ça. Sur les photos, le sourire du mari semble plus joyeux.

Lola pose son sac sur un guéridon, avec un naturel qui force l'admiration d'Adeline. Elle, son sac, elle ne sait jamais trop où le poser. Les deux visiteuses prennent place sur le canapé, de part et d'autre de leur amie, qui consent à soupirer.

— Bon, si vous jouez les garde-malades, ça ne va pas être possible.

Lola lève les yeux au ciel. Adeline a remarqué un léger tremblement dans la voix de Suzanne.

— Écoute, dit-elle, on ne vient pas te prendre la température. On s'inquiète pour toi. Lola m'a dit que… enfin que tu ne voulais pas…

Suzanne tourne la tête vers elle avec une vivacité d'oiseau, mais la comparaison s'arrête là parce qu'en un bref rictus, elle exhibe ses fausses dents.

— Non, en effet, je ne veux pas. Je ne veux pas de chimiothérapie, ni qu'on me shoote à la morphine, je ne veux pas revoir la gueule du sale connard de l'hosto, ni l'hosto, j'ai horreur des odeurs d'hosto, j'ai quatre-vingts ans, j'ai le droit de crever chez moi.

C'est dit. Adeline ne peut s'empêcher de remarquer que, depuis quelque temps, le vocabulaire de la vieille dame s'est singulièrement relâché. Comme si la tumeur avait affecté la zone cérébrale où se situent les convenances.

Tout le monde hoche la tête, surtout Suzanne.

— Tout ça, on peut le comprendre, murmure Lola.

Suzanne se lève. Veut se lever, mais chancelle un peu, pose trois doigts sur l'épaule d'Adeline pour retrouver l'équilibre.

— J'espère bien, que vous pouvez le comprendre !

Elle essaie de ricaner avec ironie, mais son dentier colle, ça donne une grimace de film d'horreur à petit budget. Pas l'autre, l'épouvantable rictus, celui qui s'empare de son visage quand la tumeur le décide. Non, là, c'est juste que Suzanne durcit ses traits pour la bagarre. L'absurde bataille contre celles qui l'aiment. Elle les toise, maintenant, debout face à elles. Adeline se dit que quelque chose ne va pas. Suzanne a des côtés agaçants, elle est parfois un peu raide, voire teigne, voire garce, comme l'autre jour avec Camille, mais c'est la première fois qu'elle les toise ainsi, avec dans l'œil quelque chose comme de la cruauté.

Zone cérébrale de la gentillesse grillée, elle aussi ?

— On veut juste t'aider, insiste Adeline.

Comme Suzanne s'apprête à répondre, un carillon retentit. Elle se fige.

— C'est mon fils. On est lundi ? Il passe souvent, le lundi matin.

— Nous sommes lundi, confirme Lola.

Suzanne met son doigt noueux sur ses lèvres sèches.

— On se tait. Il va repartir.

— Mais pourquoi ?

C'est Adeline qui a posé la question. Pas pu s'en empêcher. Si elle avait un fils, elle serait incapable de lui fermer sa porte. Lola fait pire encore. Elle se lève et presse le bouton de l'interphone.

— C'est moi ! lance une voix dans le haut-parleur. J'arrive.

Accablée, Suzanne s'est laissée tomber dans un fauteuil. Pendant les trois minutes que dure l'ascension du fils, personne ne parle. Puis, coup de sonnette, et Lola ouvre.

Surpris, le fils demeure dans l'embrasure. Il a largement leur âge. C'est un vieux fils, un peu dégarni, qui ressemble beaucoup à Suzanne et beaucoup au mari mort.

— Bonjour, prononce-t-il avec application.

— Entrez, entrez, répond Lola.

Suzanne ne dit rien. Elle regarde ailleurs, depuis le fond de son fauteuil.

— Je suis Patrick, le fils de Suzanne.

Adeline et Lola se présentent à leur tour, on se serre la main, c'est embarrassé, presque cérémonieux. Le silence de Suzanne englue toute la scène.

— Ça va, maman ? s'inquiète Patrick.

Adeline et Lola se regardent. Il ne sait rien. Suzanne ne lui a rien dit, elle n'a pas prévenu sa famille. Et, après tout, c'est peut-être normal. Compréhensible, disons. Comment annoncer une chose pareille ? C'était à elles d'insister pour rester auprès de la vieille dame, après le diagnostic, de ne pas la lâcher, de lui proposer de prendre en charge les démarches. Il n'est pas étonnant qu'elle leur en veuille, après tout.

— Ça va, répond Suzanne. Je vais calancher sous peu.

Patrick hésite. Un demi-sourire réflexe lui déforme le visage. Il a l'air hémiplégique. Puis le sourire disparaît.

— Votre maman ne vous a rien dit ? murmure Adeline, la gorge nouée.

Le demi-sourire revient. Patrick semble tout miser sur l'hypothèse hasardeuse d'une plaisanterie. D'un gag concerté entre les trois femmes.

— J'ai un cancer du cerveau, annonce cruellement Suzanne. Phase terminale. Ça te va ? Ta curiosité est satisfaite ? Je vais clamecer, donc, et j'aimerais clamecer tranquille. Ce serait gentil à vous de me laisser, maintenant.

Comme aucun d'eux ne bouge, elle se lève, sans trembler, cette fois, et les pousse doucement vers la sortie.

Patrick fronce les sourcils, secoue la tête, semble vouloir recommencer son entrée. Mais Lola lui prend doucement la main et l'entraîne vers la porte. Adeline hésite un instant, tourne sur elle-même, essaie d'accrocher le regard de Suzanne. Finalement, ils se retrouvent sur le palier.

La porte claque. Ils entendent le verrou tourner.

— Si nous allions prendre un verre ? propose Lola.

24

— C'est peut-être un genre de dépression ? suggère Guillaume.

Il attendait devant la siesterie quand elle est rentrée, vers treize heures. Elle a été contente de le voir et lui a proposé de manger un morceau avec elle, dans sa cuisine. Il n'a pas dit non. Depuis, ils reparlent de Suzanne.

— Le cerveau, précise-t-il en montrant son crâne. Quand ça se dérègle…

Il s'est spontanément mis aux fourneaux, et c'est très appréciable. Il a dégoté du boulgour, des œufs, de l'huile d'olive et des épices. C'est délicieux.

— Je ne crois pas, répond-elle. On dirait qu'elle joue un rôle.

Guillaume n'insiste pas. Il a croisé Suzanne quelques fois, mais pas assez souvent pour s'autoriser des hypothèses.

— En tout cas, si je peux faire quelque chose…

Patrick, au café où ils se sont rendus après avoir été virés par Suzanne, s'est mis à pleurer assez vite. La nouvelle l'a détruit direct. On peut le comprendre. Il leur a appris que sa mère était très dure avec lui depuis la mort du père. Un changement net, une modification du caractère. Comme si elle lui en voulait.

Puis il s'est remis à pleurer, a posé des monceaux de questions médicales, cherchant une faille, un espoir.

Ils se sont mis d'accord sur le fait qu'ils ne pouvaient pas hospitaliser Suzanne de force. Il fallait la laisser tranquille, pour l'instant, passer la voir tous les jours, essuyer ses rebuffades. C'était comme ça.

— On ne peut pas savoir, avec ce genre de maladie, commente Guillaume, philosophe. J'ai connu un mec, il a survécu comme ça plusieurs années. À la fin, bien sûr, c'était un légume.

Il mange élégamment, s'essuie la bouche. Elle s'en veut de le remarquer. Est-ce que ça signifie qu'elle est conformiste au point de le considérer d'abord comme un clochard ? De s'étonner de ses bonnes manières ? Guillaume avait une vie, avant.

— Tu en veux d'autres ? demande-t-il en s'apercevant qu'elle le fixe.

— Je veux bien d'autres informations.

Il ouvre grand les yeux.

— Sur Suzanne ?

— Sur toi. Je sais que ça te met en colère de parler du passé, mais…

— Mais quand on en est à déjeuner ensemble, on peut s'autoriser des confidences ?

Elle craint de voir réapparaître les plaques rouges sur son cou. Non. Aucune réaction cutanée. C'est un progrès. De surcroît, il sourit. Un grand progrès, donc.

— D'abord, déclare-t-il avec une solennité un peu excessive, je voulais m'excuser de m'être emporté, justement. Ma colère n'était pas dirigée contre toi.

— Je le note.

— Mais c'est difficile de…

À l'aide de sa fourchette, il édifie une petite pyramide de boulgour, comme pour matérialiser cette difficulté. Elle le regarde faire et attend.

— Quel genre d'informations tu veux ? reprend-il sans la regarder.

— Pas de genre précis. Je prends tout, ta couleur préférée, le prénom de tes parents ou de ton doudou. Tu… tu étais marié ?

Il la regarde et lâche un rire bref.

— Tu as raison d'employer l'imparfait.

— Pardon, je ne voulais pas…

— Mais je n'ai pas d'enfant. Je… Je bossais trop, à l'époque. J'étais dans l'industrie.

Elle acquiesce à chaque nouveau renseignement. Ne pose pas de questions. C'est trop tôt. D'ailleurs, il écrabouille sa pyramide de boulgour et passe à la conclusion.

— Tout s'est effondré quand… Quand j'ai quitté mon poste. J'ai coulé. C'est classique. Ensuite, divorce. Je lui ai laissé l'appartement. Je suis parti.

Elle acquiesce encore.

— Et toi ? s'enquiert-il, légèrement enroué.

Oui, bien sûr, c'est de bonne guerre.

— Moi j'ai vécu en Bretagne.

— D'accord.

— Mais je n'ai jamais été mariée. Des histoires, oui, avec des hommes sur lesquels j'ai fondé quelques espoirs. Assez modestes, les espoirs, mais quand même. Ça n'a jamais marché.

— J'aime bien la Bretagne.

— Moi aussi. C'est pour ça que j'y suis restée longtemps.

C'est le moment de parler de Julien. Tout de suite. Sans réfléchir. Sinon, elle n'y arrivera jamais. C'est peut-être Guillaume, après tout, le destinataire idéal de son secret. Il n'a pas encore vraiment révélé le sien. Ce pourrait être un genre d'échange solennel, presque un pacte entre eux. Ce serait beau.

Elle ne dit rien.

Avec Julien, ils mangeaient souvent comme ça, en tête à tête, dans la petite cuisine du Dourduff. Elle avait une table ronde, à l'époque. Leurs pieds nus se touchaient. C'était elle qui cuisinait. Qui réchauffait, plutôt, les plats à emporter qu'elle se procurait chez le traiteur indien.

Elle s'aperçoit que Guillaume la regarde. Il paraît anxieux. Il n'aime pas les interrogatoires. Elle non plus. Alors elle décide d'en rester là.

En fait, c'est aussi qu'il est un peu moins attirant quand il est anxieux. Elle tend son assiette.

— Si ta proposition tient toujours, j'en reprendrais bien un peu.

Il la sert. Elle mange, il se détend.

— C'est vraiment très bon. Tu es doué.

— J'aime bien faire la popote.

Comme il semble encore un peu stressé, elle en rajoute :

— Et sinon, tu maîtrises les bases du tango ?

Il hausse les sourcils, la cuillère suspendue.

— Pourquoi tu demandes ça ?

— Non, pour rien, laisse tomber.

Il sourit.

— Le tango, non, mais je me défends en mambo. Je connais à peu près toutes les chorés de *Dirty Dancing*.

Ils pouffent, tels deux ados, la bouche pleine. La vie est si belle, sans cancer du cerveau. Ils le pensent tous les deux, mais ne le disent pas. En bas, on sonne.

Fin de la récréation.

Elle déverrouille la porte et l'ouvre, sourcils froncés.

Devant elle se tient Julien.

Non, Romain.

Il lui ressemble encore plus que l'autre fois. C'est surnaturel.

— Salut…

Il sourit, timidement, se balançant d'un pied sur l'autre comme son père.

— Bonjour Romain, entre, ça me fait plaisir de te voir.

Et c'est vrai. C'est incroyablement vrai. Ils se font une bise maladroite puis ne savent plus quoi se dire et Guillaume apparaît à son tour, descendant bruyamment l'escalier dans l'idée, peut-être, de lui prêter main-forte au cas où elle aurait des ennuis.

Adeline hésite puis fait les présentations. Elle s'en tient à quelques indications sommaires, parle de l'école maternelle, reste floue.

Romain embraye, se détend, puis, incidemment, au détour d'une explication, prononce son nom de famille.

— Lahougue ! s'exclame Guillaume. Vous êtes le fils Lahougue !

— Vous connaissez ?

Guillaume se laisse tomber dans un des fauteuils.

— Plutôt, oui. J'ai bossé chez Texa pendant quinze ans.

Ce nom ne semble rien dire à Romain. Guillaume précise qu'il s'agit d'une entreprise chimique partenaire de celle de sa mère.

— Mme Lahougue est très connue dans le milieu, ajoute-t-il avec une pointe d'admiration.

Une entreprise chimique.

Adeline ajoute cet élément à ceux que lui a fournis Guillaume. *J'étais dans l'industrie.* Dans l'industrie chimique, plus précisément. Et, plus précisément encore, chez Texa. Un nom facile à retenir. Mais tout ceci présente peu d'intérêt par rapport à ce hasard phénoménal : Guillaume sait qui est Marion. Elle y réfléchira plus tard. Bientôt.

Romain est déjà en train d'expliquer qu'il ne s'est jamais trop mêlé des affaires de sa mère. Peu à peu, il en vient à lui. Avec une sincérité confondante, il présente sa vie comme une suite d'échecs cuisants, confirmant ce qu'a dit Marion, l'autre jour.

— J'ai cru pouvoir réussir dans l'informatique, confesse-t-il, sous prétexte que je jouais aux jeux vidéo. J'ai même pondu un projet, une plate-forme qui aiderait les gens à monter leurs réseaux. Ça s'appelait *Connecte-toi toi-même.*

Guillaume et Adeline sourient poliment.

— On a vite déposé le bilan. Je ne sais pas. Chaque fois que je lance un truc, ça foire.

Silence.

— Et toi, alors ? demande Romain. C'est ici que tu bosses ? C'est quoi, exactement, l'idée ?

Il regarde autour de lui, les fauteuils, le bureau, les plantes. Adeline assume mal la laideur de sa déco, quand elle repense à l'appartement de Marion.

— Rien de spécial, répond-elle. C'est une salle de sieste.

— Les gens *paient* pour dormir ?

— Plus ou moins.

Romain opine, admiratif.

— Tu crois que je pourrais taper un petit roupillon, comme au bon vieux temps ?

Adeline sourit, et le précède dans le dortoir.

25

Lorsqu'il s'endort, moins de cinq minutes plus tard, elle se sent gagnée par une émotion si profonde qu'elle en tremble.

Les heures englouties remontent, les heures lointaines où elle était jeune et regardait dormir son jeune amant, au cœur de leurs nuits clandestines, de leurs moments volés, quand il la rejoignait, tourmenté d'avoir raconté des histoires à Marion, fomenté ses mensonges. Et elle revoit aussi, dans les yeux clos de Romain, dans cette bouche entrouverte, la confiance parfaite, absolue, de l'enfant qu'il était, goûtant enfin, à l'heure de la sieste, la sérénité que lui refusaient ses nuits.

Elle sait, maintenant que les années ont filtré le poison du mensonge, leur mauvaise conscience, leur inquiétude, qu'ils étaient innocents quand même, qu'ils ne voulaient de mal à personne, qu'ils n'en faisaient à personne, et qu'elle a quand même payé pour tout ça. Si cher. Mais Marion le comprendrait-elle ?

Il se réveillait au milieu de la nuit, ou à l'aube, devait filer, n'avait pas le temps.

Contrairement à beaucoup d'autres hommes, il avait toujours voulu être honnête avec Marion. Dès leur deuxième rendez-vous, se souvient-elle, il souhaitait lui parler, la quitter, vivre avec Adeline. Tout juste s'il n'avait pas planifié une garde alternée. Ce serait dur, au début, mais après, les choses s'arrangeraient. Marion pourrait déployer ses ailes, mener ses recherches, repartir à Paris, peut-être, on verrait. On pouvait faire bifurquer le sort, puisqu'Adeline et lui étaient faits l'un pour l'autre.

C'était elle qui n'avait pas voulu.

Oui, elle. Contrairement à beaucoup d'autres femmes.

Parce qu'elle n'était pas sûre. Pas sûre de l'aimer au point de briser la vie de Marion et celle de Romain.

Elle voulait attendre encore, juste quelques semaines, quelques mois de clandestinité, même si elle n'avait pas beaucoup d'illusions sur leur capacité à rester discrets dans un si petit pays.

La phrase de Lola la traverse : *Se donner du temps ! Quelle prétention ! Tu crois vraiment que c'est nous qui nous le donnons ?*

Ces mots lui auraient été bien utiles, il y a vingt-cinq ans.

Guillaume ronfle, Romain dort en silence, parfaitement oublieux de ses soucis.

Et si elle n'était pas si innocente qu'elle se le figure ? Elle est – au moins partiellement – responsable des échecs de Romain. Bien sûr. Qui peut se construire à l'ombre d'un secret ? D'un mensonge ? Même si Marion lui pardonne un jour son histoire avec Julien, il est à craindre qu'elle soit beaucoup moins indulgente concernant la vie ratée de son fils. Pour une entrepreneuse de son acabit, ce néant doit être insupportable. Impardonnable.

Pourtant, si l'on soupçonne que les choses ont un sens, il faut peut-être considérer ces retrouvailles comme une seconde chance de dire la vérité, de tirer le passé au clair. Elle doit tout dire à Marion. Ou à Romain ? Aux deux ?

Elle ne doit pas négliger l'élément auquel elle a si souvent songé. La façon dont Julien est mort. Les circonstances. Et cette fois, c'est la voix de Suzanne qu'elle entend : *Oui, mais empoisonnée. Elle donne des hallucinations et peut plonger dans le coma.*

L'endormeuse.

Qu'elle ait couché avec Julien, elle peut éventuellement le raconter, mais il faudra qu'elle assume les conséquences de ce récit. Les soupçons qu'il fera forcément naître.

Et alors, qui est cette femme qui t'a révélé ta vocation d'empoisonneuse ?

D'accord, Suzanne, se dit-elle. Merci. Même si c'est prétentieux, ou lâche, ou les deux, elle va s'accorder encore un peu de temps avant de parler à Marion.

Presque aussitôt, avec une brutalité stupéfiante, l'imminence de la mort de Suzanne la dévaste. Ce n'est plus une idée, ni même une certitude. C'est un concentré de supplice. Comment a-t-elle pu accepter avec une telle désinvolture que la vieille dame se laisse glisser vers le néant ?

Elle la revoit chassant son fils, les chassant Lola et elle.

Elle va aller chez Suzanne. Ce soir même. Sans Lola, ce sera plus facile. Et elle lui parlera.

Quelqu'un vient de pousser la porte de la rue.

Elle frissonne et jette un œil à Guillaume dont la présence la rassure. Elle se lève, va voir.

C'est Claude, le chauve.

Il lui adresse un petit salut timide.

— Bonjour Claude, il va falloir attendre un peu. J'ai deux dormeurs en salle de sieste.

— Je ne viens pas pour dormir. Je voulais… si vous avez deux minutes… vous savez ?

Deux minutes. Elle réfléchit. Elle ne se rappelle plus où elle en est avec Claude. Il le comprend et précise :

— J'avais commencé à vous raconter…

Ah oui. Pourquoi il ne dort pas. Ce qu'il a sur la conscience. Après tout, allons-y pour la confession. On va bien voir comment il s'y prend. Ça pourrait l'inspirer. Elle s'assied sur un des fauteuils et l'invite à prendre place auprès d'elle.

— Oui, ça y est, ça me revient. Je vous écoute.

Impressionné, il se tripote les doigts puis s'assoit à son tour, mais laisse un fauteuil vide entre eux. Ce vide prend aussitôt une place considérable.

— Bon, voilà. Je travaille dans une grosse entreprise. J'ai un poste, mettons… important.

— D'accord.

Jusque-là, elle s'en fout. Elle repense à Suzanne, mais fournit un gros effort de concentration.

— Je pense qu'il n'est pas nécessaire de révéler le nom de l'entreprise, précise Claude.

— D'accord.

Elle s'en fout toujours autant. Un peu plus, même. Ce serait bien qu'il en vienne au fait.

— Donc, il y a quelques mois, je m'occupais d'un dossier sensible, et je suis entré dans le bureau du patron. Sans rendez-vous, mais nous avons un rapport de confiance, et…

— D'accord.

Elle se rend compte que ses « d'accord » sont de plus en plus secs. À chaque fois, Claude tressaille.

— Bref. J'entre dans le bureau. C'est un très grand bureau, forcément, avec tout le confort, table basse, fauteuils, canapé pour recevoir les…

Elle reste silencieuse, hoche la tête. Il inspire profondément.

— C'est là que je les ai vus. Le patron et… il avait une assistante de direction, vous voyez, assez jeune et plutôt…

— Jolie ?

Il confirme, en déglutissant, puis se tait complètement. Elle ferme les yeux et se masse le menton. Comme il ne reprend pas la parole, elle vient à son aide :

— Vous avez surpris votre patron et sa secrétaire en train de faire l'amour ? Comme dans un téléfilm ? C'est ça qui vous empêche de dormir ?

— Ils ne faisaient pas l'amour, rectifie Claude. C'est lui qui…

À cet instant, Guillaume et Romain sortent de la salle de sieste, yeux rougis, cheveux en vrac.

— J'ai fait un cauchemar, explique Romain. J'ai dû m'agiter.

— Ça m'a réveillé, complète Guillaume.

Adeline consulte sa montre connectée. De toute façon, on est presque au bout des vingt minutes. Claude s'est levé. Elle comprend qu'il ne dira rien de plus aujourd'hui. La fin du récit est encore ajournée. Les mille et une siestes. Il fait signe qu'il reviendra, s'éclipse.

— C'est dingue comme j'ai dormi, commente Romain. Complètement dingue.

— Oui, approuve Guillaume. Elle est très forte.

Le jeune homme examine l'accueil, attentivement. Il semble évaluer la qualité du mobilier, qu'Adeline sait piètre. Sourcils froncés, il inspecte le bureau, la plante.

— Et ça marche à tous les coups ? s'enquiert-il, comme des dizaines d'autres avant lui.

— Oui, répond Guillaume, sûr de lui – ou d'elle – comme s'il était en charge de la promotion du lieu.

— Non, conteste Adeline.

Du menton, elle désigne la porte qui vient de se refermer sur Claude.

— La plupart du temps, concède Guillaume.

Ils se taisent, tous les trois.

— Je suis désolée, j'ai un truc à faire, décide-t-elle. Je vais devoir fermer.

— Je commence le ménage ? se renseigne Guillaume.

— Non, laisse tomber. À très bientôt, Romain, reviens quand tu veux.

Elle les met dehors, ferme la boutique et, résolument, se met en marche vers le grand appartement de Suzanne.

26

— C'est du harcèlement, geint la vieille dame, comme aplatie dans son sofa.

Elle a mauvaise mine. Jaunâtre, asthénique. Une drôle d'odeur flotte dans son salon.

— Et pourtant tu m'as ouvert. Donc tu es contente de me voir.

Adeline n'a pas l'intention de la laisser faire, cette fois. Elle s'est préparée, tout le long du chemin. Suzanne attend qu'on lui résiste. Comme résiste l'air qui porte les oiseaux. Comme résistent les rambardes d'un pont. Elle veut qu'on l'empêche de tomber.

— Tu connais mes intentions mieux que moi ? ricane Suzanne. Il me reste encore un peu de cerveau disponible, tu sais…

Adeline, qui était restée debout à l'entrée de la pièce, la traverse d'un pas ferme, comme si elle allait flanquer une claque à l'octogénaire rabougrie qui la regarde avec une lueur de crainte au fond des yeux. Puis elle s'agenouille devant elle et pose sa joue sur ses cuisses. C'est inattendu. Adeline ne dit plus rien, ferme les yeux. Au bout d'un moment, elle sent que la main de sa vieille amie se hasarde dans ses cheveux et les caresse distraitement. Elle le soupçonnait, mais elle en a la confirmation : la vie de chat doit être agréable.

— Je n'ai pas peur de la souffrance, déclare Suzanne. Je suis dure comme un taureau.

Sa voix est comme assourdie. Peut-être parce que l'une des oreilles d'Adeline est collée contre le pantalon de Suzanne. Un tissu côtelé, presque rêche.

— Moi, répond-elle, je serais morte de trouille.

Un temps. La cuisse de Suzanne est agitée d'un tressautement nerveux.

— La souffrance, reprend celle-ci, la vraie souffrance, je la connais. Je l'ai connue. La souffrance, c'est l'absence.

Nouveau silence. Adeline réfléchit. Elle est étrangement bien installée, comme ça, vautrée par terre, la joue sur des genoux. C'est une sensation qu'elle a peut-être connue quand sa mère était vivante. Elle ne se rappelle pas. La souffrance c'est l'absence. Oui, c'est vrai. C'est indiscutable. Elle en connaît un rayon, sur l'absence. L'absence, ce n'est pas du vide. C'est tout le contraire. C'est plein. C'est lourd. C'est écrasant. Ça prend toute la place.

Elle pense d'abord à ses propres absents, sa mère, son père, Julien. Puis à celui de Suzanne.

Adeline se redresse. Son oreille est chaude. Elle s'assied à côté de son amie et la prend dans ses bras. À son tour d'être la mère.

— Tu souffres de son absence tous les jours ?

Suzanne remue doucement la tête. Les mains. Un pied.

— Parfois, je me rappelle comme il pouvait être chiant.

D'accord, et donc ?

— Et dans ces moments-là, quand je me souviens de ses bouderies, de ses crises de rage pour des broutilles, de sa mauvaise humeur, je retrouve la vieille colère que j'avais quelquefois contre lui.

— Et là, tu ne souffres plus ?

— Beaucoup moins. Le seul remède contre la souffrance, c'est la colère.

Ça y est. Adeline commence à comprendre. Elle commence, et elle continue. Tout à coup, l'explication du comportement de Suzanne lui apparaît dans toute sa simplicité. Sa stupidité.

— Suzanne, c'est pour ça ?

— Pour ça quoi ?

— Que tu es infecte avec nous depuis… le diagnostic ? Tu veux nous mettre en colère contre toi ?

Suzanne ne répond pas.

— Tu t'es dit, poursuit Adeline, que pour éviter de nous faire de la peine, il fallait devenir *chiante*, comme lui ? Qu'on garde de toi le souvenir d'une vieille harpie lunatique ?

Pas de réponse. Adeline enfonce le clou.

— Excellente idée ! Comme ça, on va avoir hâte que tu meures, et après, on sera drôlement soulagées ! Et pour ton fils, c'est pareil ?

Cette fois, la malade se met à trembler, comme agitée de spasmes. Non, ce sont des sanglots. Étouffés, compacts, silencieux. Adeline resserre encore son étreinte.

— Oh, la bonne idée ! C'est sûr qu'on va les oublier, nos rigolades, nos discussions, nos petits goûters au salon de thé, tes coups de gueule contre les mecs, contre les abrutis, nos querelles littéraires. Effacé, tout ça. Exit Suzanne, bon débarras.

Sans préavis, elle se lève, lâchant la vieille dame qui s'écroule sur les coussins, et lui fait face, debout, solidement plantée sur ses jambes.

— Pour qui tu te prends, Suzanne ? Tu crois que tu peux contrôler nos sentiments ? Tu veux nous interdire d'être tristes à cause de toi ? Et gâcher le temps qui nous reste ? J'en ai entendu, des conneries, mais là, franchement, tu décroches le pompon.

Suzanne fouille sa poche, en tire un mouchoir en tissu hors d'âge, y trompette longuement.

— Je… pour mon fils, c'est différent. Ou alors, je ne l'ai pas fait exprès. Il était si proche de son père. Quand on s'est retrouvés tous les deux, on ne savait plus comment se parler. Comme si la communication était rompue.

— Justement. C'est le moment de lui parler. De lui dire ce que tu me dis là. Et nous, avec Lola, avec les copines, on va s'occuper de toi, d'accord ? Hors de question que tu restes seule. Tu vas venir habiter chez moi.

C'est sorti tout seul. Sûrement pas la meilleure idée, mais trop tard. Suzanne hoche négativement la tête.

— Non, tu es gentille, mais… je veux rester ici. Avec lui.

— Suzanne, tu es… tu es malade. Qu'est-ce qui se passera si tu as un malaise ? Si tu tombes ?

La vieille dame réintroduit péniblement le mouchoir dans sa poche.

— Je vous téléphone. Promis.

Adeline a une foule d'objections, mais elle les garde pour elle. Pour l'instant. Elle a déjà gagné quelque chose. Il ne faut pas aller trop vite.

— Tu vas louer un appareil, propose-t-elle. Un truc qu'on porte autour du cou et qui te permet d'appeler les secours en appuyant sur un bouton. Ça nous rassurera.

— C'est un truc de vieux ! proteste Suzanne.

27

MAIS ELLE A FINI par accepter. Elles se sont renseignées sur internet et la vieille dame a appelé elle-même. Un commercial passe demain. Un commercial. Ça lui rappelle Julien. Ça lui rappelle Romain. Elle devrait lui refiler le tuyau : la vieillesse, la maladie, la mort, le voilà, l'avenir ! Idéal pour le commerce ! Avec un peu d'imagination, on doit pouvoir en lancer, des start-ups spéciales fin de vie.

Non. Elle refuse d'être cynique. Elle se sent fière d'elle. Elle a agi. Elle n'a pas l'habitude.

Elle appelle Lola pour lui raconter, tombe sur sa messagerie, raconte quand même. La réalité ne doit plus l'arrêter.

Au bout d'un moment, la boîte vocale saturée lui raccroche au nez. Pas grave.

Elle est presque arrivée chez elle.

Cinq heures du soir. Il est encore temps de recevoir des clients.

Et justement, il y a quelqu'un devant la porte fermée. Elle s'approche en plissant les yeux. Elle voit moins bien qu'avant, mais refuse l'idée de lunettes. De toute façon, elle a lu quelque part que les verres rendaient les yeux paresseux. Il y a deux personnes. Un couple. Les jeunes parents ? Ce serait bien. Ça lui ferait plaisir. Elle pense à Suzanne et à son fils, à Marion et à son fils, au fils qu'elle n'a pas eu avec Julien.

Elle en a vu défiler, des enfants, des parents, du temps qu'elle était la dame de la sieste, à l'école de Morlaix. Tous lui ont fait confiance. Que sont-ils devenus, ces gosses ? Combien ont lancé des start-ups ? Combien sont morts ?

Elle revoit les visages des gens avec qui elle travaillait. La directrice, à nouveau, les institutrices. Un monde de femmes. L'heure des mamans. Il y avait des papas, bien sûr, mais tellement moins beaux que Julien. Tellement insignifiants.

Un monde de femmes. Noémie.

Noémie, la maîtresse préférée des enfants. Une femme fabuleuse. Elles ont travaillé des années ensemble sans jamais devenir vraiment amies. Quelque chose les retenait. Une sorte de pudeur. Ou alors c'était parce qu'elles n'étaient pas du même rang. Une institutrice, une dame de service.

Pourtant, lorsqu'elle se concentre sur le souvenir de Noémie, Adeline ressent un malaise. Ses explications pseudo-sociologiques ne tiennent pas la route. Il y avait autre chose. Il lui semble bien qu'elles avaient essayé de se rapprocher, de se fréquenter, même. Mais quelque chose s'y était opposé. N'étant jamais parvenue à analyser la nature de cet obstacle, elle avait plus ou moins cessé d'y penser.

Noémie élevait seule son petit Youn. Le père était parti peu après sa naissance. Elle avait le défaut inverse de celui d'Adeline : trop de confiance. Trop de foi dans un avenir possible avec celui qu'elle s'était naïvement figuré être l'homme de sa vie.

Adeline est enfin assez près pour distinguer les visages des gens, devant la siesterie. Celui du garçon ne lui dit rien, mais la fille, c'est la lycéenne angoissée. Camille.

D'ailleurs, angoissée, la gamine paraît l'être beaucoup moins aujourd'hui. C'est peu de le dire. Nichée dans l'aisselle d'un grand blond de rêve, elle affiche un sourire aveuglant, bouquet d'éclats divers, yeux, dents, pommettes, elle brille comme un sapin de Noël. Le garçon doit être surfeur, ou alpiniste à mains nues, à torse nu, mais modeste, réservé, avec une petite moue craquante d'informaticien timide. La totale.

— Bonjour Camille !

Adeline aime la joie. Ça la met de bonne humeur. Et ces deux-là sont joyeux. Amoureux débutants. Et l'amour, on le sait, garde le meilleur pour le début.

— Bonjour Adeline.

Ça lui fait plaisir, qu'elle l'appelle par son prénom, au lieu de lui donner du Madame. Ça la tire par la manche vers le bon côté des choses. D'ailleurs, Adeline n'a jamais compris quand et comment elle a cessé d'être une adolescente. Une vie si courte faite de journées si longues. Elle sourit au grand blond.

— Je te présente Nathan, poursuit Camille, solennelle.

Nathan, toujours agrippé à Camille, extirpe de la poche de son blouson une longue main – il doit jouer de la guitare, en plus de tout, ou du piano – et la tend à Adeline. Ils se sourient.

— Enchantée, Nathan.

Il cherche un mot, se contente d'élargir son sourire et de hocher la tête. C'est parfait. Adeline les invite à entrer. Nathan paraît plus grand encore, considère la plante et les fauteuils.

— Camille m'avait caché qu'elle avait un amoureux. Jusqu'à présent, elle ne me parlait que de la planète.

Ils rougissent tous les deux. C'était le but. Adeline adore.

— Je ne t'ai rien caché. C'est tout récent.

— Ah bon ? Racontez ! J'adore les histoires toutes récentes.

Ils se regardent, s'interrogent mutuellement. Que dire ? Comment ?

— Vous êtes dans le même lycée ? les encourage Adeline en ouvrant la porte du dortoir.

— Non, répond Nathan. Je suis à Saint-Michel des Batignolles, dans le 17e.

— C'est joli, comme nom.

— C'est privé, nuance Camille avec une petite grimace.

Adeline, ne mesurant pas les enjeux de cette information, attend la suite.

— On s'est rencontrés dans la rue, explique Nathan. Je courais.

Ah oui, naturellement. Il court.

— Il a trébuché, il m'est tombé dans les bras, rigole Camille.

Il rigole aussi.

— Un cadeau du Ciel, conclut Adeline. Loué soit Saint-Michel des Batignolles !

Visiblement, Camille est moins terrorisée par l'avenir du monde. La guerre s'est éloignée, la couche d'ozone raccommodée. Elle a oublié l'affreuse scène avec Suzanne, au salon de thé. Joyeux égoïsme des enfants.

Nathan s'esclaffe. Il a l'air de la trouver infiniment drôle. Il est très bien, ce garçon.

— Je voulais… lui montrer ton pouvoir, ose Camille.

Des yeux, la gamine la supplie : s'il te plaît, accepte, endors-nous, je lui ai parlé de toi, il a été impressionné, ne me déçois pas.

Les débuts de l'amour, oui, le temps des exploits, de la magie. D'accord. Adeline consent. D'un geste mystérieux de magicienne, elle les invite à pénétrer dans sa chaumière.

— Attention, ces lits sont faits pour *dormir*. Rien de plus. Je surveille !

Ils rougissent à nouveau. Craquants. Le grand Nathan étend son long corps sur l'un des matelas. Camille hésite, elle choisit le lit le plus proche du sien. Ils ferment les yeux. Adeline éteint la lumière et s'installe sur son siège.

Il ne leur faut que quelques minutes pour sombrer, et, certainement, rêver l'un de l'autre.

Adeline médite sur la vie qui, comme d'habitude, dispense dans le même mouvement allégresse et calamités.

Faut-il parler à Camille de la santé de Suzanne ? Ou plus exactement de son décès prochain ?

On verra.

28

— Ça va, Adeline ? demande Noémie. Tu as l'air complètement dans les nuages.

Non, Adeline n'est pas dans les nuages. Elle est dans la forêt du dimanche précédent, avec Julien. C'est pour ça qu'elle ne sourit pas, qu'elle s'efforce d'affecter cet air dur qui lui va si mal, cette mine préoccupée, ce visage de femme songeant à n'importe quoi d'autre qu'à un dimanche en forêt avec un papa.

D'ailleurs, c'est l'heure des mamans. Noémie et elle sont de service, dans la cour, elles contiennent comme elles peuvent la foule piaillante des petits, surexcités par la perspective de rentrer chez eux. Ça crie, ça rit, ça court, ça tombe, ça s'écorche, ça se mouche dans sa manche. Les mamans attendent leur heure derrière la grille, on n'ouvre qu'à 16 h 30.

Les mamans, oui, et lui parmi elles. Julien. Il est encore venu. Elle ne voit que lui, son sourire de pure lumière. Adeline se demande si Marion a encore la migraine.

Dans cette petite ville, Morlaix, dans ce quartier côtier, Le Dourduff, les potins vont vite. Un adultère. En 1997, on n'est pas si loin du XIXe siècle. Oh, bien sûr, on ne la vouerait plus aux gémonies, on ne la maudirait pas publiquement. Noémie s'abstiendrait de tout commentaire. Mais les bouches se tordraient, les yeux se baisseraient. C'est très concret, ici, le silence. Plus lourd qu'ailleurs. Plus matériel.

Sa fuite de Paris, elle s'en rend compte, n'a été qu'un faux départ. La période qui a suivi, celle des amours ratées, des amitiés provisoires, des déménagements, lui a ôté les illusions que certains – et surtout certaines – mettent des années à perdre. Des copines de lycée se sont engagées dans de tortueux mariages, dans des maternités problématiques, ont disparu, englouties par l'horizon pavillonnaire, banlieusard. D'autres, plus rares, ont mené les grandes études dont son père rêvait pour elle.

Adeline a compris peu à peu que cette pause solitaire au Dourduff lui a donné le temps de revenir à elle, de percer une partie de son propre mystère. De s'installer en elle-même. Noémie, une ou deux fois, lui a demandé pourquoi elle ne *sortait* pas davantage. À sa place, affirmait-elle, elle serait allée en boîte, à Brest, en voyage. Mais Noémie, au fond, parlait de Noémie, de sa liberté perdue, du fardeau d'élever seule un enfant. Adeline avait répondu qu'elle se sentait très bien comme ça, pour le moment.

Et le moment durait.

L'irruption de Julien est une menace autant qu'une promesse. Adeline oscille sur un fil. Le vertige, comme toutes les drogues, doit être soigneusement dosé.

Alors ce sourire de lumière, ces yeux qui la cherchent, là-bas, derrière la grille, elle ne les regarde pas. Elle s'applique à ramasser les marmots qui roulent sur le sol, comme des pommes en automne, à consoler, à câliner, à essuyer la bouillasse sur les genoux.

Un adultère pourrait peut-être se concevoir si elle était banquière, ou secrétaire, agente immobilière. Dans un monde sans enfants. Quand on s'occupe d'enfants, on ne court pas le guilledou. On ne s'intéresse pas aux sourires.

Noémie ne soupçonne rien. Elle cherche des yeux son propre fils, qui évolue parmi ses pairs. C'est un petit Breton typique, tel qu'Adeline se représente les petits Bretons typiques. Il s'appelle Youn. Il a des joues, des prunelles brillantes, un air buté, des cheveux roux et ras. Il n'a pas de papa connu. Il est très pote avec Romain. Noémie passe son temps à cacher combien elle s'inquiète pour lui.

Déjà, une maîtresse-mère-célibataire, Adeline a perçu que ça ne passait pas tout à fait. Quelque chose dans l'air comme une réprobation muette.

Youn est dans la classe de la directrice. Il est turbulent, il ne *réussit pas très bien dans ses apprentissages*. Il existe des tableaux déclinant des compétences, des items colorés. La directrice les remplit avec gravité. Youn ne coche pas toutes les cases et c'est un gros souci pour Noémie. Elle ne le dit pas, mais Adeline l'a surprise plusieurs fois à consulter le dossier de son fils. La directrice lui parle à demi-mot. Il faudrait peut-être se *faire aider ?*

Adeline essaie d'aider, mais bute toujours sur les silences de Noémie, sur ce père inconnu, sur l'étiquette qui fait d'elle une sorte de subalterne. Pourtant, elles pourraient tant s'entendre ! Noémie vit dans un appartement humide, place des Otages, à Morlaix, non loin de l'hôtel de ville. Elle a invité une fois Adeline à prendre le thé, mais s'est systématiquement dérobée quand Adeline a voulu l'accueillir à son tour au Dourduff.

Youn court, bouscule les autres. Noémie fronce les sourcils, l'attrape souvent par la capuche. Il trépigne sans cesser de rire, l'air méchant, cette méchanceté conquérante des gosses de cinq ans. Il attend qu'elle le relâche pour pouvoir bousculer quelqu'un d'autre. Noémie prend sur elle pour ne pas l'engueuler plus que les autres, ce qui constituerait une forme de favoritisme.

Adeline sourit, capture Youn qui éclate de rire, et joue avec lui. Romain les rejoint, mais, juste à ce moment, c'est l'heure, Noémie ouvre grand les grilles, tout le monde se rue, flot de mamans dans un sens, tourbillon de gamins dans l'autre, petite marée humaine, ressac, bouillonnement de vie.

Julien échoue auprès d'elle.

— Bonjour M. Lahougue, s'empresse de dire Adeline d'une voix forte et ferme.

Ici, il est M. Lahougue, il est le papa de Romain. Il comprend, il acquiesce, il sourit.

Elle aurait voulu tempérer chez lui d'éventuelles ardeurs. Qu'il soit sage. Qu'ils le soient tous les deux, qu'ils n'oublient surtout pas de ne pas se tutoyer. Mais ce « M. Lahougue », tout solennel et empesé, produit l'effet inverse. C'est excitant de faire semblant de ne s'être pas promenés ensemble, dans la forêt, dimanche dernier. C'est sensuel de s'interdire de sourire.

Il joue le jeu, mime sa mine grave à elle, fronce même les sourcils.

— Votre femme est encore souffrante ?

Il hoche la tête. Romain le rejoint.

— Oui, hélas. Une horreur, ces migraines.

Adeline en convient. Ils communient dans la pitié. Le pire, c'est qu'ils sont sincères. L'un et l'autre veulent le bien de Marion.

— La journée s'est bien passée ? demande-t-il en prenant Romain dans ses bras.

La tempe de Romain touche celle de Julien. Les lèvres de Julien se posent sur la joue de Romain. Romain ne sourit pas. Il s'essuie la joue.

— Bonjour M. Lahougue.

Cette fois, c'est Noémie qui a parlé. Elle sourit en regardant Julien. Julien lui sourit. Adeline en a aussitôt le souffle coupé. Une jalousie très pure, très simple, primaire, qui coupe le cœur en deux. Elle est propulsée hors du monde, jetée dans le néant. C'est absurde, c'est trop. Est-ce qu'elle est déjà si amoureuse ? La douleur ne ment pas. L'angoisse ne trompe pas. Il faut qu'elle reprenne ses esprits. Il faut qu'elle revienne à elle.

— Bonne soirée, lâche-t-elle en s'éloignant.

Elle ne se retourne pas pour voir s'il la suit des yeux. S'il a cessé de sourire à Noémie. Elle veut bien préserver les apparences, à condition qu'il ne sourie pas aux autres femmes, à condition qu'il vienne tous les jours chercher son fils à la grille, à condition qu'il jette l'ancre devant chez elle tous les dimanches.

Elle veut bien l'oublier, s'il ne pense qu'à elle.

29

— C'est complètement barré, j'avoue.

Adeline cligne des yeux, légèrement perplexe. Nathan, le grand surfeur-grimpeur, s'est réveillé émerveillé. Il rayonnait comme une luciole. Et il a prononcé cette phrase sibylline. Charitable et amusée, Camille joue les interprètes :

— Il a adoré dormir.

D'accord. Rien de surprenant, mais ça fait plaisir. La petite, surtout, semble aller tellement mieux.

— Ouais, j'avoue, insiste le lycéen de Saint-Michel des Batignolles.

Il avoue. Les jeunes avouent beaucoup, a remarqué Adeline. Elle se demande si c'est significatif de quelque chose.

— Donc, tu vois, ton amoureuse fréquente une sorcière.

Elle aime bien prononcer le mot « amoureuse », ça les fait rougir à chaque fois. Il paraît que les jeunes se gavent de porno, mais l'amour les intimide toujours.

— Les femmes *sont* des sorcières, affirme Camille.

— Ah bon ?

— Ben oui, soupire Camille en levant les yeux au ciel, consternée par tant de naïveté.

Adeline n'ose pas lui faire remarquer que son coup de foudre semble l'avoir instantanément guérie du désespoir. C'est toujours la même histoire, alors ? Les filles veulent être des sorcières, balancent aux orties leurs atours de princesses, mais se pâment toujours devant le prince charmant ? La dernière fois qu'elles ont abordé le sujet, au salon de thé, en compagnie de Lola et de Suzanne, Camille s'était enflammée sur les féminicides et prônait « l'asexualité ». Mais la façon dont elle dévore son prince des yeux laisse augurer qu'elle a déjà dû abjurer ses chastes résolutions.

Ils s'enlacent à nouveau et se tiennent debout, au milieu du dortoir. Elle les précède vers la sortie, ne s'accorde aucune petite pique ironique à l'intention de Camille.

— Vous reviendrez ? demande-t-elle juste, au moment où ils s'apprêtent à regagner la rue.

Elle a dû prendre une voix d'oisillon trempé, parce que Camille lui fait don d'un immense sourire et lâche son chevalier pour la prendre dans ses bras.

— Bien sûr ! Très souvent. Tu sais que je dors beaucoup mieux depuis que j'ai poussé ta porte ?

Elles s'étreignent.

Une fois seule, elle s'étire longuement, se masse les reins.

Et regarde enfin en face une sombre pensée qui la taraude depuis des heures. Des jours. Elle l'a repoussée comme elle a pu, à l'aide d'autres sombres pensées.

Le mec de Fargier, le sale mec. C'est demain. Le rendez-vous qu'elle lui a donné. C'est demain qu'il se pointe et elle n'a rien préparé. Aucun plan.

Elle le déteste, lui et ce qu'il représente, ce qu'il incarne, la face détestable de l'humanité, celle qui corrompt, qui pourrit, qui ourdit dans l'ombre, façon cafards, mais les cafards, au moins, n'essaient pas de revêtir les atours de l'honorabilité.

Elle va le refoutre à la porte. Ou même ne pas lui ouvrir. Que peut-il contre elle ?

Tout. Absolument tout.

Elle repense à l'URSSAF, aux formulaires.

Il faudrait qu'elle fasse ses comptes, qu'elle tente une nouvelle ascension de sa montagne de paperasse. Mais on dirait que cette montagne n'a que des faces nord. Tant pis. Advienne que pourra.

Elle s'apprête à donner deux tours de clé définitifs, mais sursaute quand quelqu'un pousse la porte.

C'est Claude.

Elle est soudain ravie de le revoir. Que ce ne soit pas déjà l'autre.

Timide, son crâne luisant de sueur, il se hasarde, s'enhardit, referme la porte derrière lui.

— Bonsoir, je me disais qu'en venant tard, j'avais peut-être une chance de...

— Bonsoir Claude, entrez.

Et cette fois, elle les donne, ses tours de clés.

— Je vous dérange peut-être ?

— Non, non, pas du tout. Je m'apprêtais à broyer du noir. Je vous sers quelque chose ?

Cette question lui rappelle la visite de Marion, l'autre jour. Un jour pas si lointain. Peut-être celui où sa vie a changé de direction.

— J'ai de la vodka, si vous voulez.

Claude veut. Et puis allez, tiens, Adeline lui propose de la suivre chez elle, à l'étage.

— C'est par ici.

Claude est très bien élevé, c'est réconfortant. Il a suspendu son pardessus à la patère, il a même, en s'asseyant, relevé son pantalon à pli, comme dans les vieux films. Claude regarde certainement des vieux films. Adeline aussi. Elle aime bien, surtout les polars avec des répliques, parce qu'ils lui rappellent le bistro.

Quand elle remplit son petit verre, Claude oublie ses bonnes manières. Il le vide cul sec. Un shot. Il en redemande aussitôt. Elle verse.

— Bon, écoutez, je vous ennuie avec mes histoires, mais je ne sais pas ce qui se passe… Depuis que j'ai commencé à vous parler, je ne pense plus qu'à ça. Tout vous dire. Vous êtes… je ne sais pas. Vous êtes *la* bonne personne.

Nouveau shot. Il tend son verre. Elle le remplit.

— Vous ne m'ennuyez pas. Mais je ne peux rien pour vous, à part vous écouter.

Le désir d'épanchement de Claude la touche. Elle l'envie d'avoir trouvé la bonne personne, même s'il se trouve que c'est elle. Elle, elle la cherche encore. En attendant de trouver, elle vide son verre.

— Il s'apprêtait à lui toucher les seins, dit Claude.

— Pardon ?

Elle n'y est plus du tout, là. Claude a oublié de rappeler les épisodes précédents. De quoi s'agit-il, déjà ? Elle ferme les yeux, se concentre de toutes ses forces.

— Vous vous souvenez ? Mon patron, l'encourage Claude.

— Ah, oui, ça y est. Les seins, ce sont ceux de sa secrétaire, je suppose ?

— Son assistante de direction.

— Il *s'apprêtait* à lui toucher les seins ?

— Oui.

— Elle n'était pas d'accord ?

— Non.

Claude inspire profondément, puis se lance dans une évocation étrange, mi-narrée, mi-mimée, de la scène. Il imite successivement la lippe libidineuse du patron, le visage terrifié de l'assistante de direction qui, à ce que croit comprendre Adeline, s'est retrouvée acculée dans un coin de la pièce. Et le patron qui s'approche d'elle.

— Quand je suis entré, je l'ai interrompu, explique Claude. Ils m'ont regardé tous les deux. Et tous les deux, ils me suppliaient.

— Ils vous suppliaient ?

— Lui de me taire, elle de dire quelque chose.

— Et qu'est-ce que vous avez dit ?

— Rien.

Silence. Claude attrape la bouteille de vodka et se ressert lui-même. Elle ouvre la bouche, mais il est plus rapide qu'elle.

— Elle a espéré longtemps que j'allais parler. Elle y a cru. Elle me faisait confiance. On s'aimait plutôt bien.

— Et ?

— J'ai vu dans ses yeux l'espoir se muer en mépris. Elle a quitté la pièce et je suis resté là, en tête à tête avec mon boss.

— Mais après, vous êtes allé la trouver, vous lui avez dit que vous étiez désolé, que vous n'avez pas réagi sur le coup, mais que vous alliez l'accompagner au commissariat pour témoigner. Qu'il s'agissait d'une agression sexuelle.

— Mon patron m'a demandé de l'aider. De l'aider lui, bien sûr. En échange d'un avancement. Un avancement important. J'ai quasiment doublé mon salaire.

— Pardon ?

— Elle a porté plainte. Il y a eu enquête. Il a nié en bloc. C'était sa parole contre la sienne. J'ai témoigné, oui. Mais en faveur de mon boss. J'ai dit que j'avais assisté à la scène. Qu'elle essayait de l'aguicher. Qu'elle se frottait contre lui, qu'il résistait, que j'avais tout vu par la porte entrouverte. On avait accordé nos versions. Les flics n'étaient pas dupes, mais… En plus, la fille n'était pas très populaire dans la boîte. Il y a eu d'autres témoignages à charge. Des jalousies. Un mec qui s'était pris une veste avec elle.

— Et au procès ? Que s'est-il passé ?

— Il n'y a pas eu de procès. Elle a retiré sa plainte et elle a démissionné. Le patron lui a taillé une réputation de nympho mytho et il a joué les grands seigneurs en faisant savoir qu'il renonçait à la poursuivre. Moi, j'ai eu ma promo.

— Et depuis, vous ne dormez plus.

— Voilà.

— Foutez le camp, Claude.

— Pardon ?

— Foutez le camp.

Claude n'insiste pas, décroche son imper, farfouille dans ses poches, passe sa main sur le plateau du buffet, puis, sur un soupir impatient d'Adeline, finit par descendre pesamment les escaliers.

— Vous avez raison, murmure-t-il tandis qu'elle déverrouille la porte extérieure. Vous avez raison, je suis une merde.

— Ne revenez pas.

À nouveau seule, elle s'écroule dans un des fauteuils de l'accueil.

Puis remonte et boit encore un verre.

Dans le tourbillon de pensées qui bouillonnent en elle, l'une d'elles surnage, peut-être pas la plus noble, ni la plus intéressante, ni la plus réjouissante. Elle se dit que Claude ne l'a pas trouvée, finalement, la bonne personne pour se confier.

Et qu'elle a probablement raison de se montrer prudente.

30

Elle trouve le mafieux devant sa porte, dès neuf heures, à l'ouverture.

Il porte toujours le même immonde blouson, ses cheveux gras sont pareillement coiffés en arrière. C'est bien, qu'il soit si laid. Ça donne du courage.

— Bonjour, Adeline.

— Attendez, répond-elle, j'ai un trou de mémoire, tout à coup.

— Quoi ? Vous ne vous souvenez pas de moi ?

— Si, mais je ne me rappelle plus quand je vous ai autorisé à m'appeler par mon prénom.

Il rit tout bas, d'un rire de gorge glaireux. Il la bouscule doucement, lentement, fermement, et s'introduit dans l'établissement. Cette violence calme, cette facilité à s'insinuer, ce doit être un truc d'ancien militaire. De mercenaire.

La colère monte en elle, et elle s'en saisit.

— Alors, ma petite Adeline, vous avez réfléchi ?

— À quoi ?

Il cesse de sourire. Rien que ça, c'est terrifiant. Sa bonhomie pateline était irritante, son exaspération glace les sangs. Néanmoins, Adeline est plutôt fière de l'avoir exaspéré.

— Arrête de faire la conne.

Ah bon ? La vulgarité, maintenant ? Il doit exister une technique, chez les tueurs à gages. Le chaud, le froid, le sourire, la menace. Mais avec elle, ça ne fonctionne pas. Peut-être parce que des brutes dans son genre, elle en a déjà vu, au bistro paternel. Il n'y avait pas que des bons vivants ou des mauvais coucheurs. Il y avait pire. Les professionnels du crime organisé, les tortionnaires patentés, ceux qui, à la première occupation, se font phalangistes, miliciens, collabos. Aristide connaissait des tonnes d'anecdotes là-dessus. Il avait fait l'Algérie.

L'autre jour, dans le 8 à Huit, le mafieux l'avait épouvantée parce qu'elle n'avait plus l'habitude des ordures. Mais maintenant qu'elle sait qui il est, les vieux réflexes reviennent.

— Je t'emmerde, répond-elle.

Il tique. Surpris. Bien joué. Mais dans le registre ordurier, elle ne tiendra pas longtemps. Passé l'effet de surprise, le sicaire sourit à nouveau.

— Quel tempérament ! Tes amis doivent t'adorer.

Toujours la même stratégie. La menace voilée. À peine. Elle ne réagit pas à la provocation.

— J'ai appris, pour cette pauvre Suzanne. Tu sais que je l'ai trouvée, hier soir, égarée sur son trottoir ? Elle ne se rappelait même pas qu'elle était sortie de chez elle. Ça ne me regarde pas, mais il faudrait la faire hospitaliser. Dans certains cas, la tumeur peut provoquer des accès de démence. Et si elle se jetait par la fenêtre ? Si on la retrouvait morte sur le pavé ? Tu ne te sentirais pas un peu responsable ?

Adeline inspire profondément. C'est trop gros. Elle remarque qu'il la scrute, mine de rien, guette ses réactions. Erreur. Elle ne va pas lui faire le plaisir de manifester la moindre émotion. Silence. Elle fixe la plante verte et contrôle sa respiration. Ça ne le décourage pas. Elle repense à Claude et quelque chose cède, au fond d'elle. Elle mixe les deux mecs, les fond en une seule image hideuse. Le dégoût et la haine se combinent. Du tempérament ? Il veut du tempérament ? Elle va lui en montrer quelques échantillons, de son tempérament.

Comme elle ne dit rien, il reprend la parole.

— Oh, par contre, la petite Camille, franchement, c'est merveilleux ce qui lui arrive. Je l'ai croisée au bras de son grand dadais. Ils étaient adorables. Ils sortaient de chez toi et se faisaient des bisous dans le cou. Franchement, ça m'a foutu la trique.

À la haine s'ajoute une once d'effroi. Elle fait un pas vers la brute.

— Tu leur fous la paix, connard, tu entends ? Si j'apprends que…

Que quoi ? Elle est ridicule. Il la manipule comme il veut. Il fait deux pas en avant. Elle recule. Ses reins rencontrent le bureau. Elle s'y appuie, y puise de l'énergie, du calme. Si seulement quelqu'un arrivait…

— Écoute, Adeline, susurre le mec, ça ne nous va pas, les gros mots, tu ne trouves pas ? Nous, notre genre, c'est plutôt les salons de thé, rappelle-toi. Ce que j'essaie de te faire comprendre, c'est que tu n'as pas les moyens de résister. Tu n'as pas la moindre idée de l'avalanche de problèmes qui pourraient te tomber dessus si tu continues à jouer avec notre patience. Et on n'a pas envie de ça. Ni toi, ni moi. Tu sais, on est des humains, toi, moi, M. Fargier. Et qu'est-ce qu'ils attendent, les humains ? L'arrivée des beaux jours. Rien d'autre, Adeline. L'arrivée des beaux jours. Ne l'oublie pas.

Il sort de sa poche intérieure un rouleau de papiers.

— Je t'ai rapporté les documents. Notre offre. On rachète tout. On régularise ta situation. On a des comptables très efficaces, des consultants, des baveux, tout le toutim. Tu lis ça à tête reposée, on fixe un rendez-vous, trois signatures et tu t'envoles pour le soleil.

— Comme Icare ? Ça finit mal, je crois.

Il ne rit pas. Les références culturelles ont l'air de l'agacer. Elle espère qu'il a été bien humilié à l'école. Elle tend la main vers le rouleau.

Surpris, il le lui tend. Mais au lieu d'en prendre connaissance, elle le manipule avec fermeté.

— Qu'est-ce que tu fous ?

— Je le roule un peu plus fin. Tu dois avoir l'habitude, mais je suis pas sûre qu'en l'état tu puisses facilement te le carrer dans le cul.

Bon, elle n'aurait sans doute pas dû. Il devient aubergine en une seconde. Au moins, si l'on peut dire, elle a trouvé sa faille. Mais elle n'aura pas l'occasion de s'en réjouir, parce que l'autre vient de lui flanquer une claque. La tête d'Adeline s'est déportée si brutalement qu'elle a plus mal aux vertèbres qu'à la joue.

Le type la coince contre le bureau. Son gros bide est étonnamment dur. Son sexe aussi.

— J'ai compris le message, ma jolie. C'était un peu direct, mais ça me va. On passe à l'étape suivante, toi et moi.

Et il pose ses mains sur les hanches d'Adeline. Elle sursaute. La porte de la rue s'ouvre.

C'est Guillaume.

Étonnamment, il ne paraît pas surpris. Il jauge la situation. Le mercenaire se retourne avec une souplesse inattendue, écrasant au passage les pieds d'Adeline.

Alors, avec une lenteur savante, Guillaume déplie sa longue jambe. On dirait un exercice d'assouplissement asiatique, mais qui tiendrait moins des arts martiaux que du funambulisme.

Son énorme godasse atterrit néanmoins pile dans l'entrejambe du mafieux.

La brute se plie en deux et son nez, dans sa course, rencontre le genou de Guillaume. La tête rebondit. Adeline, qui s'est retrouvée, sans comprendre comment, derrière le bureau, discerne le pli profond de sa nuque. Il s'écroule, les mains toujours jointes sur son intimité. Guillaume le considère un instant, comme pris de pitié, puis lui assène avec méthode un coup de talon dans l'oreille.

L'homme ne bouge plus.

— Évidemment, soupire Guillaume, pour ce qui est d'endormir les gens, ma méthode est beaucoup moins élégante que la tienne.

Le type émet un son.

— Tu veux que je lui casse quelques dents ? propose Guillaume.

Incapable de parler, Adeline secoue négativement la tête. Guillaume s'accroupit, attrape son adversaire sous les bras et le hisse vers la verticale.

— Vous n'êtes pas le bienvenu ici, chuchote-t-il dans le creux de son oreille sanguinolente. Je vous explique un truc : vous êtes très doué pour espionner le monde, mais moi, je suis encore plus fort. Moi, j'espionne les espions. J'ai plein de jolies photos de vous en conversation avec M. Fargier. Oui, M. Fargier lui-même, le grand boss, quand vous vous êtes retrouvés chez Ladurée. Vous aimez les macarons, Olivier ? Olivier Lelong, 3 rue d'Orchampt à Paris ? Votre gourmandise vous perdra. Si vous vous repointez, si vous tentez quoi que ce soit, Adeline porte plainte. On produit les photos, le rouleau de papier avec vos empreintes. Croyez-moi, M. Fargier sera très mécontent de cette mauvaise publicité. Il n'est pas gentil quand il se met en colère, M. Fargier. N'est-ce pas, Olivier ? Vous m'entendez, Olivier Lelong, 3 rue d'Orchampt à Paris ? Il vous reste une oreille, non ? Vous savez, j'ai plein d'amis, moi aussi, et ils adoreraient passer du bon temps avec vous dans votre appartement, puisqu'apparemment, vous avez le sang chaud, Olivier. Les sucreries, l'amour… Un vrai libertin. Je crois que, physiquement, vous êtes tout à fait le genre de mon copain Boris.

Soutenant toujours l'homme qui titube et grimace, il le mène jusqu'à la porte avant de le pousser dehors. Adeline ferme les yeux et entend le bruit mou du corps qui s'écrase sur l'asphalte.

— Bonne journée, Olivier. Un Doliprane et il n'y paraîtra plus. Deux, peut-être, mais pas plus. C'est mauvais pour le foie.

Il referme la porte.

Une succession de détonations retentit, et Adeline comprend que c'est le bruit de son cœur.

— Ça va ? s'inquiète Guillaume.

Elle ne répond pas, suffoque, au bord de la crise de panique. Il donne un tour de clé, et la rejoint derrière le bureau. Brièvement indécis, il finit par lui attraper la main. Ils attendent tous les deux que le pouls d'Adeline retrouve un rythme à deux chiffres.

— Désolé, finit-il par murmurer, pour cette mauvaise scène de saloon.

— Tu… Tu crois qu'il est mort ?

— Hélas, non. C'est mon drame. Je ne vais jamais au bout des choses.

Il la guide vers un des fauteuils où elle prend place en tremblant.

— Il ne reviendra plus ? demande-t-elle.

Elle s'en veut aussitôt de cette question stupide et de la voix de gamine avec laquelle elle l'a posée. Comme quand elle osait se lever, autrefois, après des heures d'insomnie, pour aller réveiller son père et lui faire promettre que lui, au moins, il ne mourrait jamais.

Guillaume hoche la tête, préoccupé.

— Lui, je ne sais pas. Mais Fargier ne lâchera pas l'affaire.

— C'est vrai, tout ce que tu as dit ? Ladurée ? La rue d'Orchampt ?

— Aux trois quarts. Je l'ai beaucoup suivi, il habite bien rue d'Orchampt, il s'appelle bien Olivier Lelong et il a bien rencontré Fargier chez Ladurée, mais je n'ai pas de photos. Quant à l'histoire des empreintes sur les papiers, c'est bidon et il le sait. J'ai improvisé.

Adeline s'affaisse. C'est sa faute. Elle s'est laissé porter par les choses. Elle aurait dû agir, déposer une main courante, ne pas se montrer si présomptueuse, ne pas imaginer qu'elle pourrait seule repousser l'ennemi. Et maintenant, Guillaume est compromis. En danger à cause d'elle. Un jour ou l'autre, Lelong ou Dieu sait qui le chopera dans la rue.

— Guillaume, il faut que tu viennes vivre ici.

Il cesse de hocher la tête et la regarde, avec un demi-sourire.

— C'est une déclaration ?

Mais ça n'amuse guère Adeline. Ça lui rappelle les dégueulasseries de l'autre, son érection contre son pubis. Et ça lui rappelle aussi Claude. Et le patron de Claude.

Au regard qu'elle lui lance, Guillaume comprend qu'il a tout intérêt à annuler son demi-sourire.

— Tu pourras dormir dans le dortoir. On se protège mutuellement. Pendant un bout de temps, au moins.

Il acquiesce.

— Tu as raison. D'ailleurs, il commence à faire froid.

Elle le fixe avec intensité.

Ses battements cardiaques sont moins rapides mais encore très puissants, comme des coups de gong. Ou un glas. Guillaume, en la sauvant, a aussi fait la démonstration de sa propre violence. Elle ne le connaît pas. Il vit dans la rue. Il était dans l'industrie. Il a claqué des portes. Poussé la sienne. Il espionne les espions. Il frappe les brutes, comme une brute.

Mais il sent bon. Voilà ce qu'elle remarque tout à coup. Il sent bon, désormais.

Elle a bien conscience qu'il est au moins aussi irrésistible que ses quelques partenaires Tinder. Et sans doute plus disponible encore. Alors ?

Alors elle résiste quand même. Parce que quelque chose lui fait peur, dans la perspective de vivre une histoire avec lui. Elle sent que cette peur nécessite d'être élucidée mais, ces temps-ci, elle manque de clairvoyance et de sérénité.

Il ne dit rien. Il attend. Elle le fixe toujours. Sans sourire. Elle avait sous-estimé le mafieux.

— Qu'est-ce qui va se passer, d'après toi, avec Fargier ?

Il hoche la tête.

— Il ne va pas en rester là. Peut-être qu'il remballera son olibrius. Après tout, il aura peut-être peur quand même d'être compromis, que son nom apparaisse. Mais il essaiera de te faire craquer, d'une façon ou d'une autre.

— Et les menaces sur mes amis ?

Guillaume tarde un peu à répondre. Il fixe la pointe de son gros soulier avec une espèce de nostalgie.

— Elles sont à prendre au sérieux, je le crains.

31

Les coups fourrés de la vie, Adeline en a connu quelques-uns. La mort, on le sait, le mensonge, aussi. Les petites lâchetés, les compromis, les compromissions. Mais jusqu'à présent, elle s'est tout de même tenue à l'écart du pire.

Elle y pense en regardant dormir les clients de la journée.

Parce que miraculeusement, les choses ont repris leur cours après le départ d'Olivier Lelong. Elle le désigne ainsi, maintenant, quand elle pense à lui. Ce patronyme l'humaniserait presque. Olivier Lelong, rue d'Orchampt. Ce n'est plus un passager de l'ombre, une créature des profondeurs qui surgit de nulle part, à l'improviste.

Nous sommes dans un pays civilisé, se répète-t-elle. Avec une police. Une justice. S'il le faut, elle se battra.

Quand elle a osé rouvrir sa porte, la brute était partie. Pas de sang sur le pavé. Et les premiers dormeurs sont arrivés. Ce sont de bons clients, relativement réguliers, avec lesquels elle n'a jamais beaucoup causé. Ils viennent, ils dorment, ils paient, lui sourient. C'est aussi bien, peut-être, et certainement moins fatigant. Elle se tient à l'écart de leurs tragédies.

Ce temps retrouvé lui offre aussi des occasions de penser à elle, et c'est moins joyeux. Coïncidant avec le retour de Marion, se sont pointés la maladie de Suzanne, la violence nue, terrible, dans sa propre boutique, les coups de poing, le sang. Et puis l'histoire de Claude, qui la hante. Comme si la vie s'amusait à lui montrer soudain ses dessous les plus sales.

En théorie, elle s'était fait une idée assez claire de l'abjection. Les attentats, la guerre, les gens noyés en Méditerranée. Mais, derrière les écrans, tout s'enfuit beaucoup mieux.

Elle se raccroche à d'autres images. Le bébé endormi entre ses parents, les amoureux. Mais le compte n'y est pas. Le compte n'y est jamais. Le monde vit au-dessus de ses moyens.

Pourtant, tout est si calme, là, tout de suite. Le sommeil règne en maître. On ronfle, on soupire, on marmonne, on rêve. Les corps abandonnés racontent des histoires de vies ordinaires, éreintantes, obstinément normales.

Alors la journée finit par passer, comme si de rien n'était. Et, le soir, elle s'attarde avec Guillaume dans le dortoir. Tandis qu'elle retape les couettes, il astique soigneusement tout ce qu'il peut à l'aide d'une éponge trempée dans une mixture de son cru, au vinaigre blanc.

Elle ne cesse de repenser au calme et à l'efficacité avec lesquels il a démonté son agresseur, la veille. Elle ne parvient pas à faire coïncider l'image de Guillaume briquant les bois de lit avec celle du justicier sans foi ni loi. Ça la plonge dans d'interminables considérations sur la nature humaine, auxquelles s'ajoute le souvenir de Julien fourbissant son bateau avec la minutie maniaque des vrais aventuriers.

— Je monte, annonce-t-elle. J'ai besoin de…

— D'être seule ? Moi aussi. Je vais sortir manger et je reviendrai monter la garde. Ne t'inquiète pas.

Elle ignore où et comment il va se nourrir, ce soir. Il vit de presque rien. Elle voudrait lui proposer de partager sa table, mais elle craint de le froisser.

Elle s'écroule dans son petit canapé, a envie de boire, se rappelle les liqueurs fantastiques de Marion, la façon dont Romain se servait.

Elle aperçoit quelque chose, sur le buffet.

C'est un petit rectangle de carton. Une carte de visite. Celle de Claude. Y figurent ses numéros de téléphone professionnel et personnel. Elle ne se rappelle pas l'avoir vu laisser sa carte en partant. Elle revoit ce geste étrange qu'il a eu, comme s'il lustrait la surface du meuble. En fait, il déposait sa carte. Il espère qu'elle va le rappeler.

Une bouffée de rage l'envahit, et elle est à deux doigts de déchiqueter le carton. La vie des autres l'envahit, se glisse dans tous les interstices. La solitude a toujours été chez elle un besoin organique, même quand la vie se contentait de suivre son cours. Quand la mort semblait se cantonner aux lisières. On n'en est plus là. Elle n'a plus la possibilité de se retirer derrière sa fenêtre et de guetter les salamandres. Elle plie la carte en quatre, la déplie. Quelque chose la retient de la jeter. Il faut d'abord qu'elle révèle à Lola la vérité sur son pauvre Claude. Après tout, c'est elle qui l'a amené à la siesterie. Elle saura peut-être quoi en faire. Adeline l'appelle.

Lola décroche tout de suite et lui demande s'il y a du nouveau.

— Du nouveau ? À quel propos ?

— Comment ça, quel propos ? Suzanne, bien sûr.

Sa voix est tendue, fatiguée. Elle a parfois de très grosses, de très pénibles journées.

— Suzanne ? Non, je… Je t'appelais au sujet de ton client. Le chauve rongé de remords.

Un silence. Bruit de fumée soufflée.

— Oui. Claude. Tu as réussi à l'endormir, c'est ça ?

Adeline lui raconte tout, très vite, en tordant la carte de visite entre ses doigts.

— Je comprends, répond Lola, qu'il ne puisse plus ni dormir ni bander.

— Il m'a laissé son numéro.

— Appelle-le.

— Hein ? Pourquoi ? Pas question !

Adeline en a un peu marre qu'on lui donne des ordres.

— Écoute, reprend Lola, avec une patience agacée, ce type manifeste le désir de se repentir, et tu ne veux pas l'aider ?

— L'aider à se repentir ! Je rêve ! On se croirait au catéchisme !

— Ça doit être mon côté Marie Madeleine. Donc tu t'en fous, de ce mec ?

— Complètement. Ça doit être mon côté Ponce Pilate.

— Dans ce cas, pourquoi tu m'appelles ?

Bonne question. Adeline pourrait botter en touche, prétendre que c'était juste pour information, mais elle sait qu'il existe une autre raison.

— À cause de la fille.

— Quelle fille ?

— L'assistante de direction. Qu'est-ce qu'elle est devenue, d'après toi ?

— Un seul moyen de le savoir.

— Rappeler Claude.

— J'aime bien quand tu réfléchis toute seule. C'est reposant.

Adeline sourit.

— Merci pour ton aide, Lola, répond-elle presque sans ironie.

— De rien. Mais c'est surtout Suzanne qui a besoin d'aide.

— Je sais.

Elles raccrochent, sur ces paroles.

Téléphone dans une main, carte de visite dans l'autre, Adeline reste suspendue. Suzanne, oui, bien sûr, mais elle hésite à l'appeler. Il est déjà tard. Finalement, elle redescend son escalier et retourne dans le dortoir où elle trouve Guillaume torse nu, assis sur un lit près de la fenêtre.

— Oh, pardon. Je te dérange.

Il tourne vers elle une tête chargée de pensées, et cligne des yeux.

— Non, pas du tout. Jamais.

Jamais. Un très beau mot, parfois.

— Tu n'es pas allé manger, finalement ?

Il sourit et se tapote les abdominaux.

— Non. Je prépare mon *summer body*.

— Tu t'y prends à l'avance.

— Ben oui. Il y a du boulot.

— Pas vraiment, non.

Il sourit. Elle aussi.

S'apercevant qu'elle tient toujours son téléphone et la carte de visite, elle les enfile dans les poches arrière de son jean.

— Des ennuis ? s'enquiert-il.

— Oui et non.

Elle voudrait son avis sur Claude. Certes, compte tenu de la conception un peu radicale de la justice professée par Guillaume, il n'est pas impossible que d'autres molaires volent. Mais, après tout, on ne fait pas d'omelette sans casser des dents. Cette idée lui donne faim.

— Je crois que n'ai plus besoin d'être seule, annonce-t-elle finalement. Si tu envisageais de rompre ton jeûne, juste pour ce soir, on pourrait peut-être grignoter un truc ?

— Et boire un truc ?

— Plusieurs trucs.

— D'accord.

Quand, après deux verres d'un vieux Laphroaig déniché au fond du buffet, elle finit par lui exposer les faits, Guillaume demeure posé. Il a enfilé une vraie chemise, qu'elle ne lui connaissait pas, froissée mais propre. Une chemise, a-t-il expliqué, de son ancien moi. Son ancien moi semblait très chic. Le nouveau, tout en arrosant délicatement de bouillon un risotto impromptu, considère qu'en effet, il faut rappeler Claude et retrouver l'assistante de direction.

— Les grosses boîtes, maugrée Guillaume. Tu n'imagines pas les ravages.

— Un peu, quand même.

Elle pense à Fargier, à l'entreprise où travaillait Guillaume, à celle qui épuisait Julien.

— Si on peut aider quelqu'un, assène Guillaume, il faut le faire.

Le risotto est parfait. Guillaume a encore réussi à harmoniser les saveurs d'épices oubliées dans de vieux pots traînant au fond des placards. La sorcière, c'est lui. Elle s'autorise à moins penser à Claude, à Suzanne, à Fargier. Le Laphroaig est souverain, pour vous mener ailleurs. Elle raconte la Bretagne, le bateau de Julien. Mais pas Julien. Au demeurant, le bateau et sa salamandre sur la voile suffisent à Guillaume. Lui suffisent si amplement qu'il en redemande. Alors, elle lui peint le soleil sur la mer, ou les pluies, la houle, la rade de Brest, la fois où un dauphin s'y était égaré. Il l'écoute avec des yeux de gosse.

Elle comprend soudain une partie de la peur que lui inspire une éventuelle histoire d'amour avec lui. S'il tombe amoureux, ça risque d'être irrémédiable.

Longtemps après le dessert – une salade de fruits composée de deux pommes coupées en cubes et d'une conserve d'ananas –, ils vont se coucher sagement, chacun à son étage.

32

— ADELINE, je ne vais pas trop pouvoir vous parler, là.

— Vous n'allez pas trop pouvoir me parler ?

— Non. Je suis en réunion. J'ai juste quitté la salle pour répondre, mais…

— Vous avez quitté la salle. Parfait. Venez.

— Maintenant ?

— Maintenant. Je vous attends.

Au réveil, le lendemain, le Laphroaig est moins clément. Mais peu importe. C'est peut-être lui quand même qui a donné à Adeline la force de se tenir à sa résolution. À peine douchée, un peu moins brumeuse, elle a appelé Claude. Maintenant, elle attend. Elle n'ouvre pas la siesterie, aujourd'hui. Pas ce matin, en tout cas. Les clients savent. Quand la porte est verrouillée, ils n'insistent pas.

Assise à son bureau, l'air sévère, elle parcourt des documents administratifs. Le fisc lui écrit assez souvent, mais elle n'arrive jamais à lire jusqu'au bout leurs missives. Son esprit s'évade. Elle a tenté de les appeler, aussi, mais au bout du compte, on lui a signifié que tous les services étaient occupés, ou les opérateurs.

Quatre coups timides à la porte. C'est Claude. Elle lui ouvre, sans se départir de sa moue administrative. L'autre est impressionné, se recroqueville dans son costard. Elle l'est tout autant, mais le cache. Il a déserté le boulot, au beau milieu d'une réunion. Ce n'est pas rien.

— Entrez.

Elle referme soigneusement derrière lui. Depuis quelque temps, l'accueil, lui semble-t-il, mérite moins son nom. Il s'y est passé de belles. Et de moins belles.

— C'est gentil de m'avoir recontacté.

— Je ne suis pas là pour être gentille.

Il acquiesce, semble prêt à tout comprendre.

— Vous savez où elle habite, j'imagine ?

— Qui ?

— Ne faites pas l'idiot.

Son passé de dame de service lui sert. Elle a bien regardé comment les maîtresses s'y prenaient avec les mômes.

— Nous allons chez elle, ajoute-t-elle. Et vous lui parlerez.

— Hein ? Comme ça, sans la prévenir ? On est en semaine, je vous signale. Qui vous dit qu'elle est chez elle ?

— Si elle n'y est pas, on y retournera.

Adeline enfile son manteau. Tous ses gestes, sous le regard effaré de Claude, ont une saveur d'irrévocable qui ne lui déplaît pas. Comme il ne bouge pas, elle ajoute :

— J'imagine que si vous la prévenez, elle ne vous laissera pas entrer. Nous jouons sur l'effet de surprise.

— Mais pourquoi ? Qu'est-ce que je dois lui dire ?

Ils sont dehors, maintenant. Elle se dirige vers le métro, il la suit, à petits pas rapides.

— Écoutez, Claude, si vous m'avez laissé votre carte, c'est que vous vouliez qu'on aille au bout de cette affaire. Oui ou non ?

Il réfléchit, finit par approuver du chef.

— Vous m'avez tout raconté, vous avez planté votre boss au milieu d'une réunion. C'est encourageant, tout ça. Vous connaissez son adresse ?

Rien n'est moins sûr, mais elle pressent que oui. En effet, il la lui donne. C'est vers Abbesses.

Ils se laissent engloutir par le flux souterrain, se taisent, serrés l'un contre l'autre dans les wagons bruyants. Leurs mains, enroulées comme des animaux sans nom autour du poteau métallique, s'agitent en cadence, la cadence indifférente de la capitale. Dans le bateau de Julien, tout remuait aussi. Il fallait aussi s'accrocher. Mais ça n'avait rien à voir. Elle se rappelle que Guillaume aime l'océan.

Ils émergent à la surface, dans l'air gris. Désormais, c'est Claude qui a pris la tête de leur petit convoi. Est-ce parce qu'il ne sait pas désobéir et qu'il s'est plié avec zèle à l'autorité d'Adeline, comme il l'a fait avec son chef ? Ou a-t-il décidé de prendre en main sa vie ? Elle verra bien.

Il s'arrête au pied d'un immeuble. Avec un soupir résolu qui rappelle à Adeline celui qu'il a poussé avant de lui servir sa confession, quelques jours plus tôt, il s'engage sous le porche et traverse la cour. Il atteint une petite porte peinte en vert et sonne.

Adeline l'a rejoint. Ils attendent.

Une femme ouvre.

Adeline avait beau ne s'attendre à rien, elle est surprise. C'est une femme de petite taille, plutôt jeune, plutôt ronde, plutôt belle, en effet, mais aucun de ces adjectifs ne lui convient franchement. Comme si elle portait les vêtements d'une autre. Quand elle découvre Claude, elle est plutôt surprise.

Mais ne sursaute ni ne recule, ni ne parle. Elle attend. Elle porte un jean et un sweat. Des chaussettes. Pas un tailleur sexy.

Pas un costume d'assistante de direction. Elle ressemble plutôt à une vieille étudiante.

— Bonjour, Mme Vaillant, finit par articuler Claude.

Sa voix suscite quand même une réaction chez la fille. Un frisson.

— Vous voulez quoi ? répond-elle.

Adeline prend conscience que ce « vous » l'englobe, elle aussi, parce que Mme Vaillant la regarde. Ou tourne les yeux vers elle pour ne pas voir Claude. Que s'imagine-t-elle ?

— Je voudrais vous parler. J'ai... J'ai des choses importantes à... Des choses très importantes.

Adeline, à tout hasard, confirme, d'un hochement de tête, tout en se demandant comment elle pourrait se présenter. Ne trouvant pas, elle garde le silence, s'attendant vaguement à ce que la porte verte leur soit claquée aux nez.

Mais non. Mme Vaillant s'efface et les fait entrer. En passant, Adeline lit son prénom sur la sonnette. Capucine. Capucine Vaillant.

Introduits dans une pièce cumulant divers emplois, du salon à la kitchenette en passant par l'espace bureau, selon un agencement ingénieux mais qui dissimule mal l'exiguïté des lieux, ils restent debout. Capucine ne les invite pas à s'asseoir, ne leur propose rien. Pire, elle s'installe devant son ordinateur portable et leur tourne presque le dos.

Claude jette à Adeline un regard implorant.

— Eh bien voilà, commence-t-il. Je... J'ai beaucoup réfléchi. C'est grâce à...

Il montre Adeline, mais Capucine Vaillant ne les regarde pas. À moins qu'elle ne suive le reflet de la scène dans l'écran de son portable. Comme une série.

— Bref, poursuit Claude. J'ai l'intention de… de vous rendre justice. Je vais aller au commissariat de police et leur dire que j'ai menti. Je n'ai pas encore mis au point tous les…

Il hésite sur le mot.

— Tous les détails mais, en gros, je vais charger mon chef. Tout raconter. Je… Je compte démissionner, bien évidemment.

Capucine tourne la tête de quelques degrés dans leur direction. C'est un début. Puis elle parle, mais s'adresse à Adeline.

— Qu'est-ce que vous avez fait ? Vous l'avez gourouisé ?

Adeline s'apprête à sourire, mais ça n'a pas l'air d'être une plaisanterie.

— En fait, explique-t-elle, il m'a juste… raconté son histoire, enfin, votre histoire, et je lui ai dit de venir vous voir. Aussitôt.

— Vous êtes amis ? se renseigne Capucine Vaillant.

Puis elle se lève et verse de l'eau dans une bouilloire à l'ancienne, ornée de fleurs naïves. Claude regarde à nouveau Adeline, attendant son verdict.

— Non, répond-elle. Pas du tout.

— Ah, tant mieux, parce que je n'aurais pas voulu vous faire de la peine en vous disant que je le considère comme…

Claude se crispe, attendant le choc. Mais Capucine Vaillant laisse sa phrase en suspens.

— Je mérite tout ce que vous pensez de moi. Je n'attends de vous aucun… pardon.

La bouilloire siffle. La jeune femme se fait un thé et ne leur en propose toujours pas.

— Je m'en fous, dit-elle en se tournant enfin vers Claude. De vos états d'âme. Faites ce que vous voulez, je m'en fous. Démissionnez si vous voulez, je m'en fous. Je n'ai pas l'intention de retourner porter plainte.

Elle boit une gorgée de thé puis tend son menton vers la porte qui, de ce côté, est blanc cassé.

— C'est ouvert.

Tout au long du trajet retour, Adeline ne cesse d'observer Claude. Il avale sa salive, mâche des mots silencieux. Elle a un peu pitié, à son corps défendant.

— C'est normal, je pense, qu'elle ait réagi comme ça, lui dit-elle quand ils sortent du métro. C'est une telle blessure. Vous savez comment les femmes sont reçues par la police…

— Oui, dit Claude en remontant ses lunettes. C'est parfaitement normal.

— Ne faites rien pour l'instant. Attendez un peu.

Il la regarde avec un sourire épuisé.

— Merci, Adeline. Merci vraiment. Mais je ne reviendrai pas en arrière. Je vais rédiger ma lettre de démission.

Ils se sont arrêtés, au milieu du trottoir.

— Vous êtes sûr ?

— Certain.

— Vous ne voulez pas venir faire une petite sieste avant ?

33

Soucieuse de ne surtout pas ressembler à une Parisienne qui se serait déguisée en Bretonne pour monter sur un bateau, elle a voulu choisir des vêtements qui ne symboliseraient rien, qui ne signifieraient rien d'autre qu'elle, Adeline, vingt-cinq ans, jeune femme libre, sans origine précise, sans identité fixe, sans mère, élevée dans un bistro qui aurait pu se situer n'importe où dans le monde. Elle se veut juste belle. Follement belle.

C'est à ce genre de choses floues qu'elle a pensé tout le dimanche matin, en attendant la marée haute et l'arrivée de Julien.

Elle a pensé aussi au bonheur, s'élevant à des considérations philosophiques d'assez haute volée, qui se résumaient plus ou moins à l'idée que le bonheur, c'est l'attente du bonheur.

L'attente de la marée montante. Quand la mer n'est pas encore pleine, quand Julien n'est pas encore là. Ensuite, tout bascule, tout redescend et tout s'en va, va. À ce sujet, la plupart des témoignages concordent, celui des livres, des films et des chansons.

Mais là, comme elle est dans la phase ascendante d'une histoire qu'elle espère d'amour, qu'elle espère merveilleuse, elle fait ce qu'ont toujours bêtement fait toutes les filles avant elle, toutes les dames, à leur grand dam, dans les livres, les films, les chansons. Elle se choisit des fringues pour être belle.

Elle possède une ou deux marinières, un pantalon corsaire, des foulards, mais non, c'est justement ce qu'il faut éviter. D'un autre côté, si ces vêtements ont été ainsi conçus, c'est peut-être qu'ils ont une utilité, sur un bateau. Habits de ville, habits de mer, Adeline oscille entre deux ridicules.

Habits de fille.

Elle choisit sa robe légère, celle de ses dimanches solitaires devant la bow-window, celle de l'époque pas si lointaine où l'horizon n'offrait que des nuages et des mouettes, jamais de salamandre. Elle réalise que c'est la robe de leur première rencontre.

Ce n'est pas une robe de saison – fin de l'automne – elle est beaucoup trop échancrée, beaucoup trop vaporeuse, ouverte à tous les vents, mais avec un gros pull de laine à col roulé, et peut-être ce blouson d'adolescente qui lui va encore, elle fera l'affaire.

Vers midi, le miracle attendu se produit. La voile armoriée se matérialise à l'horizon, comme engendrée par les reflets. Adeline ouvre la bow-window et laisse entrer l'air salé qui fait comme chez lui.

Julien la salue de loin. Il est apparu à son tour, debout à la barre. Elle referme la fenêtre et descend sur le quai.

Profitant de la douceur, des promeneurs déambulent, des clients s'installent à la terrasse du Café du Port, une musique exotique s'échappe de la baie vitrée grande ouverte d'une grosse villa. Une fête se prépare.

Elle descend le long de la cale, guettant du coin de l'œil les regards qui se posent sur elle.

Ce ne sont pas des regards soupçonneux, ni malveillants. Elle a beau douter profondément d'elle-même, elle a fini par admettre que les gens l'aimaient plutôt bien, pour autant qu'il soit possible d'en juger. Ce pays-ci est silencieux. On y donne son avis sans les mots. Les phrases se taisent vite et il faut deviner.

Tandis qu'elle se concentre sur la petite annexe où Julien, maintenant, rame vers elle, il lui semble que le port lui accorde une indifférence bienveillante. C'est beaucoup. Ce n'est pas très loin de l'autorisation. L'autorisation de se tenir debout au bout de la cale, les pieds à deux pas de l'eau, les jambes nues caressées par le vent d'automne, dans une robe d'été. On ne la regarde pas. Autant dire qu'on ferme les yeux.

Peut-être se trompe-t-elle du tout au tout. Mais, à nouveau, elle se dit que ça n'a pas d'importance.

— Tu as vu ce soleil ? demande-t-il, à peine arrivé, avec un enthousiasme de gamin partant pour un pique-nique.

D'ailleurs c'est le projet. Un pique-nique en mer. Elle a demandé si elle devait préparer quelque chose, il a tenu à se charger de tout. Il parle du soleil, mais c'est la robe d'Adeline qu'il regarde maintenant, et ses jambes nues.

Ils ne se sont pas fait la bise, trop intime, ni serré la main, trop coincés. Ils se sont juste regardés.

— On y va ?

C'est elle qui a donné le signal. Ça y est, elle est assise dans la petite barque, et c'est la première fois de sa vie qu'elle se trouve ainsi emmenée sur les flots par un beau rameur, comme dans les films et dans les chansons. Elle ne se rappelle plus exactement quel film ou quelle chanson, mais ce qui est sûr, c'est qu'on n'est plus dans la vie quotidienne, et qu'elle n'est plus la dame de service. Elle est une héroïne. Elle s'efforce déjà d'empêcher le vent de trop retrousser les pans de sa robe, c'est difficile, la lumière crue lui fait cligner des yeux, elle aurait dû penser à prendre des lunettes de soleil, et ses ballerines, déjà trempées d'eau salée, seront foutues. Sûr, elle n'a jamais été aussi heureuse.

Les gestes de Julien sont à la fois précis, techniques et naturels. Il rame avec enthousiasme, sans cesser de sourire. Ses abdominaux se contractent rythmiquement, et ses biceps, et les muscles de ses cuisses dont elle ignore le nom. Elle ne fait pas semblant de regarder ailleurs. Depuis qu'ils sont embarqués dans l'aventure, il lui parle. Ses mots se perdent parfois dans le vent, elle en écoute surtout la musique. Il y a du bruit, sur la mer, on ne s'entend pas bien, alors elle préfère se concentrer sur la contraction rythmique des muscles de Julien.

Il l'aide ensuite à monter sur le bateau. Il la touche, c'est normal. En mer, tout est différent. Il pose sa main dans le creux de ses reins pour la guider. Elle essaie de paraître sûre d'elle malgré les oscillations du navire. Tout est encore plus bruyant, ici, tintements clairs, vibrato des cordages, grondement des voiles. Le vent semble différent, grand frère sauvage de celui qui se promène sagement sur les côtes.

Vu d'ici, le port est inoffensif, miniature. Elle observe, fascinée, sa maison de poupée. La bow-window jette un éclat aveuglant comme la lumière d'un phare. Elle voit le monde par ses yeux à lui, elle s'imagine dans son regard.

Ils lèvent l'ancre.

Comme ses ballerines glissent, elle les enlève et trouve une petite place où elle s'assoit tandis qu'il les dirige vers les lointains. Le plancher du bateau lui rappelle celui de sa chambre. Le vent et la mer comblent le silence entre eux, ils n'ont plus qu'à se sourire et à se déguster des yeux.

Quand il jette l'ancre, la terre n'est plus en vue.

Avec une agilité de gosse, il s'engouffre dans la cabine, en ressort avec une glacière, retourne à l'intérieur, apporte une bouteille de vin, deux verres, redescend dans les profondeurs du bateau. Elle s'est approchée, hésite en haut de la petite échelle. Ce qu'elle voit la bouleverse. Elle a enfin accès au monde de Julien. À son vrai monde. C'est un petit salon, parfaitement rangé, parfaitement organisé, avec quelques appareils accrochés aux murs lambrissés, des placards, des coussins, une table, un évier minuscule et même une plaque chauffante. Sa cabine. Sa cabane.

— Tu veux visiter ?

Elle se lance, pose son pied nu sur le premier barreau.

— C'est petit, mais il y a tout ce qu'il faut.

À l'intérieur, les grands bruits de la mer sont étouffés. On peut enfin s'entendre. Se chuchoter.

— Quand il ne fait pas assez beau pour manger sur le pont, on s'installe autour de la table. Et là, c'est le lit.

Il l'a dit avec une candeur juvénile, sans arrière-pensée, mais l'arrière-pensée lui vient après coup et il rougit adorablement. Elle sourit.

— C'est génial. On dirait une capsule spatiale.

Cette comparaison le réjouit.

— J'adore la science-fiction, lui apprend-il.

L'instant d'après, ils s'embrassent. Il est mal rasé, le frottement abrasif de sa joue contre celle d'Adeline, contre le cou d'Adeline, contre l'épaule d'Adeline la rend folle presque tout de suite. Elle glisse ses deux mains sous le pull de Julien, il pose les deux siennes sur son dos et descend.

Le lit est très inconfortable, dur, étroit. Elle n'a pas connu tant de lits, dans sa vie. Tant de garçons. Mais suffisamment pour établir des comparaisons. Quand elles rencontrent enfin sa peau, les paumes de Julien y sèment des étincelles inédites. Avec une énergie héroïque qui décuple instantanément le plaisir, elle fait tout pour le freiner, pour se réfréner. C'est aux mains de Julien qu'elle veut d'abord avoir affaire. À ses mains seules. À son menton rugueux, à sa fossette. Elle les guide. Ils lui obéissent docilement.

34

Les jeunes parents sont revenus avec le bébé. Déjà, leurs visages ont changé. Ils semblent reposés.

— Depuis qu'il a dormi dans vos bras, explique Manon, il fait presque ses nuits.

Le père confirme, comme s'il tenait à attester en personne la résurrection de Lazare. On sent bien, d'ailleurs, que c'est de résurrection qu'il s'agit. Apparemment, la naissance d'un nouvel humain précipite ses parents dans une mort provisoire et ces deux-là en sortent enfin.

— Il fait presque ses nuits, sourit Adeline. Et aujourd'hui, vous venez vous débarrasser du « presque ».

— Exactement, confirme l'heureux papa en lui tendant l'heureux bébé. S'il vous plaît.

Elle se saisit du paquet gazouillant. Il la gratifie d'un sourire parfait, lisse, total. Elle lui en renvoie un pas trop mal.

— Vous savez, l'informe le père en se dirigeant vers le dortoir, j'ai cherché des infos sur votre… comment faut-il dire ? Votre don ? Votre pouvoir ?

— Je ne sais pas trop, à vrai dire.

— En tout cas, je n'ai rien trouvé de probant. Il existe, bien sûr, des hypnotiseurs, des magnétiseurs. Dans les cérémonies rituelles au cours desquelles les sujets entrent en transe, il arrive qu'ils soient plongés dans un profond sommeil, mais les sorciers se donnent beaucoup de mal pour un tel résultat. Alors que vous, vous ne faites rien.

— Je suis très paresseuse, confirme Adeline. On y va ?

Deux autres clients sont déjà en place. Une femme de ménage qui se lève au milieu de la nuit pour aller récurer des bureaux, à la Défense, et dont les horaires de travail ont définitivement détraqué le sommeil, ainsi qu'un chauffeur Uber, souffrant peu ou prou de la même pathologie. Adeline les connaît depuis longtemps. Ils semblent inquiets en voyant le bébé, mais elle les rassure. Ils sourient et referment les paupières. Ils lui font confiance. À juste titre car, cinq minutes plus tard, tout le monde dort.

Adeline songe encore à ses amours. À ce qu'il faut bien nommer ainsi, pour conférer un semblant de dignité à sa vie sentimentale après Julien. Non, les mots, une fois de plus, ne conviennent pas. Ni « dignité », ni « sentimentale ». Les mœurs, elle est assez vieille pour les avoir vues évoluer. En vingt-cinq ans, on est passé d'une prudente « libération de la femme » au grand déferlement pornographique. Elle a vu naître les rencontres numériques, les couples scientifiquement formés, le bonheur calculé. Peut-être ces jeunes parents qui dorment en se tenant la main doivent-ils aux réseaux invisibles la naissance de leur enfant ? Adeline sait aussi que cette évolution est, en grande partie, illusoire, que les lois sauvages du sexe, la violence, le sang, perdurent partout. Au cœur froid de cette nouvelle civilisation clinique, mais aussi dans les zones de relégation, les banlieues, les campagnes. Au cœur, au creux des corps.

Depuis Julien, elle n'a jamais voulu se lier à un homme. Se lier. Se ligoter. Elle est restée libre de ses mouvements. Elle a vécu de beaux moments, doux, parfois presque passionnés. Des conversations après l'amour, en attendant l'aube, des départs. Mais tout s'est toujours mesuré à l'aune de l'amour avec Julien. Certes, c'est peut-être parce qu'il n'a pas eu le temps de devenir médiocre que cet amour est devenu pierre de touche.

Elle n'en souffre pas beaucoup. Elle a cette chance de ne pas croire à la réussite, ce qui lui permet de ne rien considérer comme un échec. Sagesse innée, ou acquise au bistro. Bien sûr, elle les envie un peu, ces deux-là, qu'elle regarde rêver. Mais l'envie, le regret, elle sait que la vie les prodigue comme une écume, dans son long sillage.

Alors, elle s'avoue que ces réflexions, elle se les est déjà faites mille fois. Et qu'elles ne constituent qu'un long préalable à la seule question qui vaille sur le sujet : Guillaume. Qu'attend-elle, que craint-elle de lui ?

Elle se tait mentalement, cède la parole à la part d'elle-même qui possède les réponses. Mais celle-ci se tait. Comme souvent.

Sa montre connectée l'informe de l'arrivée d'un visiteur. Elle hésite un peu ; le sommeil du bébé paraît solide. Elle se lève et se rend à l'accueil.

L'homme est aimable. C'est le mot qui lui vient.

C'est un homme plutôt mince, presque frêle, vêtu d'un costume gris cumulus sur une chemise blanc poudreuse. Chevelure assortie. Ostensible absence de cravate. Note cool.

Il sourit, comme s'il avait pitié. Une pitié conciliante, il connaît la misère du monde, même si lui a su s'élever, à la seule force de son mérite, de son énergie. La réussite, le succès n'ont pas altéré sa délicatesse naturelle.

— Bonjour madame, murmure-t-il. Je suis Joseph Fargier.

Elle se fige et la tête du bébé roule un peu, pour mieux s'enfouir dans ses seins.

Elle ne l'imaginait pas du tout, mais alors pas du tout comme ça. Le grand patron, en personne. Il est venu, enfin, après avoir délégué ses séides. Le cœur d'Adeline bat de toutes ses forces contre celui de l'enfant.

— J'espérais que nous pourrions discuter un peu, explique-t-il avec une légère grimace et un coup d'œil explicatif en direction du gosse.

Oui, bien sûr, raffiné comme il l'est, il s'en voudrait de le réveiller. L'esprit d'Adeline travaille péniblement à établir des liens entre ce dandy délicat et Olivier Lelong.

— Vous auriez pu téléphoner, lui fait-elle remarquer.

Erreur. Elle s'en veut d'être tombée dans son piège. Mais, le plus souvent, on ne remarque les pièges qu'une fois tombé dedans. L'objectif de Fargier était visiblement de rétablir le contact avec elle, de faire comme si tout était normal, comme s'il ne lui avait pas envoyé un tueur, comme s'il n'avait pas, par son intermédiaire, menacé tous ses amis, comme s'il n'était pas un gros bonnet de la pègre légale.

Elle n'aurait pas dû lui répondre, et surtout pas lui répondre ça. Téléphoner ? Et quoi, encore ? Elle est trop polie, voilà le problème. La colère seule l'aide à trouver les mots idoines, les expressions à base d'organes génitaux, de pratiques anales ou d'excrément, le langage de la guerre.

Mais bizarrement, elle n'est pas en colère. On ne peut pas l'être tout le temps. Elle non, en tout cas. Elle est plutôt curieuse de voir apparaître sur terre le dieu caché. S'incarner ce nom qui s'étale dans tout Paris, sur les panneaux à l'entrée des chantiers, sur les parkings payants, sur les hôtels de luxe. Quant à la peur, elle arrive à la contenir. À se demander si l'on ne préfère pas affronter le pire que le redouter.

— Vous m'auriez raccroché au nez, avouez.

Il sourit, charmeur.

— Nous sommes partis sur de très mauvaises bases, vous et moi, poursuit-il avec une amertume légère, romantique.

Vous et moi ! Elle grimace.

— Nous ne sommes pas sur des bases, M. Fargier. Nous ne sommes nulle part. Ou plutôt, vous êtes chez moi.

— Lelong est une brute, enchaîne-t-il. J'ai été informé de ce qui s'était passé.

— Je ne vois pas du tout ce que vous voulez dire.

— Il l'a mérité. À aucun moment je ne lui avais demandé de vous menacer. Ce sont des méthodes de voyou.

— Pas les vôtres, donc ?

Il sourit tristement.

— Je comprends votre ironie.

Elle commence à s'impatienter.

— Écoutez, je vous vois venir. Les deux premiers rigolos ont échoué, alors vous venez en personne et vous déballez votre numéro de charme. Je ne suis pas flattée de rencontrer le grand Fargier. Je ne vends pas. Partez, s'il vous plaît.

Il valide chacune des paroles d'Adeline d'un bref hochement de tête, comme s'il en éprouvait, en approuvait la justesse. Puis il lève les yeux au plafond.

— Vous aimez Paris, madame ?

— Pardon ?

— Entre Paris et moi, c'est une histoire d'amour. Ma seule fierté, dans la vie, c'est d'avoir contribué à l'embellir. Comme on couvre de bijoux une amoureuse adorée.

— Des bijoux ? Vous parlez de vos constructions ? Je parlerais plutôt de bubons. Ou de gangrène.

— Avec les Jeux olympiques, les visiteurs du monde entier vont déferler, attirés comme des papillons par la ville lumière.

— Pitié, épargnez-moi la poésie !

Il sourit, avec indulgence.

— Contrairement à ce que vous semblez penser, j'ai une certaine idée de l'accueil. J'aime les voyageurs. L'homme est un nomade.

— Vous voulez construire un foyer de réfugiés à la place de ma salle de sieste ? C'est déjà un peu ça, vous savez. Je gère très bien toute seule.

Il fait un pas vers elle. Elle recule.

— Je vais vous dire, Adeline…

— Je préfère « Madame ».

— Votre… local. Je n'en ai pas besoin. Je possède déjà une bonne partie de la rue. Les transformations auront lieu de toute façon. On n'arrête pas la beauté en marche.

Elle pousse un soupir si profond qu'il fait remuer les fins cheveux du bébé.

— Vous ne voudrez pas me croire, mais mon idée, c'était de vous aider. Voilà pourquoi nous avons pris quelques renseignements sur votre… situation. Nous vous savons fragile. Nous avons pensé que notre projet vous enthousiasmerait. Si tel n'est pas le cas, tant pis.

Elle fronce les sourcils, perplexe. C'est quoi, ce plan ?

— Voilà ce que je tenais à vous dire en personne. Nous sommes encore dans un monde libre. Vous ne voulez pas vendre, tant pis.

Elle hésite à se réjouir. Quelque chose cloche.

— C'est vrai ? s'enquiert-elle prudemment. Vous allez me laisser tranquille ?

— Bien entendu, Adel… Madame.

Sur ces mots, il amorce un mouvement de recul, très élégant, un mouvement de danseur.

— Mais sachez que nous maintenons notre offre. Que, quoi qu'il arrive, nous serions ravis de bâtir avec vous un petit coin d'avenir.

— D'accord. Bonne fin de journée.

Tout aurait presque pu se terminer bien, mais il ajoute :

— N'hésitez surtout pas à revenir vers moi si votre situation se… compliquait.

En deux clins d'œil, il a disparu. Adeline demeure figée. Volages mais fidèles, la peur et la colère sont revenues.

C'est l'heure du réveil.

35

— Non mais franchement, commente Suzanne, je ressemble à Lucette.

C'est ainsi qu'elle les accueille, dans le vestibule de son appartement, désormais lumineux, aéré. Elle se tient droite et désigne avec consternation le boîtier high-tech qu'elle porte autour du cou, suspendu à un fin cordon de cuir.

— Lucette ? Qui est-ce ? se renseigne Lola avec une candeur feinte.

Tout le monde devine très bien, y compris Suzanne, qu'elle essaie surtout d'évaluer la progression de la démence de son amie.

— Lucette, c'était la vache préférée de mon grand-père. Elle portait une cloche, et j'adorais son tintement.

— Ce truc n'a rien d'une cloche et il ne fait pas de toi une vieille vache, rectifie patiemment Adeline. Comment tu te sens, aujourd'hui ?

Étonnant comme elle s'est habituée à la maladie de Suzanne. Elle se l'avoue à peine, mais elle est presque rassurée de pouvoir nommer la chose qui tourmente sa vieille amie, plutôt que de se questionner sans fin sur l'étrangeté de ses symptômes. Affronter le pire, comme avec Fargier. C'est un cancer. Ça existe. Quand sa mère était morte, une part d'elle-même avait été étrangement apaisée.

D'ailleurs, Suzanne paraît beaucoup plus calme qu'avant. Contrariée, mais calme.

— Je me sens bien. Je dois être dans l'œil du cyclope.

— Pas de nausée ? Pas de vertige ?

Suzanne ricane.

— Si je refuse d'être hospitalisée, c'est, entre autres, pour fuir les questions des toubibs.

Lola lève les mains.

— OK. On ne va pas contrarier une mourante.

Elle est gonflée, quand même. Adeline se crispe, mais rien de spécial ne se passe. Suzanne semble apprécier qu'on prenne sa mort sur ce ton.

— Un thé, les filles ? Je me suis fait livrer des douceurs.

Elle leur montre, sur la table basse, un invraisemblable assortiment de pâtisseries. Tant qu'à avoir des nausées, autant que ce soit pour de bonnes raisons.

— Je le prépare, propose Lola. Tu en prends un aussi ?

— Moi ? Tu rigoles ? Je tourne toujours au café noir. J'en prendrai un sur mon lit de mort, il paraît que ça accélère la résurrection.

Lola disparaît dans la cuisine et Suzanne se laisse tomber dans son fauteuil avec une grimace douloureuse qui n'échappe pas à Adeline. Mais elle se retient de poser des questions. Lola s'est renseignée : la vieille dame n'est pas obligée de se soigner. Elle a le droit de rester chez elle et d'attendre. Et de s'empiffrer de crème au beurre.

Tournée vers Adeline, la voilà maintenant qui cligne de l'œil, l'air égrillard.

— Quoi ? demande Adeline, pas très rassurée.

— On l'essaye ?

Suzanne, de son doigt tordu, montre le petit appareil qu'elle porte en sautoir.

— Comment ça, on l'essaye ?

— La vieille vache va faire carillonner sa clarine.

Avant qu'Adeline ait pu tenter quoi que ce soit, le doigt tordu a pressé le gros bouton rouge, au centre du boîtier. Silence stupéfait. On n'entend que le tintement des tasses manipulées par Lola dans la cuisine.

Puis une effroyable sonnerie retentit. Elle provient d'un autre appareil, fixé au mur. Une voix amplifiée s'élève ensuite.

— Mme Lapierre ?

Le patronyme de Suzanne, qu'Adeline n'utilise jamais et avait presque oublié, sonne avec solennité.

— Mme Lapierre ? Vous m'entendez ?

C'est une voix d'homme, sans doute jeune, professionnel mais déjà stressé. Suzanne rit par petits éclats qu'elle tente d'étouffer dans son poing. Lola rapplique, une théière à la main.

— Mme Lapierre, êtes-vous en mesure de parler ?

Suzanne, hilare, parvient à se maîtriser pour prononcer, d'une voix sépulcrale :

— Je… Je ne me sens pas très bien. Je suis tombée. J'ai appuyé sur le bouton.

— Restez calme, Mme Lapierre. Je vous envoie une équipe tout de suite. Ne bougez pas, ne tentez pas de vous relever. Respirez calmement.

— Mon Dieu, halète Suzanne, je crois que je me suis fait pipi dessus !

— Aucune importance, Mme Lapierre. Nous arrivons.

Le silence retombe. Suzanne se relève, sans grimacer, cette fois, et tape un code sur l'appareil mural.

— Je désactive le truc, explique-t-elle, sinon, je crois que les micros restent ouverts. Normalement, le type est censé me parler non-stop jusqu'à ce que les secours arrivent.

Lola, faute de meilleure idée, pose la théière sur la table basse.

— Mais enfin, Suzanne, à quoi tu joues, exactement ?

— Je teste le système. C'est légitime, non ? Tu sais combien ça me coûte, ce truc ?

Adeline et Lola échangent un regard.

— Et mon café ? proteste Suzanne. Je vais le chercher moi-même ? Alors que je suis à l'agonie ?

Adeline ne peut s'empêcher de scruter le visage de la vieille dame et de tenter d'interpréter la moindre de ses expressions. Depuis la grimace de tout à l'heure, rien de suspect ne s'y est affiché.

— Tu as revu Patrick ? se renseigne-t-elle avec une indifférence feinte.

Elle n'a pas parlé à Lola de sa conversation avec Suzanne. C'est leur secret. Mais le changement d'attitude de la vieille dame à leur égard est éloquent. Et peut-être prometteur pour Patrick.

— Je… Je l'ai appelé. On a discuté.

Bon. C'est déjà ça. Lola feint de ne pas s'intéresser à la conversation.

— Alors ? demande Suzanne.

— Pas mal du tout.

— Mieux que chez Lambert ?

— N'exagérons rien.

Un remue-ménage se fait entendre dans la cage d'escalier. Des ahanements, des pas lourds, précipités, puis une clé tourne dans la serrure et une voix forte ruine l'ambiance.

— Mme Lapierre ?

— Par ici ! chevrote Suzanne.

Cavalcade sur le parquet, et deux infirmiers rouge vif, les yeux à fleur de tête, se propulsent dans le salon.

— Je vais mieux, les garçons. C'était juste un peu d'hypoglycémie. Mes amies sont arrivées et m'ont donné du sucre.

Stupéfait, le plus costaud des deux s'approche, muni d'une lourde sacoche.

— Attention à ne pas renverser la théière, prévient Suzanne.

— Je vais tout de même prendre votre tension, Mme Lapierre.

Tandis qu'il lui passe le brassard, elle le félicite pour leur promptitude. Moins d'un quart d'heure, c'est correct. Pas dans un cas d'extrême urgence, bien sûr, mais c'est correct. Elle a entendu parler de boîtes concurrentes qui mettent plus d'une heure à se pointer, vous vous rendez compte ?

— Faut pas désactiver l'appareil, Mme Lapierre, gronde l'autre infirmier qui presse nerveusement des touches sur le boîtier mural. On n'avait plus de connexion. On était inquiets.

— Oh, moi, vous savez, la technique…

Après leur départ, Suzanne se tape sur les cuisses. Ses deux amies sourient, mais le cœur n'y est pas tout à fait. La vieille dame a toujours manifesté des penchants carnavalesques mais, en l'occurrence, sa prestation évoque plutôt la bande-annonce d'une danse macabre.

D'ailleurs, elle paraît bientôt fatiguée.

— Bon, les filles, on a bien rigolé, mais maintenant, j'ai besoin d'une petite sieste.

Adeline hoche la tête. La fête est finie, et elle s'en veut d'être soulagée.

— On revient bientôt, promet Lola.

Dans le métro, elles commentent peu l'épisode, gênées par le vacarme. Lola semble abattue, et décline l'invitation à manger d'Adeline. Pourtant, celle-ci aurait bien voulu qu'elle goûte à la cuisine de Guillaume, qui leur a promis pour le soir une lotte à sa façon. Depuis qu'ils ont parlé de la Bretagne, il propose souvent du poisson.

En arrivant devant chez elle, Adeline trouve Camille qui l'attend. Elle est seule.

— Salut Camille, Nathan n'est pas là ?

Ça lui a échappé. Elle veille à ne pas se montrer indiscrète, d'habitude, mais elle craint que la belle idylle ne soit déjà terminée.

— On n'est pas greffés l'un à l'autre, répond la lycéenne, souriante.

— Ah. Ce n'est pas l'impression que j'ai eue.

Elles entrent. Adeline jette ses clés sur le bureau. Elle n'avait pas l'intention de rouvrir aujourd'hui, mais elle ne peut pas fermer sa porte à la gamine.

— Tu voulais dormir un peu ?

Camille remue la tête, avec un air mystérieux.

— Non. Je voulais te montrer quelque chose.

Elle retire son blouson et apparaît vêtue d'un pull léger qui lui va très bien. Une fragrance florale s'exhale d'elle.

Avec une grâce un peu canaille, elle se tourne et regarde Adeline, par-dessus son épaule, souriante, énigmatique. Puis, d'un geste lent, elle soulève son pull et montre le creux de ses reins.

Adeline ne comprend pas tout de suite. D'abord, elle discerne tout juste, sur la peau pâle, un entrelacs de lignes noires bordées de rose. Elle se penche et voit qu'il s'agit d'un tatouage.

Un tatouage récent. Les traits sombres sont bordés de petites boursouflures irritées.

Dans un deuxième temps, elle comprend que quelque chose est écrit.

Elle lit.

Et son estomac se cabre. Les gâteaux de Suzanne n'ont pas dit leur dernier mot.

Sur le dos fragile de la jeune fille, s'affiche en capitales assez grossières : *L'arrivée des beaux jours.*

— Qu'est-ce que c'est que ça ? demande-t-elle d'une voix beaucoup trop forte.

Camille baisse son pull et se retourne, inquiète.

— Tu n'arrives pas à lire ?

— Si, mais…

— Ça ne te plaît pas ?

— Pourquoi… Pourquoi tu t'es fait tatouer ce… cette formule ?

Désemparée, Camille recule vers la porte.

— C'est… C'est Nathan qui dit ça tout le temps. À propos de nous. J'adore. C'est comme ça qu'on ressent… ce qui nous arrive.

Adeline la fixe, avec une mine d'inspectrice intraitable.

— C'est toi qui as eu l'idée du tatouage ou lui ?

Camille réfléchit.

— Je ne sais pas. Tous les deux, je crois.

— Réfléchis bien…

— Lui, peut-être. Oui, c'est lui qui en a parlé le premier.

Aline ne répond rien.

Elle se souvient parfaitement du moment où elle l'a entendue, cette formule un peu mièvre. Parce que la mièvrerie ne collait pas du tout avec la personnalité de celui qui la prononçait. C'est le moins que l'on pouvait dire.

Olivier Lelong, dans cette même pièce, quelques jours plus tôt : *Qu'est-ce qu'ils attendent, les humains ? L'arrivée des beaux jours. Rien d'autre, Adeline. L'arrivée des beaux jours. Ne l'oublie pas.*

36

Guillaume n'a pas hésité une seconde. Pourtant, il somnolait dans le dortoir quand Adeline y a fait irruption, juste après le départ de la gamine. Il passe de plus en plus de temps dans le dortoir, d'ailleurs, à bouquiner, entre deux clients, les gros romans que lui prête Adeline. Jamais les lieux n'ont été aussi propres.

Elle lui a raconté, au bord des larmes, l'histoire des beaux jours et, tant qu'elle y était, lui a appris que Fargier était passé en personne à la siesterie. Il a aussitôt enfilé sa grosse doudoune et l'a entraînée au-dehors.

— Qu'est-ce qu'on fait ? demande-t-elle quand ils se retrouvent sur le trottoir, dans la lumière indécise du crépuscule.

— On la suit.

— Hein ? Comment ça ? Je n'ai aucune idée de la direction…

Mais il l'entraîne toujours, lui serrant le bras presque un peu trop fort.

— Moi je sais par où elle est partie.

— Ah bon ? Tu l'as déjà suivie ?

— Oui. J'ai déjà suivi à peu près tous tes clients.

Cette information ne plaît pas du tout à Adeline. Pendant un instant, elle envisage que Guillaume ait partie liée avec Fargier. Elle est un peu perdue, à vrai dire, alors elle se laisse entraîner.

— Pourquoi tu fais ça ? demande-t-elle tout de même.

— Par précaution. C'est une bonne méthode, non ? Elle m'a permis d'éliminer Lelong.

Ils marchent vite, longent des trottoirs éclairés par les vitrines, traversent des boulevards. Elle s'efforce de ne pas trop penser parce que chaque effort de son cerveau la ramène immanquablement au tatouage en pattes d'araignée.

Guillaume ralentit un peu puis lui désigne, quelques dizaines de mètres devant eux, la silhouette de Camille qui trace, tête baissée, zigzaguant juste ce qu'il faut pour éviter les passants.

— Elle va où ?

— Retrouver son copain. Généralement, il court dans ce quartier. Elle lui a probablement passé un coup de fil. C'est ce qu'elle fait d'habitude.

Il a dû la suivre, les suivre, plus d'une fois. Maintenant qu'ils l'ont presque rattrapée, il ralentit et serre Adeline contre lui.

— Qu'est-ce que tu fais ?

— Je t'enlace. On fait toujours beaucoup moins attention aux couples qu'aux personnes isolées. Surtout quand elles sont des hommes.

— Ah bon ? C'est une théorie connue ?

— Justement non. Je viens de l'inventer, donc je la teste. Tu veux faire progresser la science, oui ou non ?

Bon d'accord. Elle veut bien. Elle sourit et se laisse enlacer. Il faut quand même noter ce point crucial : dans les moments difficiles, Guillaume est toujours présent. Autre point crucial, même dans ces moments-là, il sait la faire sourire.

Julien aussi avait ce don. Mais à sa façon nonchalante et rêveuse. Son air de rien. Guillaume agit davantage, sûrement trop. Ça ne lui déplaît pas.

Elle lève les yeux vers lui, prête à poursuivre ce badinage au pas de course, mais le visage de Guillaume est redevenu grave.

— Je n'en reviens pas, grommelle-t-il, que Fargier soit venu en personne.

— Je voulais t'en parler, mais tu es rentré tard hier soir, et je… Je n'en ai pas eu l'occasion avant d'aller chez Suzanne.

La vérité est plus ambiguë. Elle ne lui en a pas parlé parce qu'elle a voulu se bercer d'illusions. Annuler cette visite. *N'hésitez surtout pas à revenir vers moi si votre situation se… compliquait.* Cette phrase, on pouvait, si l'on conservait un peu de crédulité heureuse, la prendre en bonne part. Fargier lâchait l'affaire mais rappelait qu'il restait là, au cas où elle changerait d'avis. L'autre interprétation, celle qui s'imposait maintenant, c'est que sa vie, il allait la lui compliquer. La lui pourrir jusqu'à ce qu'elle n'ait pas d'autre choix que vendre.

Haussant sa tête par-dessus celle des autres, Guillaume murmure :

— Ça y est. Elle l'a rejoint.

Plus petite que lui, elle parvient à couler un regard dans une trouée qui s'est fugitivement formée dans la foule, et aperçoit, au loin, Camille dans les bras de Nathan. Celui-ci porte une tenue de sport plutôt classe, semble-t-il, en beau lycra naturel. La trouée se referme, la foule se reforme. Elle ne les voit plus.

— C'est quoi, ton plan ? se renseigne-t-elle.

— On s'approche pour essayer d'entendre ce qu'ils disent, et on continue la filature.

— Excellent.

Ils progressent donc le long du trottoir jusqu'à se trouver à une dizaine de mètres du jeune couple, séparés de lui par des badauds bruyants. Impossible de capter la moindre bribe de la conversation des amoureux.

— Pas grave, dit Guillaume. On suit le mouvement.

La formule sur les reins de la petite ne peut pas être une coïncidence. Il s'agit d'un message que lui adresse Fargier. À elle, Adeline. D'une façon ou d'une autre, elle se sent responsable. C'est complètement tordu de la part du dandy pervers, mais il n'y a pas d'autre explication. Il a ordonné à Nathan de pousser Camille à se la tatouer. Donc le beau gosse est complice. On a dû lui promettre une belle somme.

À moins d'imaginer que Nathan ait agi sous la contrainte, il faut conclure qu'il est, lui aussi, dans le camp des méchants. Complètement impliqué, complètement complice. Il n'éprouve rien pour Camille. Sa mission a été de la séduire. Le tatouage constitue la première étape. Après…

Adeline commence à s'affoler. Elle respire trop vite, par le nez. Il faut prévenir Camille, tant pis. Ou alors, non. La police. La police ? Pour un tatouage ?

Alors quoi ? Vendre ? Empocher l'argent ? Après tout, pourquoi pas ? A-t-elle vraiment examiné à fond cette possibilité ? Est-ce qu'elle y tient vraiment, à ce dortoir ? À son petit appartement dans son jus ? Ça ne lui plairait pas d'être riche à cinquante balais et de recommencer ailleurs ? Que ferait n'importe qui à sa place ?

Inconscient du dilemme qui la torture, Guillaume marche toujours, offrant toutes les apparences du calme le plus complet. Pas seulement les apparences, sans doute. Il *est* calme. Toujours maître de lui. Sauf quand il fracasse la figure des gens qui l'exaspèrent.

— Tu sais où ils habitent ? finit par demander Adeline.

— Elle, oui. Lui, non.

— Pourquoi ?

Elle entend le sourire amusé dans sa réponse :

— Parce que je n'ai pas encore eu le temps ni l'occasion. Parce que le plus souvent, quand il est tout seul, il trottine, et que j'ai horreur de trottiner.

— D'accord. Et donc, on va faire quoi ?

— Forcer notre nature, et trottiner.

En effet, c'est ce qui va se passer. Au terme d'une longue marche dans les rues, de nombreuses et interminables pauses-baiser, les amoureux se séparent.

— La mère de Camille habite là-bas, au bout. Son père est du côté d'Exelmans. Je pense qu'il est plus rigide que la mère.

Silence. Nathan trottine. Adeline et Guillaume pressent le pas et se disjoignent pour avancer plus vite. La chaleur du bras de Guillaume quitte peu à peu celui d'Adeline. Nathan ne se retourne pas. Il enfile ses écouteurs. Aux grands gestes qu'il fait sans cesser de courir, on peut supposer qu'il téléphone. À Camille ? Non, les grands gestes sont trop véhéments. Adeline, sans raison particulière, estime que ce n'est pas bon signe.

Il descend dans le métro. Ils le suivent toujours.

— Finalement, c'est très facile, la filature, note Adeline.

— Oui. Essaie de t'en souvenir et jette un œil derrière toi, de temps en temps.

Nathan descend à Front Populaire et, sitôt sorti du métro, enfile sa capuche avant de continuer sa marche rapide vers Aubervilliers. Les passants se font rares, mais les détectives amateurs réussissent tout de même à le suivre jusqu'à un immeuble déprimant.

— Je n'imaginais pas du tout qu'il vivait ici, dit Guillaume.

— Pourquoi ?

— Ça m'étonnerait que le lycée Saint-Michel des Batignolles recrute beaucoup dans ce secteur.

En effet. Le mauvais pressentiment d'Adeline se confirme. Sauf à imaginer que le beau Nathan soit venu rendre visite à un ami moins fortuné, et qu'il ne réside pas dans ce bâtiment cafardeux, il faut conclure qu'il ment à tout le monde, et surtout à Camille.

— On rentre ? suggère Guillaume. La lotte est prête. Il n'y a plus qu'à la réchauffer.

Cette fois, la bonne humeur de Guillaume n'agit pas sur elle. Elle ressent même une légère irritation à son égard. Elle ne peut rien lui reprocher, à part d'être trop efficace, ce qui n'est pas un grief si négligeable. Elle a besoin de souffler, après sa course. De réfléchir.

— Il me semble, répond-elle en fronçant les sourcils, que le plus important, là, tout de suite, ce n'est peut-être pas de rentrer bâfrer ventre à terre.

Il accuse le coup.

— Pardon. Tu as raison.

— Non, c'est moi qui m'excuse. Je t'engueule toujours alors que tu passes ton temps à m'aider.

— J'aime bien. Ça fait couple.

Ils se taisent. Elle examine les options à leur disposition. Monter chez Nathan ? Sonner ? Le questionner ? Sur quelles bases ? Il lui sera tellement facile de nier. Le plus sage est d'attendre un peu pour réunir des éléments concrets. Quel genre d'éléments ? Elle n'en a pas la moindre idée. Mais se précipiter maintenant risquerait de leur faire perdre le léger avantage que Guillaume leur a procuré en dégotant l'adresse du jeune homme. Celui-ci passerait un coup de fil à Fargier qui ferait sortir un autre diable de sa boîte. Autant se concentrer sur celui-ci et élaborer une stratégie.

Ces conclusions, Guillaume y est sans doute déjà parvenu. Mais il attend.

— Est-ce qu'on ne devrait pas prévenir Camille ? se demande-t-elle à voix haute.

Elle essaie d'imaginer la scène. Leur arrivée chez Camille. Le long récit. Et ensuite ? Qu'est-ce qui se passerait ? Ce serait aussi contre-productif que de s'en prendre à Nathan. Davantage encore. Adeline hésite, se demande si elle est honnête avec elle-même. L'inaction est si confortable.

— OK, soupire-t-elle finalement. On rentre.

37

— Elle m'a rappelé !

Adeline sursaute et fronce les sourcils. Claude est entré comme un fou dans la salle de sieste, au beau milieu d'une séance. Et il a chuchoté trop fort.

Certes, sa joie fait plaisir à voir. Ce n'est plus le même Claude. Il ne sue plus. Sa peau l'habille mieux. Et ses vêtements eux-mêmes paraissent plus clairs, mieux ajustés. Autant de bonnes nouvelles qui, néanmoins, ne constituent pas pour autant des raisons de déroger aux règles de l'établissement. Adeline se lève, vérifie rapidement qu'aucun des dormeurs n'a été impacté par l'éclat de Claude, et lui fait signe de la suivre à l'accueil.

— Je suppose, dit Adeline, que vous parlez de Mme Vaillant ?

— Capucine, confirme-t-il, exalté. Elle m'a téléphoné tout à l'heure. Je suis venu directement vous l'annoncer.

— Elle avait votre numéro ?

— J'avais pris la précaution de laisser traîner ma carte en sortant de chez elle.

— Astucieux.

Adeline se demande quoi penser de la technique de Claude consistant à semer son numéro derrière lui après les pires affrontements. Comme un petit caillou qui permettrait de retrouver le chemin de la paix.

— Et qu'est-ce qu'elle vous a dit ?

Claude jubile d'avance de ce qu'il s'apprête à lui annoncer. Il s'assied dans un fauteuil, caresse une feuille de la plante, se relève.

— Elle accepte de porter plainte. Elle recommence toutes les démarches à zéro. Elle prend un avocat. C'est moi qui paie, naturellement.

Chaque info élargit le sourire d'Adeline. Elle va bientôt ressembler à un clown de Stephen King mais tant pis.

— Je vous sers quelque chose, Claude, pour fêter ça ?

Il se rassied, se relève.

— Vous avez de la vodka, me semble-t-il ?

— Je pense qu'il m'en reste.

Ils trinquent.

— Est-ce que ce verre, se risque-t-il avec une prudence de bon aloi, signifie que vous ne m'en voulez plus pour ce que j'ai fait ?

— Je vous en veux moins.

Il exécute, de son poing fermé, un mini signe de victoire qui n'échappe pas à Adeline.

— Vous comprenez, poursuit-il après avoir bu, j'étais sous emprise.

Adeline tique, pas convaincue.

— Vous êtes ou, en tous cas, espérons-le, vous étiez surtout très corruptible, Claude. Et lâche.

Il encaisse et tend à nouveau son verre, pour mieux encaisser.

— Pardon, Adeline, mais vous n'avez jamais rien fait de mal, vous ?

Elle les ressert tous les deux.

— Si, bien sûr que si.

Il attend un peu, au cas où elle souhaiterait lui révéler la nature de son forfait. Mais quand elle sera prête à parler de Julien, elle choisira une autre oreille.

— Et sur le plan… professionnel ? relance-t-elle.

— Professionnel ?

— Vous sembliez décidé à démissionner.

Il se frappe le front. Sa main laisse une trace rose sur cette vaste surface de peau dénudée. Il a frappé fort.

— Mais oui, bien sûr ! C'est en cours. J'ai informé mon boss et entamé les démarches.

Mimique épatée d'Adeline. Elle n'aurait jamais imaginé Claude aussi résolu.

— Comment a-t-il réagi, votre boss ?

C'est au tour de Claude de se fendre d'un sourire plus large que sa figure. Et lui, il a vraiment l'air d'un auguste psychopathe.

— Il m'a demandé pourquoi. Je lui ai expliqué. Il a fait sous lui.

Adeline se demande presque si c'est une image. Songeant à Olivier Lelong et à Fargier, elle s'inquiète soudain pour Claude, que sa calvitie, d'où ne s'est pas encore complètement effacée la marque de sa main, rend encore plus vulnérable.

— Vous n'avez pas peur qu'il vous menace ? Qu'il… exerce des pressions sur vous ?

— Il en est capable. Mais je n'ai pas peur. Je m'inquièterais plutôt pour Capucine.

Adeline hoche la tête. Il n'a pas tort. Mme Vaillant va devoir bien porter son nom.

— Vous savez qu'elle m'a posé des questions sur vous ? demande Claude.

— Quel genre ?

— Elle voulait savoir si nous étions mariés.

Il rougit. Elle sourit.

— Vous êtes marié, Claude ?

— Non.

— Des enfants ?

— Non plus. Mon patr… mon ex-patron ne peut pas grand-chose contre moi.

Adeline regarde sa montre. C'est bientôt la fin de la sieste. L'autre jour, quand ils sont revenus de chez Capucine, il a décliné sa proposition de venir dormir. Mais peut-être qu'aujourd'hui…

— Non merci, répond-il encore. Ce n'est pas le moment. Je dois ouvrir l'œil, et le bon.

Il se lève, se rassied.

— Je ne vous remercierai jamais assez, Adeline. Si vous saviez comme je me sens mieux.

Elle lève son verre vide.

Il se lève. Reste debout.

— Au revoir, Adeline.

— On dirait que vous partez à la guerre.

— C'est un peu ça. Je vous tiens au courant.

Un soldat, maintenant. Elle a déjà un cow-boy sur les bras. La contribution d'Adeline à la déconstruction du patriarcat est de plus en plus modeste. Il sort fermement.

Elle regarde à nouveau sa montre et décide d'accorder un petit supplément gratuit aux dormeurs, pour appeler Lola.

— Salut ma belle, lance-t-elle, heureuse que son amie décroche aussitôt.

— Bonjour Adeline. C'est idiot, chaque fois que tu m'appelles, j'ai peur que tu m'annonces la mort de Suzanne.

— Tu sais bien qu'elle te préfère. Si elle meurt, c'est toi qu'elle préviendra en premier.

— De bonnes nouvelles, alors ?

— Je pense que Claude va mieux.

— Ah, zut. Ça me reposait quand il venait sans consommer.

Adeline lui raconte les derniers développements de l'affaire. Lola s'en réjouit. La vie leur paraît plus légère. Adeline s'imagine racontant toute son histoire à Lola, se demande à nouveau pourquoi elle ne s'en sent pas capable. Pas au téléphone, de toute façon. Vingt-cinq ans qu'elle procrastine. Vous n'avez jamais rien fait de mal, Adeline ?

Au fond, ce secret ne lui paraît peut-être aussi lourd que parce qu'elle le garde. Une fois raconté, deviendra-t-il banal, voire laid ?

Dans le doute, elle persévère à n'en rien dire.

On dira ce qu'on voudra de la vie, elle a l'art de vous placer devant vos responsabilités.

— Je te laisse, Lola, je dois aller réveiller les gens.

38

Voilà, ça y est.

Le malheur aussi a fini sa petite sieste. Il se présente en fin d'après-midi sous les traits ravagés de Camille.

Non, c'est pire encore. Ses traits ne sont pas ravagés. Ils portent les stigmates récents d'une apocalypse. Mais la petite a tenté de dissimuler les dégâts. Elle a remis du rouge à ses lèvres gonflées de sanglots.

Adeline faisait ses comptes quand la porte s'est ouverte à la volée. Elle est immédiatement envahie par la culpabilité. Avant même que Camille ne lui explique ce qui s'est passé, elle comprend qu'elle a eu tort de rentrer manger de la lotte avec Guillaume, après la filature de l'autre soir, au lieu de réfléchir à la meilleure façon d'aider la petite. L'inaction, finalement, n'est pas confortable très longtemps.

Elle se lève. Camille chancelle un peu, ne la quitte pas des yeux, s'accroche à son regard. Adeline contourne prudemment son bureau, craignant qu'elle ne s'effondre comme un immeuble dynamité.

— Ça va aller, Camille.

Voilà. Elle l'a rejointe, prise dans ses bras, assise sur un fauteuil. Elle s'agenouille à ses pieds sans lui lâcher la main. Elle attend. Camille parlera si elle le souhaite.

Elle parle, mais d'abord, Adeline ne comprend pas. Elle n'a dit qu'un mot, pourtant. Un mot anglais. Adeline n'est pas très forte en anglais.

Elle le répète, plus fort : « Sextape. »

D'accord. Pas besoin d'un doctorat en langues étrangères. Pas besoin de détails non plus. Les beaux jours promis par le joli Nathan sont, hélas, arrivés.

Adeline égrène un chapelet de jurons si vulgaires qu'ils paraissent conjurer provisoirement la douleur de Camille. La jeune fille ferme les yeux pour mieux entendre chacun de ces anathèmes bienfaisants.

Tout compte fait, si, Adeline va avoir besoin de détails. Parce que tout est sa faute. Comment a-t-elle pu se figurer qu'elle avait du temps devant elle ? Et pourquoi Guillaume l'a-t-elle laissée se fourvoyer ?

Non, Guillaume n'a rien à voir là-dedans. Il a fait son maximum. C'est sa faute à elle, à elle seule. Ce qu'elle aurait dû faire lui apparaît en pleine lumière. Fargier a sous-entendu que les choses se compliqueraient. À ce moment-là, il avait déjà recruté Nathan pour séduire Camille. Mais tout aurait pu en rester là si Adeline avait accepté l'offre de l'entrepreneur. Devant sa résistance, il a demandé à Nathan de convaincre sa petite amoureuse de se faire tatouer pour lui. Ce que voyant, Adeline aurait dû immédiatement donner l'alerte, tout expliquer à la petite, lui intimer de quitter ce salopard.

Il fallait agir. Il en est peut-être encore temps. Les détails, donc.

— Il a fait circuler une vidéo de vous en train de faire l'amour ?

— Une sextape, oui.

Bravo, la boomeuse. Tu as quelques notions. Le désespoir de Camille est compréhensible. Le monde entier a peut-être déjà vu la vidéo.

Tant qu'à poser des questions débiles, Adeline persévère :

— On te reconnaît bien, sur les images ?

— À ton avis ? Lui, par contre, il s'est flouté. Et on a tout le temps de lire mon tatouage.

Adeline ferme les yeux. Elle préférerait que Camille pleure. Son ton glacial, la netteté des syllabes lui paraissent très inquiétants. Que faut-il dire à la jeune fille ? Pour le moment, elle se figure qu'elle est tombée sur un salaud ordinaire. Les salauds ordinaires, elle en connaît l'existence, au moins théorique. Si elle apprend que c'est un salaud payé, un mercenaire, qu'elle n'a été sa victime que parce qu'elle a eu la malchance de pousser, quelque temps avant, la porte de la siesterie, est-ce que ce sera une consolation ou le coup de grâce ?

Dans le doute, Adeline s'abstient. Mais son silence n'aide pas Camille. Elle ne peut pas lui dire non plus qu'elle sait où il habite, et que les choses ne vont pas en rester là, non. C'est inextricable. Fargier doit frotter ses belles mains manucurées.

Elle hésite à lui proposer une vodka. Faire boire une mineure n'est sans doute pas la solution idéale. Adeline se sent totalement impuissante.

Camille éclate en sanglots.

Des sanglots lourds comme des caillots s'expulsant d'une plaie.

Elle ne se contente pas de pleurer. Elle se tord, elle se plie, croise ses mains sur son ventre, essaie d'expulser l'amour mort-né issu de ce viol numérique. Une douleur absolue, embrasant tout le corps, toute l'âme, et qu'aucune larme n'éteindra jamais. Elle pleure de tomber de si haut, d'avoir tant espéré, d'avoir pris pour le ciel ces beaux yeux posés sur elle.

Adeline la voit se crisper, rétrécir dans ce fauteuil, elle sait ce qu'elle éprouve, ce qui défile derrière ses paupières, outre le visage du garçon adoré qu'il faut maintenant haïr, tout cet amour qu'il s'agit de tourner en poison, il y a aussi les milliers de jours à venir, les jours sans lui, sans personne, l'angoisse nue qui avait, le temps d'une aventure, desserré son étreinte et qui revient revigorée, décuplée, ces heures vides sur son lit, à fixer les posters, à chercher sur internet des images d'elle-même, folle de terreur à l'idée de les trouver.

Les larmes se forment toujours, au coin des yeux, coulent noires le long des joues d'enfant. Adeline serre la main de Camille mais, murée dans son désarroi, ne sait comment la réchauffer, comment apaiser ses tremblements.

Quelque part dans ce chaos, Adeline perçoit l'écho d'une voix familière. Ça vient du fond d'elle-même, ça vient à la rescousse, c'est une voix amie, mais qui peine à se faire entendre, étouffée par les sanglots convulsifs de Camille.

C'est la voix de Suzanne.

Le seul remède...

Vas-y, Suzanne, parle. Je t'écoute. Adeline s'immobilise et se concentre.

Le seul remède contre la souffrance, c'est la colère.

Le seul remède contre la souffrance...

Merci, Suzanne, toi dont aucun remède n'apaisera jamais la souffrance, toi que même tes amis, même ton fils ne pourront sauver, tu offres ce cadeau à Camille. La colère, âme sœur du désespoir, aussi puissante que lui, qui mène contre lui depuis la nuit de l'âme un combat fratricide et douteux.

Merci Suzanne. Il n'y a plus à hésiter.

— Camille, écoute-moi. J'ai des choses à t'expliquer.

Adeline s'assied près d'elle, sur le même fauteuil, se colle à elle, la prend dans ses bras et lui raconte toute l'histoire. Fargier, Nathan, les beaux jours. Elle donne un luxe de détails, déballe, dévoile, éprouve, à raconter, un vertige troublant.

Elle ferme les yeux et écoute le silence.

Le silence, oui. Parce que la petite ne pleure plus.

Elle rouvre les yeux, ceux de Camille aussi sont ouverts, tout près, liquides, poisseux, rougis, mais brillants.

Éclatants de haine.

— Les enculés, conclut-elle.

Adeline n'a pas énormément de souvenirs de ses lectures de lycée, mais il lui semble que, grosso modo et en alexandrins, c'est ce que disent les femmes outragées dans les tragédies. Quand elles reprennent du poil de la bête. Quand elles vont se venger.

39

Le garçon qui ne s'appelle pas Nathan referme derrière lui la porte de l'appartement, baisse sa capuche, ôte ses écouteurs.

— C'est moi ! lance-t-il à l'adresse de sa mère somnolant au salon, sur le canapé, devant la télé.

Pas de réponse précise, ou peut-être un grommellement. Il s'enferme dans sa chambre.

Dans un tiroir du bureau, un téléphone vibre. C'est celui que lui a donné le mec aux cheveux gras. Le téléphone spécial Camille, avec sa carte prépayée, comme dans les séries pour darons. Normalement, il aurait dû la détruire, cette carte, et *ghoster* la meuf à jamais. C'était le deal. Mais il ne l'a pas fait. Il ne sait pas pourquoi. Peut-être parce que c'était bien, avec elle. Il est trop sentimental.

C'est peut-être aussi à cause de ça qu'il n'a pas envoyé la vidéo au monde entier. Juste aux contacts de Camille, qu'il a copiés l'autre soir, pendant qu'elle dormait. Elle n'en a pas beaucoup, des contacts. C'est une solitaire, un peu barrée.

Il aurait pu uploader le film sur des sites, inonder la toile. Il ne l'a pas fait non plus. Le mec aux cheveux gras n'a pas été complètement clair sur ce point. Il a juste dit : « Tu filmes et tu diffuses. »

Les contacts, c'est déjà pas mal.

Il a des réponses des contacts en question. Des réactions, le plus souvent sous forme d'émoticônes. On doit être au-delà des mots.

Le téléphone vibre toujours. Il regarde. C'est Camille. Normal. Il refuse l'appel, éteint l'appareil, en ôte la carte SIM qu'il découpe avec des ciseaux à ongles. Et voilà.

Le portable, par contre, il a le droit de le garder. C'est cadeau. En plus du fric qu'il a touché.

C'est la première fois qu'on le paye pour coucher. Si ça rapporte autant à chaque fois, il faut peut-être qu'il envisage de faire carrière. C'est moins compliqué que Parcoursup. Parcourpute. Il ricane.

Juste au moment où il s'apprête à se déshabiller pour prendre une douche, on sonne. À la porte de l'appart. C'est anormal.

Sa mère aussi est une solitaire barrée. Ses copines l'évitent. On les comprend.

Ça resonne. Sa mère ne se bouge pas du canapé. Il hésite à ne pas aller voir. Comme ça insiste, pas le choix, faut y aller.

Contrairement à celles des séries pour darons, leur porte n'est pas équipée d'un œilleton. Le syndic est trop radin. Alors il ouvre direct.

Et tombe sur Camille.

— Salut. Comme tu ne réponds pas, j'ai dû me déplacer.

Elle n'est pas seule. La bonne femme folle qui endort les gens est là. Et il y a un mec mal rasé.

Le jeune homme tente de claquer la porte, mais le mal rasé possède de longues jambes et de grosses chaussures. Il en glisse une dans l'embrasure, et c'est mort. La porte rebondit, le mec est déjà dans l'entrée.

— Guillaume, se présente-t-il avec une froideur amusée. Je te connais, mais toi non.

— Thomas ! s'écrie sa mère, depuis le salon. C'est qui ?

— Thomas, dit Guillaume, c'est un joli prénom. Plus joli que Nathan.

Camille et Adeline se sont introduites à leur tour. L'entrée n'est pas grande. Ils sont trop près les uns des autres. Thomas fixe le sol et se gratte la nuque.

— C'est personne, répond-il à sa mère. Des potes.

— Nous sommes flattés, dit Guillaume.

Thomas lève la tête pour plonger ses yeux dans ceux de Camille. Elle soutient son regard, mais broie discrètement la main d'Adeline.

La mère n'insiste pas. Elle n'est pas à l'aise avec les potes de son fils.

— Comment tu m'as retrouvé ? s'enquiert-il avec un détachement étudié.

Guillaume lève le doigt, comme à l'école.

— J'avais déjà fait un ou deux repérages. Tu n'es pas très difficile à pister, Thomas. Quand Camille nous a appris ce que tu lui avais fait, je lui ai proposé de te rendre une petite visite, histoire d'entendre tes explications. Une gentille mamie m'a laissé entrer dans l'immeuble. On a tort de croire que nos contemporains sont égoïstes et méfiants. J'ai attendu dans la cage d'escalier que tu rentres et je t'ai suivi pour connaître le numéro de l'appartement. J'espérais que tu prendrais l'ascenseur, mais tu as préféré l'escalier. Heureusement que j'ai un peu d'entraînement, parce que tu es un vrai sportif, mon garçon. Des jambes d'athlète. Bon, sur ce. On reste là ou tu nous présentes ta maman ?

Thomas hésite puis leur fait signe de les suivre dans sa chambre. Il évite, cette fois, le regard de Camille.

Elle s'efforce de maîtriser sa respiration. Elles en sont convenues, avec Adeline. Autant que possible, demeurer impériale, comme dans les tragédies. Ça semble fonctionner parce que le garçon est de plus en plus mal à l'aise. Il gigote dans les quelques mètres carrés de sa chambre, semble réfléchir de toutes ses forces. Ça sent le garçon. Il y a au mur de pathétiques images de rappeurs entourés de créatures à forte poitrine.

— Écoutez, finit-il par lâcher. Je vois pas ce que vous voulez dire. J'ai plus de nouvelles de Camille depuis hier. J'ai rien compris.

Il veut la jouer comme ça. C'est presque drôle. Guillaume se rapproche de lui et lui effleure la joue.

— Tu me touches pas, putain !

Camille est toujours silencieuse. Adeline tripote nerveusement son portable.

— Donc ta ligne de défense, c'est que tu n'es pas l'auteur de la sextape.

— Ben non. Quelle sextape ?

Camille ouvre la bouche et la referme.

— Comme tu as utilisé un téléphone prépayé, comme tu n'apparais pas sur la vidéo, il sera impossible de remonter jusqu'à toi, c'est ça ?

— Je comprends rien à ce que vous dites.

Guillaume paraît admettre ces dénégations. Il remue doucement la tête et fouille dans la grande poche de sa vieille doudoune. Adeline continue de manipuler nerveusement son portable.

Au moment où Thomas se demande si, après tout, il ne va pas s'en tirer à bon compte et commence à se détendre les trapèzes, Guillaume sort de sa poche un marteau.

— Ah. Je me demandais où je l'avais fourré.

Sans se départir de son calme, il donne trois coups légers au mur à l'aide de l'outil, comme s'il testait la solidité des parois.

— De la brique plâtrière, annonce-t-il. Ça me rappelle l'époque où je bricolais.

Puis, toujours aussi calmement, il assène à la cloison un coup si violent que la tête du marteau s'y enfonce dans un nuage de plâtre. Avant que Thomas ait pu réagir, il a recommencé deux fois. Le papier peint crème présente maintenant trois trous carrés.

— Thomas ! crie la mère. Qu'est-ce qui se passe ?

— C'est rien, maman ! répond le jeune homme dont le visage est maintenant de la même couleur que la tapisserie.

— Je continue ? se renseigne Guillaume.

— Arrêtez ! C'est pas ma faute s'il y une sextape qui circule. C'est une folle du cul. Pourquoi ça serait moi qui…

— Je continue, donc.

Joignant les gestes à la parole, Guillaume fracasse le radio-réveil sagement installé sur la table de nuit.

— Arrêtez ! chuchote Thomas, épouvanté. Arrêtez, c'est bon !

— Qu'est-ce qui est bon ? demande Guillaume en levant son marteau.

— OK, avoue le jeune homme. OK, c'est moi.

Guillaume s'approche et se met à lui tapoter délicatement le nez avec son marteau. Plus ou moins délicatement.

— Camille a besoin de savoir pourquoi tu lui as fait ça. On ne se reconstruit pas sans la vérité. C'est tout ce qu'elle veut : la vérité. Dis-nous tout, clairement, et ensuite on s'en va. Ton vrai nom, déjà.

— Thomas.

— Thomas comment ?

— Thomas Dulac.

— Alors, Thomas Dulac, qu'est-ce qui s'est passé ?

— On m'a… on m'a demandé de… sortir avec Camille.

— C'est adorable. Qui ?

— Il ne m'a pas dit son nom. Un mec baraqué, les cheveux sales…

— Je crois que je vois. C'était quoi, le deal ?

— Il m'a filé du fric, juste pour, ben, comme je disais…

— Et la sextape ?

— C'était pas prévu, au départ. J'étais pas trop d'accord.

Il envoie, au jugé, un œil vers Camille qui ressemble à une statue flippante.

— Mais ils ont su te convaincre, et après tu étais trop d'accord.

— Ouais, voilà.

— Combien ?

Thomas hésite et échoue à retenir un regard en direction du lit, qui n'échappe pas à Guillaume.

— Mais non ! s'exclame ce dernier. Je n'y crois pas !

En quelques gestes précis, il jette la couette sur Thomas, retourne le matelas et trouve une grosse enveloppe glissée entre deux lattes du sommier.

— Trop mignon. Sous le matelas.

Il compte les billets, de grosses coupures, et pousse un sifflement. Thomas, mâchoires crispées, tend une main vers l'enveloppe et reçoit un coup de marteau léger mais significatif sur les phalanges.

Puis Guillaume fourre l'enveloppe dans la poche de sa doudoune. Thomas, qui se frotte les doigts, étouffe un cri.

— Ne t'inquiète pas, dit Guillaume. Cette somme suffira dans un premier temps. C'est bon pour toi, Adeline ?

Adeline vérifie sur l'écran de son smartphone.

— Parfait, j'ai ce qu'il me faut.

Thomas réalise qu'elle a tout filmé. Ses aveux. Guillaume, balançant nonchalamment son outil, tend la main à Thomas qui, décontenancé, hésite à la lui serrer.

— Ton téléphone.

— Vous déconnez ?

— Celui avec lequel tu as filmé. Je suis curieux de visionner la version non floutée.

— J'ai tout effacé. Vous trouverez rien.

— On n'efface jamais tout. Tu me le donnes tout de suite ou je fouille moi-même ?

Terrassé, Thomas ouvre le tiroir et lui tend le portable.

— Vous allez faire quoi ?

— Remettre ces preuves à la police. Et l'enregistrement de ta confession.

Le grand garçon esquisse un ricanement.

— Ça prouve rien.

— Peut-être. Tu en discuteras avec l'OPJ qui viendra vous rendre visite, à ta maman et toi. Moi, tu sais, les détails administratifs…

— Attendez, les supplie soudain Thomas, je… je n'ai envoyé la vidéo qu'aux contacts de Camille. Promis. Elle n'est nulle part ailleurs sur la toile.

Guillaume hausse un sourcil.

— Pourquoi on devrait te croire ?

— Je vous jure. En plus, elle avait un vieux Nokia pourri. J'ai grave galéré pour récupérer les numéros. Y a presque personne.

Il adresse à Camille un regard implorant. Elle détourne les yeux.

— Je le note, finit par répondre Guillaume. Si c'est vrai, ça jouera peut-être en ta faveur. Sinon, on reviendra te voir, mon marteau et moi.

Un peu plus tard, dans l'ascenseur, Camille s'affaisse dans les bras d'Adeline.

— Je n'ai pas l'intention de porter plainte, déclare-t-elle. Je ne pense pas que mes amis reposteront les images. Ils ne sont pas comme ça. De toute façon, je ne retourne pas au lycée. Je passerai mon bac en candidate libre.

— Tu penses qu'il a dit vrai ? demande Adeline. Qu'il n'a pas trop diffusé le film ?

La jeune fille hésite.

— J'espère que oui.

— L'important, ajoute Guillaume, c'est que ce petit fumier crève de trouille à chaque fois qu'on frappera à sa porte. Et moi, j'adore frapper aux portes.

40

MARION EST PARFAITEMENT À L'AISE dans le salon minuscule d'Adeline. Elle ne s'est pas exclamée, en entrant, que c'était trop chou, ici, ni que ça avait du cachet, elle ne s'est pas exclamée du tout. Elle a embrassé Adeline, s'est avachie dans un fauteuil et a accepté un verre, avec plaisir, la Smirnoff de l'autre jour était parfaite.

En sortant de chez Thomas, deux jours plus tôt, Adeline a eu l'idée de l'inviter. Ça lui a tout à coup paru évident, qu'il fallait le faire, que c'était possible, que c'était souhaitable. En Bretagne, on se *rendait* les invitations. Un coup chez l'un, la fois d'après chez l'autre.

À peine s'était-elle enhardie à envoyer un SMS à Marion que celle-ci avait répondu avec enthousiasme et gratitude. Après-demain ? Ça marche.

Adeline avait constaté, non sans fierté, que cette visite ne l'inquiétait pas trop. Renonçant d'emblée à faire assaut de standing avec Marion, elle s'était dit qu'on verrait bien, pour les détails concrets, le repas, par exemple.

Elle avait d'autres soucis en tête. Camille, notamment, à qui elle consacrait à peu près tout son temps, redoutant un nouveau drame, fatal, cette fois.

Mais la petite, pour l'instant, du moins, semblait tenir le choc avec vaillance. Elle avait accepté de demeurer de longues heures à la siesterie, pour causer, pour dormir. Ses amis, tous ceux qui avaient reçu la sextape, l'avaient appelée, avaient juré, bien entendu, de ne pas diffuser les images, lui avaient proposé leur aide. L'incendie serait-il finalement maîtrisé ?

La gamine était bouleversée, ça se voyait. Même ses parents, destinataires, eux aussi, du moyen-métrage, s'étaient montrés à la hauteur. Pour l'occasion, ils avaient tenu un conseil de famille. Son père avait préparé son légendaire riz au lait. Ils s'étaient parlé, envisageant toutes les options, respectant son choix, pour l'instant, de ne rien dire à la police.

Camille commençait à apprivoiser l'idée que tout n'était pas forcément foutu.

Et puis Adeline avait demandé à Guillaume s'il accepterait de dîner avec elle et Marion.

— Marion ?

— Marion Lahougue, la mère de Romain, que tu as rencontré ici.

Guillaume en était resté pantois. Adeline avait oublié qu'il la connaissait de réputation. Elle a parfois du mal à se rappeler que Guillaume a un passé.

— D'où tu la connais, déjà ?

— On était plus ou moins amies, en Bretagne.

Il s'était retenu de poser des questions.

Et ce soir, il est aux fourneaux, solennel dans son tablier. En le voyant paraître à la porte du salon, Marion se lève de son fauteuil, sans lâcher son verre, et s'avance pour lui faire la bise. Mais il a un mouvement de recul et lui tend la main.

— Je suis un ami d'Adeline, se sent-il tenu d'expliquer.

Marion en prend acte.

— Un ami qui cuisine ? Ça existe ?

Guillaume réfléchit. Il semble prendre la question très au sérieux.

— J'étais dans la chimie, avant, finit-il par répondre. Je m'y connais un peu en tambouille.

Marion s'apprête à sourire mais le sérieux de Guillaume l'en décourage. Adeline se crispe. On dirait que quelque chose tourne mal. Dommage, tout commençait bien.

— Vous étiez dans la chimie ? relance Marion. Et maintenant, vous faites quoi ?

— Je suis clodo. Adeline m'héberge.

Un pli amer est apparu au coin de sa bouche. Adeline ne lui a jamais vu ce visage.

Embarrassée, Marion sirote une gorgée supplémentaire.

— J'étais chez Texa, poursuit Guillaume. Je sais qui vous êtes. Une légende.

Ce nom provoque chez Marion un mouvement indéchiffrable, entre l'acquiescement et le frisson.

— Texa. Oui. Je collabore avec eux.

— Je suis au courant.

Silence.

— Je ne t'héberge pas vraiment, nuance Adeline. Tu travailles avec moi.

Trois rides apparaissent sur le front de Guillaume. Décidément, il paraît contrarié. Ou souffrant. Mal à l'aise, en tout cas.

— Bon, j'ai du pain sur la planche, lâche-t-il en retournant à ses fourneaux.

Adeline hausse les épaules, hasarde un sourire gêné. Marion la rassure d'une moue compréhensive. Les hommes ont leurs humeurs, c'est connu. Mais comme elle s'apprête à regagner son fauteuil, Guillaume déboule, armé d'une casserole dont il remue nerveusement le contenu à l'aide d'une grande cuillère en bois.

— J'ai claqué la porte, lance-t-il.

— Pardon ?

Marion, déconcertée, n'ose plus s'asseoir et demeure figée, son verre à la main.

— La porte de Texa.

Adeline soupire. Guillaume, pour une raison qu'elle ignore, semble résolu à lui pourrir cette soirée. Elle se souvient très bien qu'il a quitté son entreprise sur un coup de tête, ou de sang. Qu'il a des griefs, des rancœurs.

— Vous étiez en conflit ? demande Marion.

Guillaume hoche la tête.

— J'étais contrôleur qualité. Vous voyez le genre. Un grouillot. Pas une chercheuse, comme vous. Pas une inventeuse. Moi, je vérifiais que les produits étaient conformes. J'ai fait ça quinze ans.

— Guillaume, intervient Adeline, on n'est pas là pour parler boulot.

Cette phrase ne veut pas dire grand-chose, mais c'est tout ce qui lui est venu. De toute façon, Guillaume paraît n'avoir pas entendu. Marion porte lentement son verre à ses lèvres et boit une petite gorgée de vodka.

— Mais conforme à quoi ? poursuit Guillaume. Aux normes européennes ? Vous connaissez la dangerosité de certains composés organosulfurés quand ils sont lâchés dans la nature ? En cas d'accident industriel ? D'explosion, par exemple ?

— Je ne suis pas experte en composés organosulfurés, plaide Marion, qui puise visiblement de la patience dans son verre de Smirnoff.

— Moi si ! assène Guillaume. Et je les ai prévenus vingt fois que leurs saloperies étaient toxiques. Que les précautions n'étaient pas suffisantes. Ils me répondaient que la sécurité des installations ne relevait pas de leurs compétences. Qu'ils se contentaient de livrer les produits. Livrer les produits ! Comme des dealers !

— Bon, Guillaume… risque Adeline.

— Ils ne m'ont pas écouté. J'ai fini par péter les plombs. Je suis parti. Et peu après, il y a eu Lubrizol. Vous vous en souvenez, de la catastrophe de Lubrizol ? Cette usine qui a explosé près de Rouen ? La fumée dégueulasse qui pénétrait dans toutes les maisons ? Dans la terre ? Qui polluait l'eau ?

— Guillaume ! crie Adeline. Arrête !

— Je n'ai rien à voir avec Lubrizol, ajoute Marion.

Il se tait, s'immobilise, regarde la casserole. Une longue minute passe au cours de laquelle il semble se dégonfler, blanchir, redevenir lui-même.

— Pardon, bredouille-t-il.

Adeline s'approche de lui, avec précaution, comme on avance vers un forcené, en lui parlant calmement pour qu'il lâche son arme.

— Ça va aller, promet-elle.

Elle parvient à lui prendre la casserole.

— J'ai tendance à m'énerver, explique-t-il à l'intention de Marion qui confirme, d'un petit signe de tête.

— Je sais que vous n'êtes pas responsable de Lubrizol, ajoute-t-il.

— Je sais que vous le savez.

— Bon, suggère Adeline, maintenant que ce point capital est établi, on pourrait peut-être envisager de poursuivre l'apéritif.

Mais Guillaume secoue la tête et dénoue son tablier.

— Excusez-moi, je m'en voudrais de gâcher la soirée. J'ai besoin d'air. Adeline, tout est prêt. Tu n'as plus qu'à servir. La salade de fruits est au frais. À bientôt.

En quatre enjambées, il n'est plus là.

Elles se regardent, hésitantes.

— Je suis désolée, soupire finalement Adeline.

— Moi aussi je suis désolée. Qu'il soit parti. Il est bien, ce garçon. Éruptif, mais intègre. Ça me plaît.

Elle regagne enfin le fauteuil, avec un soulagement visible.

— Il a raison, pour Texa. Ils ont déconné sur les normes de sécurité. Ils ne sont pas les seuls.

— Sûrement, mais tu n'es pas la boss de Texa.

— Non, mais j'ai continué à travailler avec eux, comme beaucoup d'autres, après Lubrizol.

Adeline s'assied à son tour et se lampe une bonne rasade de Smirnoff.

— On est tous obligés de faire des compromis, non ? avance-t-elle.

Elle ne sait pas si elle croit à ce qu'elle dit. Mais, a priori, le projet du jour n'était pas le procès de Marion.

— La preuve que non, sourit Marion en indiquant du menton la porte par où Guillaume est sorti.

Adeline comprend tout à coup pourquoi le cow-boy Guillaume n'est pas remonté en selle, après son coup d'éclat. Pourquoi il n'a pas immédiatement retrouvé du boulot ailleurs, alors qu'il avait tout pour lui, les compétences, le talent, le charisme.

Il a voulu se punir.

Ça lui paraît évident. Les remords ont fait perdre le sommeil à Claude. Guillaume a choisi la cloche. Dormir dans la rue, c'est peut-être une autre façon de ne plus fermer l'œil. Et elle ? Est-ce qu'elle s'est punie de Julien ?

Elles se taisent, sirotant de concert, puis Marion reprend finalement la parole.

— C'est drôle, que tu parles de compromis. J'ai voulu en faire, autrefois, quand j'étais mariée.

Elle fixe Adeline qui bâtit, en une seconde, une interprétation paranoïaque : Marion veut lui annoncer qu'elle *savait*, qu'elle sait, depuis toujours, depuis vingt-cinq ans. Voilà les compromis dont elle parle, tolérer que son mari ait une maîtresse, une passade, pour sauver son couple. Adeline se tait, se prépare au choc. Le moment est sans doute venu. Et elle n'a presque plus peur.

Mais Marion précise :

— Je pensais que ce serait bien d'aller m'enterrer là-bas par amour. C'était une erreur.

Là-bas. Adeline ferme les yeux, le temps de laisser déferler les images libérées par ces deux mots brefs.

Quand son cœur ralentit, elle envisage de trouver quelque chose à répondre, mais c'est Marion qui reprend la parole :

— Tu ne trouves pas qu'il ressemble un peu à Julien, ton ami qui cuisine ?

41

Ce qu'Adeline découvre avec Julien, c'est qu'il est possible de retarder l'orgasme. Lorsqu'elle atteint le degré de plaisir qu'elle considérait avant lui comme presque ultime, celui qui précède le grand déferlement sensoriel, au lieu de s'abandonner à la vague, elle parvient à se retenir, comme on s'empêche de s'endormir mais que l'on rêve déjà.

C'est ce territoire qu'elle explore avec lui, l'interstice, l'entre-deux. Le lieu de nulle part, la véritable utopie.

Ils s'y mènent en bateau, s'y égarent, n'en reviennent pas.

Elle découvre aussi qu'il est possible d'en parler. Faire l'amour, le refaire, le parfaire. Céder à la tentation, s'autoriser la tentative.

Il l'embarque, elle l'emmène. Les paysages diffèrent mais se fondent, mer, forêt, éclats dans la vitre de la bow-window, reflets de soleil dans le parquet luisant de la chambre.

Contrairement à ce que lui avaient laissé croire ses amants précédents, ses amants pressés, passés, elle comprend que l'amour vogue, toujours là et ailleurs, dans les profondeurs marines du cœur, dans le grand large des corps.

Elle découvre que pour les amoureux, l'amour est l'autre nom de la réalité.

Ils se voient quand ils peuvent, certains dimanches, certains soirs. Il s'arrête chez elle, gare sa voiture de commercial sur le petit parking, au bout de la ruelle du Dourduff, la rejoint. Il a la clé.

Parfois, au prétexte d'aller visiter un client lointain, il découche, il la rejoint.

Ils mentent tout le temps, à tout le monde, mais le mensonge lui-même se pare des couleurs de l'amour. Ils raisonnent sur le caractère véniel du mensonge, sur l'innocence de l'amour. Ils couchent et recouchent ensemble, parlent ensemble, veillent ensemble l'un sur l'autre.

Pour autant, le monde extérieur ne cesse pas d'exister, tant s'en faut. Les autres sont là, leur importent beaucoup, d'autant plus qu'ils s'aiment. Leur passion rend les autres intéressants, parce qu'ils voient soudain tout ce que la vie quotidienne dérobe aux visages, ils voient les corps sous la fatigue, sous l'habitude, ils regardent au-delà des convenances et des bienséances et des lenteurs apprises. Ils perçoivent tout ce que ces âmes apprivoisées recèlent d'impatience, et comment elles pourraient être amoureuses.

Cependant, ils s'inquiètent aussi, tout le temps, redoutent d'être démasqués, percés à jour, trop beaux pour la vie normale. Trop rayonnants. Ils y pensent, oublient, et l'inquiétude fait partie de l'amour.

Ils boivent ensemble, rient longtemps, se racontent.

Ils débordent d'envies, le désir de vivre les bringuebale. Ils adorent les bestioles, les arbres, tout ce qui ne demande rien, tout ce qui vit sa vie sans les juger.

À l'école, Noémie remarque quelque chose. Elle n'est pas dupe. Le silence auquel s'astreint Adeline, ce silence dont elle drape son histoire avec Julien en dessine les contours.

— Tu as quelqu'un ? demande un jour Noémie.

Adeline se dispose à noyer le poisson, à mieux cacher l'anguille sous sa roche, mais Noémie l'en dissuade, d'un seul de ses regards d'institutrice.

Elles arpentent la cour de l'école, fendent le flot des gamins. Le petit Youn, son fils, distribue les gnons. Il est de moins en moins facile. Peut-être Noémie est-elle de plus en plus seule, avec lui, à cause de lui. Romain, lui, ne se plaint jamais, ne lève jamais la main, ni pour poser une question, ni pour frapper, n'élève jamais la voix.

— Et toi ? répond Adeline.

C'est idiot. Ça sonne comme un défi, comme un coup bas. Ce n'est pas ce qu'elle voulait. Mais l'amour l'empêche de mesurer la méchanceté de ses propos. Rien ne semble avoir d'importance.

— Non, moi non.

Réponse aigre. Que faire de la solitude de Noémie ? de sa tristesse ? Adeline voudrait lui expliquer ce qu'est vraiment la vie, maintenant qu'elle pense l'avoir compris. Lui dire de ne pas s'enfermer dans son ressentiment. De partir à l'aventure. Ailleurs existe. Elle en possède la preuve.

— Moi non plus.

Elles en restent là, mais Adeline s'efforcera de moins sourire. Elle comprend que ses sourires meurtrissent Noémie, blessent peut-être, alentour, d'autres âmes solitaires. Elle tamise sa lumière. Elle se met en veilleuse.

Elle comprend aussi que c'est dangereux, d'être heureux.

Un soir, tandis qu'ils boivent du vin, assis sur le plancher, devant la bow-window, enroulés dans une couverture de marin, elle lui affirme qu'ils sont protégés par une magie.

Il rit, comme souvent.

— Ça ne t'étonne pas que personne ne nous ait dénoncés ? demande-t-elle en regardant ailleurs.

Il arrête de rire.

— Comment ça ?

— Tu viens me voir tous les quatre matins. Tu m'emmènes dans ta voiture. L'autre jour, quand on est allés à Quimper, on a croisé du monde. Tu crois vraiment que les gens ne nous voient pas ? Et Marion ?

Il réfléchit sérieusement.

— Non, Marion ne se doute de rien. Je le saurais. Elle m'aurait déjà tué.

— Alors tu vois. La magie.

À nouveau, il lui prend son verre, le pose sur le parquet, exige muettement qu'elle le regarde dans les yeux, qu'elle détourne son regard de la nuit tombée.

— Adeline, je veux parler à Marion. Demain, je lui parle.

— Non.

Elle se rend compte que ce non est exaspérant. Un non de gamine. Elle n'est pas certaine de comprendre son propre refus. Qu'est-ce qui la retient de vivre complètement avec lui ? De partir avec lui ?

Pour la millième fois, ils examinent leur situation, intègrent tous les paramètres, les migraines de Marion, la tristesse de Romain.

Mais c'est non.

Ce non la maintient à la lisière des choses, dans cet entre-deux où elle sait qu'on ne peut jamais s'établir, au bord du plaisir, en marge de l'ordinaire. Tant qu'elle dit non, il viendra toujours la voir en cachette, trimbalant son amour de contrebande. Ce n'est pas seulement la saveur de la transgression, le piment de l'interdit et autres bêtises de magazines pour dames.

C'est un non qui les fait vivre en corsaires, protégés par la salamandre, toujours consumés, toujours ressuscités.

Non.

Sa formule magique.

Quand elle est un peu moins malhonnête avec elle-même et avec lui, elle s'avoue aussi qu'elle a peur. Depuis son départ de Paris, elle a dit oui trop souvent. Oui à des histoires qu'elle croyait aussi belles que celle-ci, à des hommes à peine moins enthousiastes, moins prometteurs. Avec l'un d'eux, elle a même rêvé d'un enfant.

Et puis, chaque fois, tout s'est écroulé, pour des raisons qu'elle a oubliées, des raisons misérables.

Elle n'est plus aussi jeune. Elle y croit moins.

Elle est capable d'envisager, entre deux élans torrides, les conséquences du scandale, pour Marion, pour Romain, pour Julien, pour elle. Comment il faudra supporter les regards de Noémie, de la directrice, des parents, des gens. Comment il faudra partir.

Elle est moins jeune et tout ceci a cessé de n'avoir aucune importance.

Alors elle dit non. Pour le moment.

Alors il accepte ce non. Il y consent. Lui rend son verre, ramasse le sien. Ils boivent en croisant leurs bras, leurs regards. Il s'allonge, elle monte sur lui, ils prennent le large.

Personne ne les dénonce. Nul ne les regarde de travers. On en a peut-être fini avec les vieilles histoires, les jalousies de voisins, les corbeaux. On est peut-être enfin modernes.

Peut-être qu'ils se leurrent, que tout le monde sait, n'en pense pas moins, lance des regards et des allusions. Mais rien ne leur revient aux oreilles. Ils se satisfont de ce silence.

Julien aussi avoue quelquefois que le secret raffine le plaisir, l'exacerbe.

Julien, pourtant, pâlit d'épuisement. Les moments qu'il offre à Adeline sont volés à la nuit, au sommeil. Il brûle sa double vie. Refusant catégoriquement de léser Marion et Romain, il les emmène en week-end, en vacances, leur fait visiter les îles bretonnes. Adeline souffre, ne se plaint pas, l'attend, s'accroche. Elle sait, devine, que Marion ne laisse pas Julien en repos, qu'elle a besoin, elle aussi, de paroles dans le noir, d'amour, elle a besoin du corps de Julien, elle n'est pas moins amoureuse qu'Adeline, pas moins friande d'avenir. Elle envisage un deuxième enfant. Elle le travaille. Au corps. Allons vivre à Paris. Pour un ou deux ans. On verra bien.

Il atermoie, maigrit.

Quelquefois, il tombe littéralement de sommeil.

Quelquefois, c'est trop difficile. Il s'en va seul, sur son bateau.

Adeline l'attend.

42

Marion est restée tard. Elles ont beaucoup parlé. Adeline a fini par comprendre ou par se persuader qu'elle ne sait rien au sujet de son histoire avec Julien. Les accès de paranoïa sont brefs. *Elle m'aurait déjà tué.* Marion est trop droite, trop digne pour manier le double sens et l'allusion.

Elles ont beaucoup parlé, notamment de Julien. Adeline a mesuré l'intensité, la profondeur de l'amour que Marion lui portait. Elle a retrouvé, dans les mots de la veuve officielle, des détails qu'elle connaissait, en a appris d'autres. Elle s'est découverte insatiable, assoiffée de passé, avide de connaître la version de Marion, la face cachée de leur éternel disparu. Elle se torture pour n'avoir pas l'air curieuse, la fait boire pour en apprendre encore et encore, savoir ce qu'il disait, le soir, en rentrant, ce qu'il aimait manger.

Ça fait du bien à Marion. De parler à quelqu'un qui l'a connu, lui, dans sa gloire, dans sa splendeur. Adeline devine que ces vingt-cinq années ont été bien silencieuses.

Mme Lahougue est très connue dans le milieu.

Ce soir, Mme Lahougue a savouré de n'être pas dans le milieu. De partager un peu la vie marginale d'Adeline.

Guillaume avait préparé un plat indien. Simple et délicieux. Il n'a pas reparu. Elles ont parlé de lui, aussi. À certains moments, elles ne savaient plus exactement de qui elles parlaient.

— Tu es sûre que c'est vraiment juste un ami ?

— Un ami n'est jamais juste un ami.

— En tout cas, il cuisine bien. Si jamais il se réconcilie avec la chimie, dis-lui que je lirai son CV avec attention. Un contrôleur qualité intègre, ça peut m'intéresser.

Adeline hausse les sourcils, mais Mme Lahougue ne plaisante pas.

Après tout, pourquoi pas ? Elle se promet d'en parler à Guillaume. Et de revenir avec lui sur les circonstances de sa démission. Elle pense au marteau, chez Thomas. À Camille. La petite a refusé catégoriquement de récupérer l'argent que Fargier a versé à Thomas. Elle voulait même tout balancer à la Seine. Mais Guillaume l'en a dissuadée. Après en avoir prélevé une petite part, « pour sa commission », il a confié le magot à Adeline qui l'a prudemment déposé à la banque. Camille sera peut-être contente de le récupérer plus tard.

Vers une heure du matin, Marion a appelé un taxi. Adeline a dû prendre le taxi trois fois dans sa vie. Elles se sont promis de se revoir. Romain aussi veut la revoir. Aujourd'hui, il était pris. Une soirée. Des amis. En fait, plutôt des amis de Marion, des jeunes qui se lancent dans l'intelligence artificielle. Un beau projet qui pourrait peut-être le brancher, on verra bien. Marion est prête à acheter des parts, le cas échéant.

Le taxi s'est garé devant la siesterie. Marion grimpe dedans, agite la main.

Après son départ, Adeline se sent effroyablement triste et seule. Guillaume n'est pas là.

Elle verrouille la porte, monte à l'étage, a la flemme de débarrasser la table, ressent déjà les prémices de la gueule de bois. Se couche sans se brosser les dents.

Un fracas la réveille en sursaut. Il fait noir. Elle se croit dans la maison du Dourduff. Une vague scélérate a fait voler en éclats la bow-window.

Un autre choc, en bas, comme une explosion, la ramène à Paris. Du verre brisé. Du bois fendu. Quelqu'un est entré chez elle. Plusieurs personnes. Une horde. Ils saccagent tout.

Malgré les ondes de douleur qui lui traversent le crâne, malgré son cœur qui cogne, son cerveau travaille et comprend. L'heure est venue.

Adeline a commis, pour la deuxième fois, la même erreur. Elle s'est convaincue qu'après l'expédition chez Thomas, les choses s'arrangeraient. Impressionnée par l'aptitude de Guillaume à rendre coup pour coup, elle s'est figuré que l'entrepreneur renoncerait. Comme elle se l'était figuré après la correction infligée à Olivier Lelong. Même schéma, même conclusion désastreuse. Fargier ne se soucie absolument pas de Thomas, ni d'Olivier Lelong. Il passe à l'étape suivante. Il y aura autant d'étapes suivantes que nécessaire.

En bas, le fracas continue, les heurts, les bris, les coups. Elle sait où ils sont, ce qu'ils font, se repère parfaitement à l'oreille. Ils détruisent. L'accueil, les fauteuils, la plante verte, et maintenant, oui, le dortoir, les lits.

Elle ne doit pas bouger. La porte de l'appartement est fermée à double tour. C'est une porte solide, mais ils sont armés de masses, ou de battes. Peut-être qu'ils ne monteront pas.

Elle cherche son téléphone, ne le retrouve pas. Le démantèlement se poursuit. Pas de voix humaine. Sur la table, les restes du repas tremblent.

Si Guillaume était là, les masses l'auraient sûrement tué. Expédition punitive. Les coups cessent.

Quand elle met enfin la main sur son portable, elle entend des pas précipités, puis plus rien. Ils sont partis.

Elle compose le 17. Elle écoute sa propre voix fournir des informations à son interlocutrice. Ça lui rappelle des émissions de télé qu'on regardait au bar, jadis, des émissions criminelles, des questions précises, des réponses affolées.

Mais elle n'est pas affolée. Elle craint presque, d'ailleurs, de n'être pas prise au sérieux. Pourquoi est-elle si calme ? C'est peut-être ce qu'ils appellent l'état de choc. La sidération. Mais non. Elle sait, voilà tout. Elle comprend les causes et les conséquences.

Elle finit par descendre.

Ses sens ne l'ont pas trompée, et elle en tire une fierté bizarre, inopportune. La plante verte est bien cassée en deux, le bureau fendu, les fauteuils brisés. Il y a des trous dans les murs. Engourdie, comme sous l'emprise d'un anesthésiant léger, elle constate, analyse. Aucun affect ne vient perturber le travail de son intelligence. Ils ont défoncé les cloisons à coups de barres de fer, ou de pieds. Partout, des empreintes, des traces, des indices. Tout est disloqué. Ses fiches. Ses formulaires. Elle suit leur piste jusqu'à la salle de sieste et là, comme prévu, c'est encore pire.

Le bois des lits a cédé tout de suite alors que les couettes ont résisté. Le mou tient mieux. Plus d'éclats que de déchirures. De longues brisures obliques courent dans le verre des fenêtres. Ampoules pétées, parois souillées de hiéroglyphes, poussière de plâtre. C'est comme un décor démonté. Dix ans plus tôt, quand le bar est devenu dortoir, elle avait déjà compris que tout est provisoire. Tout se transforme. Fargier a peut-être raison.

— Madame ?

Du temps a dû passer, parce qu'un homme se tient à ses côtés, incline la tête vers elle et lui frôle le bras.

— Je suis le capitaine Merteuil. Nous sommes venus le plus vite possible.

Il semble préoccupé. Et soucieux de s'excuser. L'air de croire que tout aurait pu être évité s'ils étaient arrivés plus rapidement. Elle bat deux fois des paupières et réplique :

— Ce n'est pas grave.

Complètement inapproprié, comme réponse, mais il ne lui en tient pas rigueur. Lui aussi en a vu d'autres. Beaucoup d'autres. Il paraît surtout rassuré qu'elle dispose encore de quelques capacités langagières.

Alentour, des policiers en tenue inspectent le chaos, se penchent vers les choses, ramassent des fragments, les examinent, les reposent avec soin. Un grand gaillard soupèse un oreiller. Une femme frôle le mur de son doigt ganté. Tous ont l'air de savoir ce qu'ils font. Tant mieux.

— Écoutez, dit Adeline au capitaine Merteuil, je sais exactement ce qui s'est passé, et pourquoi.

Tout à coup, elle en a marre. Le mal au crâne, un moment suspendu par les événements, a décuplé. Merteuil n'a pas trop l'air de la prendre pour une cinglée.

— C'est Fargier. Vous savez, le promoteur Fargier. Il veut acheter mon établissement. Comme je refuse, il me harcèle, il persécute mes amis, et aujourd'hui…

Elle agite la main en direction des dégâts, regrettant déjà sa déclaration aussi ridicule qu'inutile.

Mais le capitaine Merteuil ne ricane pas, ne lève pas les yeux au ciel. Il acquiesce, ça fait un bien fou.

— Et naturellement, répond-il d'une voix un peu trop aiguë pour sa morphologie, naturellement, vous n'avez aucune preuve, aucun moyen de démontrer son implication.

— Naturellement.

Il continue d'acquiescer. Puis, à la surprise d'Adeline, il approche sa bouche de son oreille et y verse avec douceur cette confidence mentholée :

— On est au courant des agissements de Fargier.

Reprenant de la distance, il semble vouloir apprécier l'effet de cette révélation sur Adeline. Elle lui offre une expression de stupeur qui paraît le satisfaire. Il se repenche.

— Vous n'êtes pas la première.

Puis il tend la main dans une direction.

— Le complexe hôtelier de la rue Lamartine. Le spa, impasse Flaubert.

Elle hoche la tête. Là-bas aussi, avant, il y avait des petits commerces ou des immeubles branlants. Elle comprend. Merteuil, soufflant toujours dans le pavillon d'Adeline, achève :

— Mais on est à poil. Il a des appuis, il a du fric.

À regret, elle le voit s'éloigner d'elle. Il redevient policier, grave, sonore.

— Vous avez une bonne assurance, Madame ?

Il pose la question avec une pointe de tristesse, anticipant la réponse. Adeline visionne mentalement ses papiers mal classés, les tiroirs pleins de documents indigestes. Elle se rappelle la kyrielle de rendez-vous dans des bureaux, quand elle a fondé sa petite entreprise. Elle n'a sûrement pas écouté les conseils de l'assureur. Il y avait beaucoup de frais.

— Il faut que je refasse le point, avoue-t-elle.

Il note quelque chose dans un carnet qu'il tire d'une poche de son imperméable. Elle aime bien ce geste.

— Nous allons nous charger des constatations. Tout sera détaillé, ne vous inquiétez pas. Je vous conseille de vous reposer, si vous le pouvez. Je vais laisser quelqu'un ici, en attendant que les serrures soient changées. Vous vous en occuperez demain matin.

D'accord, oui, elle veut bien. La céphalée est devenue presque insupportable. Elle pense à Suzanne, puis à Guillaume.

— Si jamais, dit soudain le capitaine, si jamais vous avez quelque chose pour moi, n'importe quoi, un élément, un témoignage, un indice…

Et il lui tend sa carte avec gravité, avec presque de la solennité. Elle devine que les *agissements de Fargier* lui tiennent à cœur. Peut-être quelqu'un de sa famille a-t-il été criminellement exproprié, une vieille tante, son grand-père. Il ne lâchera pas l'affaire. Elle recueille la carte et la serre entre ses paumes.

— Je vous le promets.

Un peu plus tard, elle s'endort au son rassurant des investigations policières.

Elle ne vomit pas.

43

Suzanne fume une gauloise. Une bonne grosse gauloise de bonhomme, assise dans son canapé, en jean et tee-shirt. Pieds nus. Elle a rajeuni de quarante ans. Plus de vapoteuse, plus de précautions, plus de complexes. Ça pue le tabac froid. Elle n'en est pas à sa première.

— C'est à cause d'elle, explique-t-elle en pointant sa cigarette vers son cerveau malade.

À ses yeux, visiblement, le fait que le tabac a provoqué la tumeur semble justifier qu'elle se remette à cloper. Adeline et Lola n'ont ni l'envie ni la force de contester cette assertion.

— Tu n'as pas une aspirine ? gémit Adeline.

Il est sans doute déplacé de se plaindre de sa gueule de bois dans un tel contexte, mais Suzanne ne s'en offusque pas. On sent qu'elle ne s'offusque plus de grand-chose. Elle désigne un sac bien rempli, orné d'un caducée, de guingois sur un guéridon.

— J'ai mieux que ça. Des opiacées, de la codéine. Sers-toi. Ma toubib est très généreuse. Je plane toute la journée. C'est open bar.

Elle tente de rire et ses amies voudraient bien en faire autant, mais personne n'y arrive. Les traits creusés de Suzanne racontent une autre histoire. Elle a perdu du poids, de la couleur. Ce rajeunissement miraculeux n'est qu'un nuage de paillettes pour le dernier tour de piste. Elles le savent toutes les trois.

— À part ça, relance Suzanne, des nouvelles ?

— Adeline a été vandalisée, annonce Lola.

Suzanne lâche un rond de fumée stupéfait. Adeline lui raconte tout, surtout parce qu'à l'évidence, ce récit passionne son amie. Elle la voit se décrisper, s'abîmer dans le détail des dégâts. Les drames d'autrui nous distrayant des nôtres et la colère s'avérant une fois de plus excellente conseillère, les joues de Suzanne retrouvent leur pourpre et ses yeux leur éclat rageur. Elle se porte volontaire pour, dit-elle, taper un scandale chez Fargier. Je voudrais pas crever, ajoute-t-elle, sans être passée au moins une fois par la case prison.

— C'est gentil, répond Adeline, au bord des larmes.

Surprise par sa propre émotion, elle se niche contre Suzanne et embrasse sa joue affaissée.

— Gentil, mais sans grande efficacité, pondère Lola.

Suzanne en convient.

— Tu as une bonne assurance ?

Adeline se rembrunit. Elle a déjà passé d'interminables minutes au téléphone avec sa compagnie, franchissant une à une les étapes imposées par le robot-répondeur, exposant sa situation, indiquant son numéro, miraculeusement retrouvé, se heurtant à des ritournelles, errant d'un service à l'autre jusqu'à s'entendre annoncer que le remboursement serait maigre.

La gauloise de Suzanne exhale un nimbus indécis. Adeline adore l'odeur du tabac. Le bar d'antan lui rend visite, la voix rocailleuse des philosophes du comptoir, celle de Johnny, celle d'Eddy, tout un monde gominé, masculin, enfumé.

— Peut-être que je devrais vendre, se dit-elle.

Mais elle se l'est dit à voix haute et ses copines protestent – beaucoup trop fort pour un lendemain de cuite.

— Tu rigoles ou quoi ?

— Tu veux la mort de tes clients ?

Et ça continue sur ce thème. On lui représente que des gens sont dépendants d'elle pour dormir, que le sommeil, c'est la vie, qu'on ne mesure pas les conséquences du bien qu'on fait aux gens, qu'il faut assumer.

Ces voix chaleureuses sont un baume sonore pour ses oreilles de sinistrée. Elle repense au capitaine Merteuil. Elle parle de lui. C'est un allié.

Cela étant, on n'est pas beaucoup plus avancé, car les preuves manquent toujours. L'enquête n'a rien donné, bien sûr.

Tant qu'elle y est, Adeline raconte à Suzanne l'affaire Nathan-Thomas. Mais la vieille dame a du mal à se concentrer. La douleur la paralyse, lui crispe les doigts au point que la gauloise aux trois quarts fumée menace de tomber sur le canapé.

Suzanne, les mâchoires raidies, amorce un geste faible en direction du pochon pharmaceutique. Adeline le lui tend. Le rictus de la vieille dame rappelle l'horrible grimace qui, il y a si peu de temps, l'a alertée sur son mal mystérieux.

— Qu'est-ce que tu prends, dans ces cas-là ? se renseigne-t-elle, très inquiète.

— Peu importe, articule Suzanne en attrapant une boîte au hasard.

Consternées, ses amies la voient poser un gros comprimé sur sa langue.

— Suzanne, ce n'est pas raisonnable… module Lola.

La vieille dame grimace, déglutit.

— Tous ces machins se valent. De toute façon, le débat est clos. Pas d'hôpital. C'est mon droit.

Lola et Adeline échangent un regard, s'incitant l'une l'autre à rouvrir le débat. Mais Adeline est trop fatiguée, Lola n'a pas le courage. Elles en restent là, tandis que, se répandant dans le système sanguin de Suzanne, les molécules opèrent.

— Ça agit rapidement. Par contre, je vous raconte pas la constipation.

— Non, je t'en prie, ne raconte pas, approuve Lola.

Elles arrivent à produire un petit rire pas dupe, un petit éclat d'hier, quand la fin était loin.

— Et ton fils ? demande Adeline.

Elle se dit que lui parviendra peut-être à raisonner Suzanne.

— C'est dur pour lui, reconnaît cette dernière.

Dont acte. On n'en saura pas plus. Elle se rallume une gauloise, d'un seul coup de briquet, viril. Expert.

Sniffant toutes les trois la fumée, elles accompagnent du coin de l'œil les volutes vers le plafond.

— Dis donc, ma petite Adeline… se lance Suzanne une fois la cigarette complètement savourée.

— Oui ?

— Ça serait malpoli si je te demandais de m'offrir une sieste ? En ce moment, avec les médicaments, je fais de beaux rêves.

Adeline se cale bien sur le canapé, tapote ses cuisses, et Suzanne y pose sa tête douloureuse.

Quelques minutes plus tard, elle dort profondément, sans avoir retiré son dentier, qui paraît maintenant un peu trop grand pour elle.

Sur un accoudoir gît, dévotement corné, le dernier Pierre Quignon.

Lola, affaissée au fond d'une vieille causeuse, en profite pour fermer les yeux à son tour. Telle une brume enchantée, un calme bienvenu se diffuse dans le salon et dans la boîte crânienne d'Adeline qui savoure cette suspension de ses lancinations. Hélas, voici qu'un souvenir s'y immisce, insinuant, invasif, un de ces moments claquemurés dans les profondeurs du temps. Elle se retrouve, vingt-cinq ans plus tôt, au marché de Morlaix, celui qui prend d'assaut tous les samedis matin la vieille place Allende. C'est une institution, ce marché. On le lui a fait savoir dès son arrivée. Un concentré d'authenticité locale, un rassemblement festif de petits producteurs, de maraîchers locaux, d'éleveurs traditionnels, d'artisans à l'ancienne. Débordant d'énergie derrière leurs étals surchargés de légumes, d'épices, de volailles, de poissons, de gros pains au blé noir, étalant sur des billigs, avec des gestes sûrs, ancestraux, l'épaisse pâte à crêpe, ils s'apostrophent à tue-tête, d'un stand à l'autre, en français, en breton. On s'y rencontre, s'y retrouve, s'y salue, et ce sont de longues conversations sur l'état du monde, émaillées d'exclamations, couvertes parfois par la plainte aiguë des goélands.

Adeline y vient de temps en temps, pour l'ambiance, même si la cohue lui rappelle le boulot. Elle salue des parents d'élèves, des collègues.

Ce jour-là, elle s'y est rendue dans une intention bien précise : elle veut se procurer du pain d'épice de la miellerie d'Huelgoat, pour le faire goûter à Julien la prochaine fois qu'ils se verront. Elle raffole de ce pain d'épice au goût de miel sauvage et d'enfance. Elle sourit toute seule, enivrée d'amour et de souvenirs indicibles.

Soudain, elle entend son prénom, joyeusement lancé par une voix féminine, et la foule la pousse presque dans les bras de Marion.

Derrière elle, rayonnant, Julien porte Romain sur ses épaules.

Adeline ne se rappelle pas ce qu'ils se sont dit, mais dans le canapé de Suzanne, la tête de la vieille dame sur ses genoux, elle est soudain submergée par l'émotion d'alors, le bonheur ambigu, la terreur et la joie, l'intensité sans pareille de l'instant.

Et elle revoit, avec une précision stupéfiante, le visage d'une femme qui la fixe, debout derrière son étal. Elle la connaît de vue, c'est une ostréicultrice du Dourduff qui vend ses huîtres au marché, chaque semaine. Adeline s'apprête à la saluer, tandis que Julien et sa famille s'éloignent, mais la femme paraît contrariée. Ses lèvres forment des mots qu'on n'entend pas et ses yeux restent rivés sur Adeline, qu'elle semble vouloir défier. Puis, lentement, elle remue la tête avec une expression consternée, presque furieuse.

La joie d'Adeline a disparu, remplacée par une angoisse diffuse mais intense. Cette femme est au courant, pour Julien et elle. Et les mots silencieux qu'elle prononce sont une condamnation.

Cette femme sait. D'autres savent sans doute.

Adeline s'enfuit, sans pain d'épice.

— Merci, dit Suzanne en ouvrant les paupières. J'ai dormi comme un bébé.

44

ADELINE NE SAIT PAS exactement comment ça s'est produit. Elle s'en doute, bien sûr, mais tout de même, elle se promet d'obtenir des détails, pour les savourer plus tard.

Jusqu'au week-end, elle n'a pas pu agir, abasourdie par les événements. Un genre de burn-out existentiel.

Guillaume ne rentrait pas.

Elle passait des heures avec Julien, dans le bateau, sous la protection de la salamandre.

Elle passait son temps dans le passé.

Le souvenir de la marchande d'huîtres la troublait. Elle se rappelait le malaise qu'il avait suscité chez elle, et qu'elle s'était interdit d'en parler à Julien. Peut-être d'autres incidents de ce genre se seraient-ils produits, si leur histoire avait duré. Des regards, des allusions, des reproches muets. Le scandale aurait couvé avant d'éclater, les forçant à s'enfuir. Ç'aurait été une autre histoire.

Puis Guillaume est revenu. Elle a reconnu sa façon de frapper à la porte. Forcément, la serrure avait été changée, il n'avait plus la bonne clé. C'est ce retour qui l'a incitée à se risquer au rez-de-chaussée.

À reposer les pieds sur terre.

Elle a tourné le nouveau verrou, lui a ouvert, et a tout de suite remarqué qu'il n'allait pas bien. Il avait de nouveau sa tête de vagabond, sa barbe pas nette, son gros sac. Il avait dormi dehors et sentait mauvais. Ça va vite, la rue.

En découvrant les dégâts, il est demeuré un long moment immobile, sans rien dire. Puis il a fait le tour du propriétaire. Elle n'a pas eu le courage de le suivre dans le dortoir. Quand il est revenu, il l'a prise dans ses bras, et ce n'était pas aussi agréable qu'elle l'aurait voulu, à cause de l'odeur.

— Excuse-moi, a-t-il dit.

— De quoi ?

— D'être parti.

Elle a dû fournir un effort pour comprendre de quoi il parlait. Puis elle s'est rappelé Marion, Texa, la soirée. Ça lui a semblé très loin. C'était deux jours plus tôt.

— Un coup de chance que tu sois parti, a-t-elle répondu. S'ils t'avaient trouvé dans le dortoir, ils t'auraient…

Ils n'ont rien ajouté.

Ensuite, elle est remontée. Elle s'est recouchée. Pas le courage. C'était à son tour de goûter au sommeil, à l'oubli. Elle enviait presque Suzanne et ses drogues.

Et puis, samedi matin, tôt – très tôt, le réveil indique sept heures –, coup de sonnette.

Elle se dresse sur son séant, attend, repose la tête sur l'oreiller.

En bas, ça s'agite. Guillaume va ouvrir. Elle en déduit qu'il est toujours là, qu'il a dû se dégager un coin pour dormir.

Des voix s'élèvent. Des voix très nombreuses. On s'agite, en bas, on marche, on va, on vient.

Brève seconde de panique, le temps d'imaginer le pire, une nouvelle agression.

Elle reconnaît le timbre grave de Guillaume et les éclats clairs de Lola. C'est une foule. Des frottements, des heurts, des tintements. Des pas dans l'escalier. On frappe à la porte de sa chambre puis on ouvre sans attendre d'y être autorisé.

La silhouette de Lola s'encadre en contrejour dans le chambranle.

— Debout ! Je prépare du café.

Elle obéit, tandis que le vacarme s'amplifie encore. Frottements, coups, grattements, concert de voix, rires. Une foule avant un spectacle.

— Je te conseille de prendre ta douche, pendant ce temps.

Apparemment, c'est Lola qui commande. Adeline obéit. Ça lui va. Elle se rend dans la salle de bains. La tête lui tourne un peu parce qu'elle n'a pas beaucoup mangé, ces derniers jours. Guillaume, ça lui revient, lui a proposé une soupe, mais elle a décliné. Le jeûne lui a fait du bien. Elle se sent légère, reposée. Lola l'attend à la table de la cuisine. Elles boivent leur café sans parler.

— Zou, dit Lola. Allons-y.

Elles descendent. Zou.

Bien sûr, Adeline a déjà deviné, mais elle retardait le moment de se l'avouer.

Ils sont tous là. Les clients. Pas exactement tous, mais les fidèles. Claude, Camille, Manon et son mec – sans leur bébé –, et même un grand gaillard engoncé dans un bleu trop court, en qui elle finit par reconnaître Patrick, le fils de Suzanne. Il y en a d'autres, plus occasionnels, plus discrets.

Tous parfaitement réveillés.

Tous au travail.

Certains font la chaîne pour évacuer les débris, lits fracassés, fauteuils foutus, éclats du pot de la plante, bourre des coussins. Tout atterrit dans la benne d'un petit camion garé sur le trottoir. Quelqu'un dont elle a oublié le prénom lui fait un signe, assis au volant. Elle le lui rend, d'une main hésitante. D'autres balaient. Le soleil entre par les fenêtres ouvertes. Camille, accroupie, ramasse tranquillement les feuilles de papier dont certaines portent de larges empreintes de semelles. Elle les scrute et les trie dans des chemises, indifférente à l'agitation organisée qui l'environne. Personne ne lui marche dessus, personne ne semble gêné par sa présence, ni par celle d'Adeline, tout le monde rit beaucoup. Au passage, on lui colle des bises.

Tout à coup, Guillaume se trouve devant elle, rasé, un crayon derrière l'oreille.

— Ah, tu es là. Ça tombe bien, il nous faut ton avis pour les couleurs.

— Les couleurs ?

— Des murs. Les meubles, on verra après.

Il l'entraîne vers l'escalier, lui montre un nuancier.

— On peut rester dans le blanc cassé, mais à ta place, j'oserais le jaune.

— Guillaume…

— Oui, non, je sais, c'est toi la patronne.

Elle surmonte un vertige. Du néant à la lumière, le passage est trop rapide. Mais la vie n'est pas un livre, elle néglige souvent les transitions. Adeline se concentre sur le nuancier, pose le doigt sur un carré rose.

— « Cuisse de nymphe émue », lit Guillaume. Tu n'as pas peur que ça fasse un peu bordel japonais ?

— C'est une très belle couleur.

— OK. C'est parti.

Il se redresse et file agir. La journée se déploie. Adeline sait déjà que ce sera l'une des plus belles de sa vie. Avec l'âge, elle a moins besoin d'attendre le futur pour identifier le bonheur. Elle a l'impression d'évoluer dans un de ses rêves de gosse, ceux qu'elle préférait, qui lui présentaient ses amis réunis pour elle, pour elle seule, occupés à repeindre sa vie en rose.

On ne lui demande rien, et même, si elle essaie d'aider, d'attraper un outil, on lui fait comprendre gentiment qu'on n'a pas besoin d'elle. Elle doit assumer son rôle de reine.

Alors elle assume. Elle déambule, se pose, regarde faire.

— Vous avez trouvé quelqu'un pour garder le bébé ? demande-t-elle au compagnon de Manon qui enduit soigneusement le mur, concentré, un triangle de langue pointant entre ses lèvres.

— Mes parents. Il s'appelle Julien.

Elle se fige, et de minuscules poussières lumineuses traversent son champ visuel.

— Qui s'appelle Julien ?

— Ben, notre fils.

— Vous rigolez ?

— Non, pourquoi ?

Elle ne répond pas. Salut, Julien ! Normal qu'il lui fasse un petit signe. C'est un habitué des plus belles journées de sa vie.

Des pires, aussi.

Elle s'éloigne en souriant, voir si Camille a besoin d'aide pour trier les papiers.

Elle espère que non.

45

Quand elle arrive à l'école, Noémie est déjà là.

C'est rare. D'habitude, Adeline aime être la première. Elle a besoin de temps pour commencer ses journées, surtout depuis qu'elle… qu'elle quoi ? Depuis que Julien est dans sa vie.

Elle a besoin de silence et de solitude avant l'arrivée des enfants, avant d'affronter les adultes. Elle doit recomposer son visage calme de dame de service. Elle accomplit ses rituels, prépare le matériel, le café, allume les lumières.

Mais ce lundi-là, Noémie semble l'attendre. Youn est là, lui aussi, très calme. Il dessine, tout seul à une table. Il trace des cercles noirs.

Ce sont ces cercles qui l'alertent. Et ce calme. D'habitude, Youn n'est jamais calme. Il ne dessine jamais non plus.

Noémie ne fait rien. Elle n'a allumé qu'une petite lampe, posée sur son bureau. Elle est là, c'est tout, debout.

Adeline plisse un peu les yeux. La petite lampe n'éclaire pas grand-chose. Le soleil n'est pas encore levé. Elle ne voit distinctement que les ronds noirs sur la grande feuille de papier à dessin de Youn.

Adeline, au moment où elle se décide enfin à regarder le visage de Noémie, se rend compte qu'elles auraient dû se saluer, que le silence qui s'épaissit depuis qu'elle est entrée dans la salle de classe est tout à fait anormal. À ce moment seulement, la peur s'empare d'elle.

Une peur tout de suite intense. Une panique. Elle sait pourquoi. Ce silence-là, elle l'a déjà connu. C'était le silence de son père, juste avant de lui annoncer que sa mère était morte pendant la nuit. Il existe toutes sortes de silences. Celui-là, celui qui vous inonde de terreur, ne ressemble à aucun autre.

On est lundi. La veille, Julien n'est pas venu la retrouver. Elle ne s'en est pas inquiétée. Ils ne se promettent rien, se fixent rarement des rendez-vous. Elle a passé tout son dimanche à penser à lui, dégustant l'absence, rançon des amours interdites, prix qu'elle paye pour son refus de s'engager vraiment. Elle s'est promenée, elle a lu, elle ne s'est occupée que d'elle.

Elle fixe Noémie, retardant le moment de parler. Quand les mots sont prononcés, ils figent tout. Le silence est encore préférable. Rien n'est encore irrémédiable.

— Le papa de Romain, il est mort, dit Youn en traçant un nouveau cercle.

Il ne lève pas les yeux. Ne la regarde pas.

Il est encore possible d'avoir mal entendu. Ou de croire que c'est un délire de gosse. Les gosses, surtout Youn, délirent beaucoup. Ils parlent de la mort. Peut-être qu'un éclat de rire chasserait l'obscurité de cette classe déserte, peut-être qu'il suffirait de brancher la cafetière.

Adeline se concentre sur les doigts de Youn qui serrent le gros feutre noir. Elle se focalise sur ces mouvements circulaires, redoutant le moment de regarder à nouveau Noémie. Elle attend la phrase de l'institutrice, sa voix sévère, un peu amusée : « Youn, arrête de raconter n'importe quoi. Ce n'est pas drôle. »

Mais Noémie ne dit rien, alors Adeline tourne son visage vers elle. C'est difficile, c'est long, c'est lourd. Elle est en pierre. Statufiée.

Quand leurs yeux se trouvent enfin, Noémie a juste ce minuscule mouvement de paupières.

Une confirmation.

Youn pose son feutre.

— Voilà, maman. J'ai fini.

46

GUILLAUME A TOUT ORGANISÉ. Il avait raison, ça fait un peu bordel japonais. Disons que ça fait un peu bordel, et un peu japonais. En somme, c'est charmant. Les fauteuils sont beaucoup mieux, confortables, tendus d'un tissu doux, c'est Lola qui les a choisis, paraît-il. Les plantes, c'est Claude. Il a harmonisé les essences, on croirait un jardin d'hiver. L'épais bureau, remplacé par un secrétaire en bois clair flanqué d'une jolie commode où sont serrés les documents administratifs, se reflète dans le parquet vitrifié.

Les invités ont investi le dortoir. Assis sur les lits neufs, ils s'efforcent de ne pas faire de miettes. Guillaume a préparé une farandole d'amuse-gueules. On grignote du bout des dents. On plonge dans les verrines d'élégantes cuillers en céramique colorée.

Adeline essaie de compter les jours depuis l'invasion de la siesterie par les barbares, de rétablir la chronologie. Elle s'embrouille. La résurrection a été si rapide ! En un week-end, le gros œuvre était achevé. Ensuite, ils sont venus quand ils ont pu, pour peindre, apporter les meubles. On pend déjà la crémaillère.

Le petit Julien, à quatre pattes, baptise le sol tiède d'une grosse goutte de salive.

— Alors ? demande Camille la bouche pleine, ça te plaît ?

Adeline, qui ne l'a pas vue arriver, sourit.

Guillaume passe, une bouteille dans chaque main, remplit les verres qu'on lui tend. On l'appelle de partout.

— J'adore, répond Adeline. Je ne sais pas quoi dire.

— Ben ouais, approuve Camille, ça calme.

Elles mâchonnent.

Guillaume passe en trombe et tend à Adeline une flûte pleine de bulles.

— Et moi ? geint Camille.

— Toi tu es mineure. Je reviens avec du jus de goyave.

— Sérieux ?

— Très.

Il s'éloigne et Camille pousse un soupir désespéré.

— Bonjour l'orgie !

Adeline lui tend sa flûte.

— Merci d'avoir rangé mes papiers. Tu ne peux même pas imaginer…

— Si, si, j'imagine très bien. À ta santé !

Camille vide la flûte cul sec et la rend à Adeline juste avant que Guillaume ne revienne avec son verre de jus de fruits. Le brouhaha des conversations les enveloppe comme le ronronnement d'un moteur sur la route des vacances. Camille se rapproche d'Adeline et pose sa tête sur son épaule. Elles sont assises sur le lit, tout près de la fenêtre. C'est agréable de n'avoir pas besoin de parler. À l'âge de Camille, Adeline allait bientôt quitter Paris, son père. Elle se demande si la petite a des projets, des envies. Ce qui est sûr, c'est qu'elle va mieux.

— Alors, jeunes filles ? demande Lola.

C'est une question très ouverte, qui n'exige aucune réponse. Elle se laisse tomber à côté d'elles. Les ressorts neufs du matelas les secouent mollement. Fugitive sensation maritime.

— Lola, se risque timidement Adeline, il faut… il faudra que tu me dises… pour l'argent.

Lola fronce les sourcils, jouant l'exaspération.

— Je te l'ai déjà expliqué, nous nous sommes *cotisés*. Figure-toi que parmi tes clients, certains jouissent d'une bonne situation. Claude, notamment. Mais chacun a contribué selon ses moyens, d'accord ? Si tu insistes trop, tu vas désobliger tes amis. Suzanne aussi a participé.

Elle se mord les lèvres.

Suzanne n'est pas de la fête. Ce matin, elle a fait savoir qu'elle n'était « pas en forme ». Rien de grave, à l'en croire, mais elle avait besoin de repos. Elle viendrait plus tard. Elle réclamait une visite « personnelle et individualisée ». Son fils Patrick s'est excusé aussi.

Adeline n'ajoute rien. Elle a également remarqué l'absence de Marion et celle de Romain. Ils n'ont pas participé aux travaux. Elle imagine que Guillaume n'a pas voulu les prévenir. Elle évite de se dire, pour ne pas gâcher la fête, qu'elle est en train de commettre à nouveau la même erreur : croire que Fargier va en rester là. Le bonheur est avare, il faut prendre ce qu'il offre.

— C'est tout à fait extraordinaire !

Adeline met quelques secondes à reconnaître l'homme qui a parlé.

— Bonjour capitaine, c'est gentil d'être venu !

Il lève son verre et incline la tête.

— Vous avez du nouveau ? demande Camille.

— À quel sujet ?

La petite hausse d'exaspération ses petites épaules.

— Au sujet de l'enquête !

Elle se retient d'ajouter des mots désobligeants. Nous avons tout de même affaire à un keuf.

Le capitaine se rembrunit.

— Oui, bien sûr, l'enquête. Non, rien de nouveau. Et, de toute façon…

— Vous ne pouvez rien dire, achève Lola, enjôleuse.

Elle allonge une jambe avec une nonchalance parfaite. Le lit remue à peine. Ce sont des ressorts d'excellente qualité.

— Exactement.

Ils échangent un regard un peu long, au terme duquel le beau capitaine leur adresse un salut plus formel et s'éloigne.

— Ne me dis pas que c'est un de tes clients ! murmure Camille qui semble avoir vaincu ses a priori contre la profession de Lola.

— Je ne peux rien dire.

Elles pouffent en chœur. Le petit Julien crapahute toujours avec vigueur. Le monde prodigue ses promesses, la joie d'être ensemble, l'inlassable optimisme d'un enfant. Peut-être qu'en effet, Fargier va s'en tenir là. Le capitaine Merteuil est sur l'affaire. Il enquête.

Le téléphone de Lola joue un air de *Carmen*, son opéra préféré. Elle décroche.

Camille et Adeline devinent tout de suite qu'en matière de promesses, le monde est un bel arnaqueur.

— Nous arrivons, dit-elle.

À leur question muette, elle répond en raccrochant :

— C'est l'hôpital. Ils ont emmené Suzanne. Elle a demandé qu'on me prévienne.

47

ASSISE SUR LE SOL, devant la bow-window, Adeline plonge son regard dans la mer vide.

Quand le petit Youn lui a parlé, ce matin, en traçant ses cercles, elle s'est disloquée en silence. La sensation précise d'une fracturation, l'émiettement de tout ce que, sans y penser, elle croyait indissoluble, indissociable.

Une douleur si violente, si absolue, qu'elle semble s'abolir, une anesthésie instantanée, le grand blanc, le grand vide physique qui suit le coup de masse et précède une éternité de souffrances.

Elles lui seront servies à profusion, au fil des millénaires qu'il lui reste à vivre sans lui et dont elle entrevoit l'étendue à la seconde où elle comprend qu'il est mort, où son corps le sait, où son ventre le sait, bien avant son esprit, sa pauvre machine à penser qui ne lui offre pour l'instant que l'image affaissée d'une salamandre.

Et pourtant, elle n'a pas crié, pas sursauté, ne s'est pas évanouie. Quelque chose a pris le contrôle. Elle a posé la main sur sa bouche. Les larmes sont restées à l'intérieur. Quelque chose a pris le dessus. Elle ne dira rien, jamais, à personne.

Après l'annonce, Noémie l'a scrutée longuement. Peut-être justement parce qu'elle en faisait trop peu. Comment une dame de service ordinaire devrait-elle se comporter en apprenant le décès d'un papa ?

La main sur la bouche, les yeux écarquillés, d'accord, ce doit être normal. Mais il fallait parler, poser des questions. Elle l'a fait.

Noémie a répondu qu'il s'était noyé. Tombé de son bateau. Pas si loin de la côte. Il naviguait vers Le Dourduff. On suppose qu'il rentrait au port après une journée en mer.

Elle a indiqué ses sources. Une maman. Une voisine des Lahougue.

C'est comme ça qu'il faut dire : les Lahougue.

Une voisine des Lahougue a vu arriver une voiture de police. C'était hier soir. Elle est sortie, elle s'est renseignée.

Etc.

Etc.

On n'en savait pas plus.

Et la journée a fini par commencer. Les enfants sont arrivés, avec leurs adultes. Adeline a joué son rôle dans les conversations. Les parties disloquées d'elle fonctionnaient, mécaniques, les fragments réagissaient aux stimuli. La bouche disait bonjour, les mains relevaient les enfants tombés, les jambes menaient où il le fallait les débris d'Adeline.

Elle a tenu. Toute la journée. Collecté les rumeurs sans paraître s'y intéresser, sans avoir l'air de s'en foutre. N'a rien appris de plus. Rien de concret, disaient les maîtresses. Le petit Romain, évidemment, était absent.

Il y avait encore des évidences, apparemment.

On s'est interrogé sur les condoléances. Tout le monde, la directrice, l'agent d'entretien. C'était trop tôt, mais on y pensait quand même. On passait déjà à la suite. Ce qui s'était produit pouvait être nommé. Un drame. Un accident. Une tragédie.

Beaucoup de mots en prêt-à-parler. M. Lahougue n'était hélas ni le premier, ni le dernier. Hélas, hélas.

C'était pour le petit que ce serait dur.

Hélas.

C'était pour la maman.

Est-ce qu'elle n'était pas enceinte ? Il avait semblé à certaines que…

On ne savait rien de concret.

Adeline a joué le rôle d'Adeline, jusqu'à l'heure des mamans, jusqu'à la fermeture du portail. Elle est rentrée chez elle. Mille fois, mille fois par minute, Julien n'était plus mort, Julien mourait, les cercles noirs se refermaient sous les doigts de Youn, mille fois par seconde, les projets d'hier se reformaient, l'avenir d'hier, avec Julien, dix mille fois par seconde elle annulait son refus, ce non criminel, elle l'autorisait à parler à Marion, à tout lui avouer, elle mettait fin à sa double vie.

Elle annulait sa mort.

Dislocation d'Adeline, son corps avance, ses pensées reculent, elle s'écartèle à loisir, cent mille fois par seconde.

La bow-window dessine le cercle blanc de son visage, à mesure que la nuit emplit le paysage et l'absorbe.

Elle ne verra pas le visage mort de Julien. Elle n'en a pas le droit. Elle n'est pas une intime.

Elle ne réclamera rien. Ne gâchera ni l'avenir de l'enfant ni les souvenirs de la mère.

Le cœur d'Adeline bat toujours, avec une insistance phénoménale. Il cogne quelque part dans les ruines, il joue son rôle. Elle l'entend.

Puis il cesse, et recommence, et elle comprend que ce n'est pas son cœur. C'est quelqu'un.

C'est quelqu'un qui frappe à la porte, en bas. Elle n'attend personne. Julien ne frappe jamais. Il entre. Il entrait. Elle n'attend plus personne.

Elle écoute les coups, imagine que c'est Marion, Mme Lahougue, ou Noémie, pourquoi pas, ou la police, qui sait, ils ont appris, on vient l'arrêter, il y a un mort, on l'a vue souvent monter à bord du bateau, on la soupçonne de l'avoir poussé, crime passionnel.

Elle va ouvrir.

C'est son voisin, le petit vieux, celui qui passe sa vie sur sa coque de noix, à gratter, à nettoyer ses filets, le vieillard flottant. Il est à terre, cette fois, debout sur son palier, penaud, embarrassé. Il pourrait figurer sur une carte postale, jouer un autochtone typique, il a tout ce qu'il faut, les rides, la trogne. Il ne lui manque qu'un brûle-gueule, une casquette de marin.

La casquette, il la tord entre ses doigts.

— Entrez.

Elle ne sait plus son nom. Ne sait plus si elle l'a su.

Elle le fait asseoir dans son salon rudimentaire. C'est une maison de poupée, elle s'en rend compte. Trois pièces empilées l'une sur l'autre, le salon, la grande chambre avec sa bow-window, un grenier minuscule. Le coin cuisine. Elle est folle de s'intéresser à ça, tout à coup, aux pièces de cette maison où elle vit depuis qu'elle a commencé d'être adulte. Oui, elle doit être cinglée. Elle comprendra plus tard que la disparition de Julien a frappé tous les lieux où il est passé, où il s'est tenu, d'une espèce de malédiction. Il leur incombe de manifester son absence. Il n'est plus dans ce salon, il n'est plus.

— J'étais là, dit le vieux.

Elle remue les paupières, comme pour les dépoussiérer.

— Pardon ? Vous étiez où ?

Il tord sa casquette.

— Sur mon bateau. Je l'ai vu tomber à l'eau.

Elle manque d'air. Elle s'effondre dans un fauteuil. Ça y est, le réel la rattrape.

Le vieux a hâte de parler, ça se voit. Il ne la regarde pas dans les yeux, c'est autre chose qu'il voit, c'est la mort de Julien.

— C'était pas normal, alors j'ai sorti les jumelles.

Il a hâte de parler, mais n'y arrive pas. C'est une première version du récit, un témoignage brut. Elle se retient, se contient. Si elle pose des questions, il va s'en aller, c'est sûr, retourner à sa place. Elle se tait, aussi fort que possible.

Le vieux se racle la gorge, en extrait les renseignements. Chacun de ses mots maladroits se mue en image, se grave en elle.

Le vieux, sur sa coque de noix, quelque part, là-bas, dans la baie. Le soleil décline et son moteur est en panne.

Adeline se tait toujours.

Et c'est alors qu'au loin, il aperçoit la salamandre.

Elle semble dériver, presque immobile. Il met sa main en visière, dans le soleil couchant, ne distingue rien, c'est trop loin, prend les jumelles.

Elle ferme les yeux.

Le monsieur, Julien, s'est accoté au garde-corps. Debout sur le pont, il se penche vers l'eau. Comme s'il cherchait à discerner un poisson, ou une sirène. Mais en fait, non, c'est autre chose.

— Autre chose ?

Elle a rompu le silence et s'en mord les lèvres, craignant d'avoir tout gâché. Mais le vieux reprend son récit.

— Oui, en fait, il ne regardait pas dans l'eau. Il ne regardait rien. Il avait les yeux fermés.

Elle rouvre les siens.

— Et puis, il a fait une espèce de malaise.

Le vieux opine, plus ou moins d'accord avec lui-même. La suite est simple. Julien, évanoui, bascule et tombe à l'eau. Tout habillé. Il ne portait pas de gilet.

Non, il n'en portait jamais. Elle le lui reprochait à chaque fois. Il riait.

— J'ai ramé comme j'ai pu. Mais il était loin. Et avec mon mal au dos…

Ces détails, tout à coup, la déchirent. Elle est avec le vieux, elle lui arrache les rames des mains. Où se trouvait-elle, hier soir, au coucher du soleil ? Nulle part. Dans son lit. Elle pensait à lui.

— Je suis arrivé trop tard.

C'est tout ?

Pas tout à fait. Le vieux n'est pas satisfait de son récit. Quelque chose le gêne. Il rectifie, reprend la parole.

— Ce n'était pas vraiment un malaise…

Il cherche, ses rides se creusent dans l'effort. Elle attend.

— C'est plutôt, précise-t-il, c'est plutôt comme s'il s'était endormi.

Il sourit, maintenant, content d'avoir trouvé le mot juste.

— Voilà, c'est ça. Il s'est endormi debout.

48

SUZANNE RONFLE UN PEU sous le masque à oxygène.

Adeline met quelques secondes à identifier le grand homme debout à son chevet. Ce n'est pas son fils. Pourtant, il caresse le front de la vieille dame avec une tendresse toute filiale. Il n'a pas entendu arriver Adeline et Lola, peut-être à cause du bruit des appareils.

Tout le monde est masqué. Voilà aussi pourquoi elle ne le reconnaît pas tout de suite. Mais quand il se tourne vers elle, ses yeux ne trompent pas.

C'est l'odieux oncologue. Le docteur Risser.

Adeline et Lola se crispent toutes les deux, elles s'avoueront plus tard qu'elles ont pensé la même chose : le docteur Risser allait bien se moquer d'elles, les greluches qui s'étaient permis de braver son autorité, de faire fi de la tumeur, de s'évanouir dans la nature.

Elles s'attendent à cela, font le dos rond, prêtes à tout, à s'excuser, à le supplier pour qu'il la ressuscite.

Suzanne n'a plus rien de la pétroleuse de l'autre jour, qui clopait dans son sofa. C'est une vieille dame à l'agonie, endolorie, tordue, que le sommeil n'apaise pas.

Mais le docteur Risser lui aussi a changé. Avec une surprenante désinvolture, il baisse son masque et leur sert un pauvre sourire, comme s'il les avait complètement oubliées ou, non, comme s'il les connaissait depuis toujours, comme s'il était leur grand frère, celui de Suzanne, comme s'il aimait tous les humains.

— Je l'ai shootée, dit-il. Elle souffrait trop.

Adeline est heurtée par ce vocabulaire. On dirait qu'il parle d'une jument blessée. Mais la compassion du docteur est sincère.

— Heureusement qu'elle avait son bip. On a pu intervenir vite.

À cet instant, Patrick fait irruption dans le service, en sueur.

— Je suis le fils, dit-il. J'étais…

Il s'apprête à justifier son retard, avant de réaliser à quel point ça n'aurait aucun intérêt. Le docteur Risser leur résume le tableau : c'est grave. À vrai dire, même, c'est très grave. Il faudrait… Il faut s'attendre au pire.

— Est-ce… Est-ce qu'elle va se réveiller ? balbutie Patrick.

Risser le lui promet.

— On n'est pas encore au bout, assure-t-il.

Empêtrés dans les questions qu'ils n'osent pas poser, ils évitent de se regarder. Le docteur attend puis tapote l'épaule de Patrick.

— Je dois y aller. Je repasserai la voir tout à l'heure. Restez tant que vous voudrez.

Le trio prend place autour de Suzanne. Quatre autres patients sommeillent – reposent ? – dans la vaste salle. Deux d'entre eux sont intubés. Les visiteurs ont le sentiment de violer leur intimité. Ils ne connaissent pas l'étiquette de l'hôpital. Nul, d'ailleurs, ne la connaît. Des infirmières passent sans s'étonner de leur présence. Le docteur les a-t-il averties qu'ils ont le droit d'être là ? Pourquoi n'y a-t-il personne au chevet des autres patients ?

— Je suis désolé de ne pas être venu à la crémaillère, murmure Patrick. Je n'avais pas trop le cœur à…

Adeline pose la main sur la sienne. Ils se taisent, prostrés, écoutant ronfler leur vieille amie. Elle se réveillera, c'est sûr. Une dernière fois.

Adeline repense à la mort de Julien. Ces jours-ci, elle y songe sans cesse.

Il s'est *endormi debout.*

On ne meurt pas comme ça. On ne *tombe pas* littéralement de sommeil.

On ne *sombre pas* dans le sommeil.

Ce ne sont que des mots.

Mais la version du vieux n'a jamais varié. Il a fourni des détails, comment il a tiré le corps de l'eau, manquant de chavirer lui-même. Les gestes, les premiers secours. Il n'y avait plus de pouls. Il n'y avait plus rien. Une demi-heure de massage cardiaque.

— Elle ouvre les yeux ! s'écrie Patrick.

De fait, les paupières de Suzanne s'écartent à contrecœur.

Elle semble vouloir parler, réalise qu'elle porte un masque à oxygène et le retire péniblement. On ignore si c'est autorisé. Le masque glisse, tombe du lit, pendouille comme un accessoire de carnaval.

— On fout le camp, dit Suzanne.

À cette parole, elle joint un geste confus, un mouvement qui produit quelques vagues sur la couverture. Mais rien de concret n'advient. Pas la force.

— Maman, dit Patrick, tu as fait un malaise. Tu ne peux pas partir comme ça.

— Tu sais combien de temps j'ai passé à l'hôpital, avec ton père ?

Patrick, embarrassé, remonte ses lunettes puis lance un regard craintif à Lola et Adeline. Adeline, dont la main est toujours posée sur la sienne, lui tapote doucement les doigts et Lola lui caresse le dos.

— Non, maman, je ne sais pas exactement.

— Des plombes et des plombes. Et tout ça pour quoi ?

Il ne répond pas.

— On se barre, réitère Suzanne.

Mais elle n'est même plus capable de remuer la couverture. Sa tête s'enfonce un peu dans l'oreiller. Lola prend le relais.

— Dès que tu iras mieux, je te remmènerai chez toi.

Adeline confirme, d'un petit coup de menton, que les yeux mi-clos de Suzanne captent juste avant de se fermer. La vieille dame n'insiste pas. Elle consent, par amitié, à gober les mensonges de ses vieilles copines.

— Et la nouvelle déco ? marmonne-t-elle.

Adeline comprend en retard que cette question s'adresse à elle, et porte sur la siesterie. Saisie de gratitude pour Suzanne qui lui offre un sujet de secours, elle se lance dans une description éperdue de ses nouveaux locaux, en énumère les splendeurs. À mesure qu'elle parle, les détails lui reviennent, les rideaux de cretonne, les abat-jours tamisant la lumière chaude, les couettes à motifs naïfs, le rose floral des murs, la tiédeur du parquet.

Cette évocation la transporte. Raconter lui permet de mieux comprendre. Une immense tendresse lui gonfle le cœur, pour tous ces gens à qui elle n'a rien demandé, et qui lui ont tant donné. Elle n'a eu le temps de les remercier. Elle va le faire. Elle…

— Elle dort, dit doucement Lola.

49

Marion fume sous la pluie.

C'est ce qui frappe Adeline quand elle l'aperçoit, un peu à l'écart, en sortant de l'école. Il est tard, ce n'est pas normal, elle devrait déjà être rentrée. Le petit va prendre froid. Il frappe le sol du bout de sa botte en plastique, observe les gouttes de boue qui jaillissent et recommence.

Adeline a beau être fatiguée par sa journée de travail, épuisée par la mort de Julien qui la prive de ses nuits ou les peuple de cauchemars, elle sent bien qu'elle devrait s'interroger sur les raisons de la présence de Marion ici, à cette heure, alors que tout le monde est parti.

Mais sa caboche ne fonctionne plus comme avant. Elle est toujours en miettes, n'arrive plus à rien, perd son temps, cochonne le travail à l'école, ne découpe plus droit.

Avant de se dire que, forcément, Marion est venue pour elle, parce qu'elle *sait*, qu'elle savait, ou qu'elle a appris, parce que personne ne fume ainsi sous la pluie sans s'occuper de son fils, avec des yeux aussi vides, à moins d'être animé par la vengeance.

Quelque chose de terrible va se produire, qu'Adeline est trop fatiguée pour affronter. La haine de Marion ne l'effraie pas, son supplice actuel est pire. La peur, c'est pour les gens qui vont bien.

Elle ferme la grille de l'école et se dirige vers Marion.

Ce qui, curieusement, l'embête, c'est de n'être pas allée à l'enterrement de Julien. Le bruit avait couru que la veuve souhaitait des obsèques discrètes, sans pour autant l'exiger formellement. La famille, quelques amis proches.

Alors Adeline était restée chez elle, au Dourduff, devant la bow-window, face à la mer qui avait englouti son amant. La véritable cérémonie funèbre, c'est le petit vieux qui l'avait vue.

Des bruits avaient couru, depuis, concernant les *causes de la mort*. Il n'avait pas été question d'endormissement, plutôt d'un malaise cardiaque suivi d'une noyade. Mais on objectait que Julien Lahougue n'avait pas de problème cardiaque connu. À quoi l'on répondait que les problèmes cardiaques des gens ne sont pas toujours connus, même des intéressés. On spéculait.

Finalement, il y avait foule au cimetière et certains s'étaient étonnés de l'absence d'Adeline. Elle avait dû se justifier, prétexter qu'elle ne connaissait pas bien ce monsieur.

C'est à tout cela qu'elle pense en marchant vers Marion qui, maintenant, s'est tournée vers elle et fume toujours. Il fait sombre. L'incandescence de la cigarette se ranime à chaque inspiration, petit point rouge dans l'air du soir.

Romain aussi la regarde s'avancer, piétinant toujours la flaque au centre de laquelle il s'est posté.

— Bonsoir Mme Lahougue.

Que dire d'autre ?

— Bonsoir Adeline.

C'est comme ça, les mamans appellent les dames de service par leur prénom, comme les enfants. Il est très possible que Mme Lahougue ignore le patronyme d'Adeline.

Elles sont tout près l'une de l'autre. Une grosse goutte fait grésiller la cigarette. Elles n'ont pas de parapluie, leurs cheveux se mouillent, l'eau leur coule dans le cou. Romain tend les deux mains vers le ciel pour profiter de la pluie sur ses paumes.

— Je voulais juste vous remercier, Adeline.

Silence fourmillant de bruits, claquement des gouttes sur les feuilles.

— Me remercier ?

Elle est simultanément stupéfaite et rassurée. Rassurée donc si, en fait, elle avait peur.

— Julien parlait souvent de vous.

Il ne fait plus assez clair pour bien lire dans les yeux de Mme Lahougue. Impossible d'y apercevoir un éventuel éclat de sarcasme. Mais sa voix, un peu noyée dans la pluie, ne recèle aucune ironie. Elle est brisée, abîmée par les sanglots, l'excès de cigarettes. C'est la voix d'une femme à qui l'on vient d'arracher son amour. Elle ressemble à celle d'Adeline.

Adeline ne répond rien et se met à pleurer sans préambule. Ces larmes la surprennent elle-même par leur soudaineté, leur abondance, leur silence. La voici au diapason du ciel.

Mme Lahougue fouille dans sa poche, en sort un mouchoir trempé qu'elle lui tend.

— Ah, zut, je suis désolée.

On ne sait pas de quoi elle est désolée. Si c'est d'avoir fait sangloter Adeline ou de n'avoir plus rien de sec à lui offrir. Pas grave, Adeline se mouche. Puis Marion la prend dans ses bras. Elle sent le tabac froid et le parfum parisien. Ça rappelle Sabine, la serveuse du bar paternel.

— Non, c'est moi qui... Je ne suis pas venue à l'enterrement.

Marion la serre plus fort.

— Vous avez bien fait, c'était atroce.

Adeline pose timidement ses mains sur les hanches de Marion. C'est une danse immobile. Seules leurs épaules remuent un peu, à cause du chagrin.

— Il me parlait souvent de vous, reprend Marion.

Elle est venue pour ça. Pour lui transmettre une sorte de message posthume. Un fragment de cette vérité qui se dérobera toujours. La vérité de Julien avec Marion.

— Il disait que vous étiez géniale avec Romain. Il vous adore. Lui aussi, il nous parle, il nous parlait de vous. Et ces siestes ! Il revenait toujours de l'école en pleine forme.

Leurs deux corps finissent par se décoller l'un de l'autre. Ce n'est ni un moment, ni un endroit pour parler de choses aussi graves. Mais justement, peut-être que si. Dans la tiédeur d'un salon, à la lumière d'une lampe, les mots n'auraient pas pu éclore. Julien était un homme du dehors, du vent.

— Vous voulez que je vous dise de quoi il est mort ? propose Marion.

Adeline se fige. À cette question, il n'y a pas de réponse possible.

— Il est mort d'épuisement. Et c'est ma faute.

— Votre faute ?

— Je me moquais de son boulot. Commercial. Je trouvais ça minable. Je n'imaginais pas que ça le touchait autant, vous comprenez. Je pensais faire de l'humour. Chaque fois qu'il avait raté une vente, il en était malade. Parce que c'est lui qui avait insisté pour qu'on vienne vivre ici. Il voulait me prouver qu'on pouvait avoir la belle vie loin de Paris. Mais on manquait toujours de fric. Le fric, le fric…

Adeline suppose que ce mot revenait souvent dans les conversations du couple. Elle peut se tromper, mais il lui semble bien que Julien ne l'a jamais prononcé en sa présence.

— J'ai des goûts de luxe, avoue Marion. À Paris, on se faisait trois restaus par semaine. Des terrasses, des cinés, enfin vous voyez…

Adeline voit. Plus ou moins.

— Il savait que je n'étais pas heureuse ici. Alors il a mis les bouchées doubles, pour essayer de rapporter plus de fric. Il acceptait toutes les missions, même loin. Il était obligé de dormir à l'hôtel. Certains dimanches, il partait en début d'après-midi pour être « sur zone » dès le lundi. Sur zone, c'est comme ça qu'il disait. Ce n'était plus une vie, c'était une guerre.

Adeline ne répond toujours rien. Dans la bouche de Marion, les mensonges de Julien lui paraissent immondes, sinistrement dégueulasses. C'est pour elle qu'il mentait. Parce qu'elle avait dit non. Parce qu'elle voulait continuer d'explorer les lisières, attendre encore, être sûre d'avoir affaire à l'amour de sa vie. Maintenant, elle en a la certitude.

Marion continue de s'accuser, Adeline continue de se taire. Elle s'attendait à un procès, elle en subit deux. Marion, en se déchirant, la lacère. Il serait possible, à ce moment, d'être courageuse, de tout avouer.

Mais ça ne se fait pas.

Peut-être parce que Romain la regarde et lui sourit.

— Je vais partir, annonce Marion.

D'abord Adeline comprend qu'elle va rentrer, parce qu'il est tard, puis elle réalise que Marion va quitter la Bretagne, rentrer à Paris, emmener Romain. Et la seule chose qu'elle trouve à dire, la plus inattendue, la plus stupide, la moins calculée, c'est :

— Vous allez le laisser ici ?

Marion semble surprise, mais pas longtemps.

— Oui. C'est son pays. C'est ce qu'il aurait voulu.

Après un long silence, elle ajoute :

— Il est tout près de Tristan Corbière, le poète. Il l'aimait beaucoup. Tristan Corbière aussi rêvait de naviguer, à ce que Julien me disait.

Oui, il le disait aussi à Adeline. Et le poète était resté à terre à cause de ses problèmes de santé. Il avait eu une vie courte et triste. Un grand amour impossible. À terre. En terre. Ils se tiendront compagnie.

Marion s'essuie les yeux. Ça ne sert à rien. Elle tourne la tête vers son fils, paraît découvrir sa présence, et tout ce que cette présence implique. Elle reste une maman. Elle l'est pour toujours. Il faut rentrer à la maison.

Elle revient à Adeline, fronce les sourcils, puis demande :

— Quand nous serons partis, vous irez le voir de temps en temps ?

Adeline, le temps de trouver un peu d'air, répond :

— Je vous le promets.

— Merci. Ça lui fera plaisir. Au revoir Adeline.

— Au revoir, Mme Lahougue.

50

Ça sent encore la peinture, la cire et le neuf. Tout est pareil en mieux. Adeline est assez contente de son idée : inviter à nouveau les amis mais, cette fois, pour tester l'installation. L'esthétique, c'est bien beau, mais la siesterie n'est pas un musée. On est là pour dormir, c'est du sérieux. Alors elle a envoyé un carton d'invitation pour la première sieste officielle. À ceux qui l'ont aidée pour les travaux.

On est mardi, sur le coup de treize heures. C'est un bon jour, un bon moment, un temps de contrebande, volé.

Assise dans son nouveau fauteuil, Adeline trône. Elle ne cesse d'effleurer la surface laquée du bureau. L'accueil aurait besoin d'un autre nom, le vestibule, l'antichambre, quelque chose d'ancien et d'aristocratique.

Guillaume accueille les clients – les convives ? – et les invite à passer dans le dortoir.

Lorsque Lola apparaît, Adeline se lève et fait le tour de son bureau pour l'embrasser.

— Comment vas-tu ? s'enquiert Lola.

— Un peu nerveuse.

— Je comprends. À ta place, je serais morte de trac.

Julien et ses parents entrent à leur tour. Le père plie péniblement une poussette sophistiquée.

Guillaume s'incline, exécute une révérence tout à fait distinguée, tout à fait appropriée au vestibule, et la petite troupe va se coucher.

— On est au complet, me semble-t-il, annonce-t-il après avoir jeté un œil.

— Non, il manque Camille.

— Exact.

La lycéenne n'a pas confirmé qu'elle viendrait. Soudain, Adeline s'inquiète. Et si elle avait été trop optimiste à son sujet ? Si la petite avait donné le change jusqu'à maintenant ?

Guillaume semble lire ses pensées dans ses yeux comme sur un prompteur.

— Du calme. Elle va venir.

— Ah bon ? Tu le sais, toi ? Tu connais le cœur des femmes ?

Le cœur des femmes ? Qu'est-ce qu'elle raconte ? Heureusement, il se marre, à son habitude. Tout lui apparaît comme une vaste farce. Rarement de bon goût mais presque toujours drôle. D'ailleurs Camille arrive, essoufflée.

— Putain, s'excuse-t-elle, j'ai couru ma race.

Elle semble en pleine forme, finalement.

— Il reste de la place ? demande-t-elle en retirant ses grosses chaussures noires.

— On va se serrer, dit Guillaume.

Il s'efface pour la laisser passer.

— Bon, cette fois, le moment est venu. Prête ? Je vais boucler la porte de la rue.

Adeline inspire profondément.

— Prête ou pas prête, de toute façon, je ne fais rien de spécial…

— Non. Tu laisses agir la magie.

Cette fois, il ne rit pas. Il la regarde au fond des yeux et au-delà. Elle n'avait pas remarqué qu'il était si près d'elle. L'antichambre est moins vaste qu'elle se le figure. La porte de la rue s'ouvre sur Patrick, qui entre timidement. Il donne le bras à une très vieille femme. Suzanne.

Guillaume et Adeline se précipitent.

— Du calme, les gosses, je ne vais pas m'effondrer.

Pourtant, c'est précisément l'impression qu'elle donne.

— Elle a insisté pour venir, leur apprend Patrick. Il a fallu signer une décharge. Les médecins n'étaient pas d'accord.

— J'ai expliqué que je voulais voir la nouvelle déco.

On entend à peine ce qu'elle dit, mais sa gouaille reste perceptible. Adeline est incapable de parler, alors Guillaume enchaîne, comme d'habitude.

— Tu as bien choisi ton jour. C'est l'inauguration. Tout le monde est là.

Suzanne se rembrunit.

— Ah. C'est embêtant. Je ne voudrais pas gâcher la fête.

Cette fois, c'est Guillaume qui ne sait pas quoi répondre. Mais Adeline a retrouvé ses moyens.

— Gâcher la fête ? Tu plaisantes ou quoi ? Tu en seras la reine. Et la déco te plaît ?

Suzanne promène un œil circonspect sur la profusion de plantes.

— Pas mal. On dirait un peu…

— Un bordel japonais ?

La vieille dame est secouée par un rire qui se termine en quinte de toux. Elle grimace, sa respiration siffle et elle ferme les yeux de longues secondes. Les trois autres échangent des regards inquiets. Mais quand son corps s'apaise, Suzanne se redresse, empoigne le bras de son fils et l'entraîne vers le dortoir.

— Allons-y.

À son entrée dans la salle, elle est saluée par une salve d'applaudissements. Patrick, avec une délicatesse infinie, l'installe sur le lit, sous la fenêtre. Guillaume et Patrick s'allongent sur les deux dernières couchettes libres. La salle est pleine.

Adeline s'assied.

Chacun, au début, s'efforce de s'endormir en bon élève, ferme les yeux trop fort, ralentit sa respiration.

On se tortille, on change de position, on soupire. Adeline sourit, observe ces rituels enfantins, cette légère appréhension, comme au moment de quitter la rive.

Le petit Julien s'endort le premier, presque brutalement. Un soubresaut, et il s'abandonne, bras en croix, relâchés. Les adultes l'imitent, un à un, s'éteignent comme les ampoules d'une guirlande.

Même Guillaume, qui a tenté de garder un œil sur elle, même Patrick qui pose les siens sur sa mère, même Suzanne.

Adeline ferme les yeux et imagine Julien sous sa pierre, elle écoute sa conversation avec le poète Corbière. C'est mieux, tout de même, de passer l'éternité en bonne compagnie. Elle se demande à côté de qui elle préférerait être inhumée.

Vingt minutes passent. Elle décide de leur en accorder dix autres. Ils semblent heureux, tous.

Elle sourit, rassurée. Son pouvoir est intact. Tout s'est bien passé.

Finalement, Adeline se lève et administre à chacun l'effleurement rituel, du bout des doigts, sur le front, sur la joue. Les yeux clignent et se rallument. Elle prend le temps de savourer leur stupéfaction. Cette seconde de flottement entre deux planètes. Les lisières, toujours…

Quand elle arrive à Suzanne, son cœur se fige. Elle comprend avant de savoir. La bouche est trop ouverte sur le dentier qu'elle n'a pas ôté. Les narines pincées ne palpitent plus. Les yeux semblent avoir sombré au fond de leurs orbites.

Adeline pousse un cri, qui réveille en sursaut les derniers dormeurs.

Non, finalement. Tout ne s'est pas si bien passé.

51

— Elle le savait, affirme Patrick en s'essuyant la bouche.

L'appartement est plein de monde. Les amis de Suzanne, proches, lointains, anciens, petite foule dont la densité rappelle que sa vie a été longue. Ses vies. Certains, à ce qu'Adeline a compris, la fréquentaient surtout autrefois, à l'époque heureuse. Ces visages burinés furent ceux de jeunes parents, de collègues du mari. Quelques-uns sont veufs aussi, ou divorcés, remariés. Il y a des pièces rapportées, des épouses répudiées côtoyant des maîtresses épousées, les regards échangés racontent des histoires secrètes. Personne ne connaît tout le monde. La porte de l'appartement est restée entrouverte, ainsi que celle de l'immeuble, pour éviter les coups de sonnette. Chacun a le droit de venir rendre un dernier hommage à Suzanne sans montrer patte blanche.

— Qu'est-ce qu'elle savait ? demande Adeline qui connaît la réponse.

— Qu'elle mourrait chez toi. Dans le dortoir. C'est ce qu'elle voulait.

— Elle te l'a dit ?

— Je l'ai compris.

Adeline sourit. *Je ne voudrais pas gâcher la fête.* Tu parles. Elle est partie sur une dernière blague. La pire.

— J'imagine que la mort est une excellente publicité pour une marchande de repos, répond-elle.

Patrick suspend l'enfournement de sa dernière bouchée de paris-brest. La grande salle du salon croule sous les pâtisseries. Les gâteaux préférés de Suzanne, de Lola, d'Adeline. Il y a aussi du thé, du champagne et deux serveurs recrutés pour l'occasion.

— C'est très réussi, bravo, observe Lola qui les rejoint au buffet.

— Je n'ai rien fait. C'est maman. Elle avait tout organisé, tout payé, et laissé ses instructions.

De fait, l'enterrement s'est parfaitement déroulé. Suzanne repose à côté de son amour.

La cérémonie s'est tenue dans une petite église qu'elle fréquentait malgré son athéisme revendiqué, parce qu'elle trouvait le jeune prêtre noir très sexy. C'est du moins ce que ce dernier a révélé à l'assistance Suzanne lui en ayant fait la demande expresse par courrier. Des rires ont timidement éclaté comme des pétards parmi les sanglots.

Dans le cercueil, on a placé « au cas où » une cartouche de gauloises.

— Comment te sens-tu ? demande Lola à Patrick.

Il hausse les épaules.

— Je suis content qu'elle se soit radoucie.

— Radoucie ?

— Oui. Les derniers temps. On s'est beaucoup parlé. C'est comme si quelque chose s'était déverrouillé en elle. Peut-être un effet de la maladie.

— Peut-être, approuve Adeline.

Guillaume se fraye un chemin jusqu'à eux et repose sa coupe vide sur la nappe pleine de miettes. Adeline repense soudain à la façon dont il l'a regardée au fond des yeux, le jour de la mort de Suzanne. Ce moment, qui ne s'est pas reproduit depuis, la perturbe comme une ado. Guillaume se fond dans le paysage, se rend utile, fignole la déco de la siesterie, passe ses nuits dans le dortoir vide. Parfois, elle l'entend se lever. Elle sait qu'il reste vigilant, redoutant une nouvelle attaque. Il a exigé qu'on fasse installer une alarme, a posé lui-même des verrous ainsi qu'une caméra à l'entrée. De solides volets roulants s'abaissent tous les soirs devant les fenêtres. Malgré l'harmonie chaleureuse qui règne désormais dans son établissement, Adeline regrette sans l'avouer qu'il soit devenu un bunker.

En tout cas, les affaires marchent bien. De mieux en mieux, même. En une petite semaine, la rénovation semble déjà avoir attiré une clientèle plus bobo. Le nombre de séances quotidiennes a augmenté. Adeline a proposé à Guillaume de lui verser un salaire symbolique. Pour l'instant, il refuse, déroulant un laïus sur l'aliénation liée à l'argent. Elle ne l'écoute pas. Il est très beau quand il s'enflamme. Mais les laïus ennuient Adeline. Ils lui rappellent les clients du bar, ou la télé.

Dans la moiteur des corps vivants, ragaillardis par le sucre et les bulles, Suzanne semble plus présente que jamais. On s'échange des anecdotes, on apporte des pièces au puzzle de sa vie, on regarde des photos. Elle a traversé les Trente Glorieuses, les chocs pétroliers, les deux septennats de Mitterrand. Toute une histoire. La sienne, celle des autres, on se regarde dans les yeux des amis, dans le miroir des souvenirs.

— Nom de Dieu, grogne Guillaume.

Il n'a pas parlé fort, mais Adeline et Lola ont senti leur sang se figer. Il s'est redressé, et fixe, par-dessus les têtes, un point lointain qu'elles ne voient pas.

— Qu'est-ce qui se passe ? demande Adeline.

Guillaume lui accorde un regard trop bref, comme s'il ne voulait pas quitter des yeux ce qu'il surveille, à l'autre bout du salon.

— Je m'en occupe, dit-il avant de se frayer un passage vers l'entrée, poussant quelques convives aussi délicatement que possible.

Dans la trouée qui se crée, Adeline a vu.

Il est là, tranquille, mains dans les poches de son blouson, souriant, accompagné de deux autres types de son acabit, des costauds ridicules mais redoutables, vestes en cuir, jean, boots, sortis d'un mauvais film d'on ne sait quelle époque.

Olivier Lelong.

Guillaume se dirige vers eux et Adeline le suit, essayant d'attraper son bras pour le retenir. Il lui file entre les doigts. Elle repense aux coups de marteau sur les murs de Thomas, à la tête d'Olivier Lelong s'écrasant sur le sol de la siesterie.

Elle ne veut pas de violence. Pas aujourd'hui. Pas ici. Mais elle s'empêtre dans les gens qui ne s'écartent pas assez vite et Guillaume lui échappe.

— Qu'est-ce que tu fais là ?

Les deux hommes sont face à face. La question de Guillaume s'est détachée dans le silence soudain. Les deux gardes du corps se rapprochent de Lelong. Cette fois, il ne se laissera pas surprendre.

— Je vous demande pardon ? rétorque le mafieux sans se démonter.

— Tu remballes tes clebs et tu sors.

Adeline a rejoint Guillaume. Elle le tire en arrière. Il se dégage sans la regarder.

— Bonjour Adeline, glousse Lelong en sortant une main de sa poche pour lui faire un petit signe. Je suis venu saluer une dernière fois notre vieille amie.

Les deux bonshommes hochent la tête avec une componction de tartuffes.

— C'est vrai, insiste Lelong en s'adressant à l'assistance, comme un camelot, ces derniers temps, notre pauvre Suzanne se sentait un peu abandonnée. Combien de fois m'a-t-elle appelé en pleurs pour se plaindre de ses soi-disant amis, de son fils ?

— Qu'est-ce qu'il raconte ? Qui est-ce ? murmure Patrick abasourdi.

— Oh, les amis étaient présents pour profiter de sa générosité. Et le fiston hérite d'un bel appartement. Alors oui, ils sont venus. Mais quand elle souffrait le martyre, seule la nuit, dans l'indifférence générale, c'est moi qu'elle appelait.

Des sourcils se froncent. C'est tellement énorme que même Lola ne trouve rien à répondre. Le culot. Le culot pur. Le mensonge jeté au public. Le secret du pouvoir.

Guillaume tente d'atteindre Lelong, mais les gorilles s'interposent tranquillement. Technique bien rodée. Provocation calme. Lelong continue sa tirade, il invente des détails horribles sur la maladie de Suzanne, des éléments glanés n'importe où, il déblatère, demi-sourire aux lèvres, ses yeux rivés à ceux de Guillaume impuissant.

Mais le message est pour Adeline. Une idée lui traverse l'esprit. Elle sort son téléphone et se met à filmer Lelong.

Il s'interrompt aussitôt, tente de s'approcher d'elle.

— Qu'est-ce que tu fais ? Range ça !

Cette fois, c'est Guillaume qui s'interpose.

— Allez-y, dit Adeline, continuez votre baratin. Ça passionnera le capitaine Merteuil. Il a besoin d'éléments concrets. Cette intrusion l'intéressera au plus haut point.

Le spectacle se complique et le public ne comprend plus rien. Des murmures s'élèvent, on devine que certains sont tentés de quitter les lieux. Adeline filme toujours, elle s'attarde sur le visage des truands.

— Bon, se résigne finalement Lelong, puisque nous ne sommes pas les bienvenus…

Il s'incline avec raideur, fait demi-tour, ses troupes sur ses talons. La porte de l'appartement claque.

Adeline range son téléphone en tremblant.

— Bien joué, murmure Guillaume.

52

Le lendemain matin, on sonne à la porte de la siesterie. Adeline, tout juste douchée, jette un œil sur l'écran de contrôle. Elle a mal dormi.

Elle détaille le visage grave, à la coupe courte, presque militaire. Un flic ?

L'homme est plus grand qu'elle. Il porte un costume sombre et un attaché-case. Il l'appelle par son nom de famille puis se présente et demande à entrer. Elle le laisse faire. Elle n'a pas bien compris sa fonction. Il réexplique. C'est un fonctionnaire des impôts.

Elle sent ses épaules s'affaisser. Face aux méchants, aux vrais, aux Fargier, aux Lelong, elle est capable de faire face, parce qu'elle est dans la position de l'offensée. Mais les impôts sont plus redoutables. Ils ne lui veulent ni bien ni mal. Ils sont dans leur droit. Ils sont le droit. Dans cette guerre-là, elle est sa propre ennemie.

Il lui explique ce qu'elle sait déjà, que le fisc lui a adressé d'innombrables courriers auxquels elle n'a jamais répondu – elle évite de préciser qu'elle ne les a même pas ouverts –, que rien, dans sa situation, n'est conforme, qu'elle n'a jamais pris la peine de clarifier le statut de son commerce, ou de son entreprise, ou de son association, on ne sait pas, qu'elle n'a fourni aucun des documents demandés et que donc un contrôle fiscal carabiné suivi d'un probable et coûteux redressement lui pendent au nez, que ce n'est pas sa faute à lui, qu'à sa place, c'est un huissier qui aurait dû venir, et que si elle s'entête, les choses pourraient très mal tourner.

Il s'arrête pour reprendre son souffle.

— Je comprends, dit-elle. Vous avez raison.

Désarçonné, il joue des fesses sur son siège pour se remettre en selle.

— Ce que je fais ici n'a pas de nom, explique-t-elle.

Il hoche la tête, cligne des yeux. Il est tout ouïe. Le couvercle de son attaché-case s'ouvre. Apparaissent un calepin et un stylo. Il note. Attend la suite.

— Je fais dormir les gens.

— Très bien.

Il approuve mécaniquement, avant que son cerveau n'ait capté l'info et ne lui envoie un message d'erreur.

— Pouvez-vous... m'en dire un peu plus ?

Son crayon frétille. Il attend. Elle soupire.

— Avant, ici, c'était le bar de mon père.

— D'accord.

Ça oui, OK, on peut comprendre.

— J'y ai grandi. Puis j'ai quitté Paris, après mon bac.

— D'accord.

Et là, tout à coup, sans la moindre préméditation, elle se met à raconter. À tout raconter pour la première fois de sa vie. Ce qu'elle n'a jamais complètement dit à Lola, ni à Suzanne, ni à personne. Peut-être parce ce type l'écoute attentivement, peut-être parce qu'elle a senti qu'au fond il n'était pas hostile. Juste rigoureux. Si on veut comprendre, il faut aller au fond des choses. Et puis elle est fatiguée de porter ce secret, alors que personne ne le lui demande. De toute façon, ce n'est pas elle qui parle. C'est Julien. C'est l'océan. C'est la salamandre.

— J'ai aimé un homme marié. Je l'ai aimé comme une folle.

Il hoche la tête, mais ne note rien.

— C'était en 1997. J'étais dame de service.

Ça, il note. C'est une date et, plus ou moins, un métier. Ça peut servir.

Elle raconte l'école, Noémie, Youn, Romain, Julien, Marion, la Bretagne. Elle parle longtemps de la bow-window, du petit vieux, de la pluie. Puis c'est la mort du père. Le retour à Paris. Les retrouvailles avec Marion.

Il lève son stylo, comme un élève.

— Attendez. Vous voulez dire que vous êtes capable d'endormir les gens ?

Elle acquiesce.

Il paraît embêté.

— Écoutez, votre histoire est touchante, c'est sûr, mais là, vous me dites n'importe quoi et…

— Ce n'est pas n'importe quoi. Ça n'a pas de nom. Je ne pouvais pas mettre ça dans les cases. Alors j'ai laissé tomber.

C'est une explication comme une autre. Elle-même n'en est pas tout à fait dupe. Il range son calepin et son stylo, referme sa mallette.

— Bon, madame, c'est dommage. J'aurais bien voulu vous aider. Malheureusement…

— Vous ne me croyez pas ?

Il lui lance un regard prudent, pour évaluer la gravité de son cas. Ne pas contrarier les mabouls.

— Venez, ordonne-t-elle.

Elle l'entraîne vers le dortoir. Après tout, puisqu'il est là. Il se lève et la suit.

Cinq minutes plus tard, il dort profondément.

C'est le moment que choisit Guillaume pour sortir du cabinet de toilette.

— Bonjour Adeline.

Elle met un doigt sur ses lèvres et montre le type.

— Oui, je sais, poursuit-il. J'ai tout entendu.

— Tout ?

— J'étais derrière la porte du dortoir. Prêt à intervenir. Alors oui, tout. Ton histoire avec Julien. Sa mort. Julien Lahougue. C'est fou. J'ai compris.

— Qu'est-ce que tu as compris ?

C'est une question sincère. Elle s'étonne de la facilité avec laquelle elle a franchi ce cap du récit, cap dont elle se faisait une montagne et qui, au fond paraît dérisoire, vu d'après. Ce n'était que cela. Elle n'en veut pas non plus à Guillaume de ce qui, avant, aurait pu lui apparaître comme une indiscrétion. Certes, il eût sans doute été plus élégant de sa part de s'abstenir d'écouter, ou de signaler sa présence derrière la porte. Mais qui aurait été capable d'une telle abnégation ?

— Je veux dire… ta situation… temporise-t-il, craignant de se montrer indélicat.

— Quelle situation ?

Encore une vraie question, même si elle peut sembler ironique.

La situation, c'est que Guillaume l'aime depuis longtemps, qu'elle le sait, et qu'elle résiste de plus en plus difficilement à l'attirance qu'elle éprouve pour lui. Dans leur cosmos amoureux, elle va devoir accepter que l'étoile de Julien s'est éteinte. C'est cela que Guillaume va lui dire. Elle attend, elle le fixe.

— Ta situation… par rapport à Marion.

Elle cligne des paupières.

— Marion… Oui, bien sûr, Marion. Tu as raison. Et tu en penses quoi ?

Le fonctionnaire dort toujours, bouche entrouverte.

— Je ne sais pas, répond Guillaume.

Les épaules d'Adeline s'affaissent.

— Tu ne sais pas…

Bien sûr qu'il ne sait pas. Qu'espérait-elle ? Qu'il lui donne une solution ? Une absolution ?

Mais il s'approche, lève doucement la main et la pose sur la joue d'Adeline. Paume tiède contre pommette brûlante. Cela ressemble un peu à une absolution, finalement. Ils demeurent immobiles un certain temps, puis il murmure :

— Je ne sais pas, mais je vais réfléchir.

Promesse qu'il assortit d'un sourire et d'un clin d'œil. Ensuite, il part. Elle entend s'ouvrir et se fermer la porte extérieure. Il va réfléchir. Elle sourit à son tour, pour elle-même.

L'homme des impôts est plus jeune qu'elle ne l'avait cru à première vue. Il est à sa merci. Entièrement. Elle approche son visage du sien. Une jolie peau, il sent bon. Elle regarde sa montre. Elle va le laisser tranquille un moment. Autant qu'il en profite un peu.

Bercée par le souffle du dormeur, elle pense à ce qui vient de se passer. Forcément, ça l'emmène loin. Ce récit qui s'est échappé d'elle, soudain, parce qu'elle lui en a laissé l'occasion. Son histoire a trouvé la faille. Peu lui importait le destinataire. Mais la faille, c'est peut-être la mort de Suzanne, ou l'amour de Guillaume.

Elle s'allonge sur l'un des lits et ferme les yeux.

Quand elle les rouvre, deux heures ont passé.

Elle se recoiffe, se rajuste, et va réveiller le fonctionnaire. Elle n'a jamais laissé dormir quelqu'un aussi longtemps. C'est peut-être dangereux, qui sait ?

Il met du temps à revenir, frotte ses yeux rouges, cherche sa mallette, regarde sa montre, n'en revient pas, regarde à nouveau sa montre.

— Alors ? minaude-t-elle. Convaincu ?

— C'est incroyab…

Il n'a plus assez de salive pour finir le mot. Il se frotte le front, remet ses pensées en ordre.

— Vous comprenez, maintenant ? Comment vous voulez que j'explique ça aux impôts ?

Il se lève, se défripe.

— Je… je regrette, madame. C'est très impressionnant, mais ça ne change pas grand-chose.

— Bon. Tant pis. J'aurai essayé.

— Écoutez, je ne suis pas votre ennemi. Je peux même essayer de débrouiller votre situation. Naturellement, ce sera long et compliqué. Vous aurez votre redressement, mais nous pourrons l'échelonner. Pourquoi ne pas vous mettre en règle ? Établir des factures ? Déposer vos statuts.

— Combien, selon vous, vaut le somme que vous venez de faire ?

Il hésite.

— Je reconnais que ça n'a pas de prix.

— Tout le problème est là. Comment taxer ce qui n'a pas de prix ?

Au moment de franchir la porte de la rue, il se tourne vers elle.

— Je suis vraiment désolé, madame.

— Ne le soyez pas. Vous faites votre métier.

— Non. Je suis désolé pour la mort de Julien.

Il lui offre un petit sourire triste, celui qu'il avait dans son sommeil, et s'éloigne le long du trottoir.

53

Guillaume n'a pas cessé de vagabonder depuis ce matin. Fidèle à sa promesse, il a réfléchi. Mais il n'a pas pris son manteau, ni son sac, pas une thune, rien, il est à poil dans les rues froides.

Il a pensé à elle. À la façon dont tout s'entremêle. Elle, c'est un sujet trop vaste, alors il l'arpente en tous sens. Il tourne en rond. Paris est si grand pour ceux qui s'aiment comme eux d'un amour si bizarre.

Ceux qui s'aiment. Il était presque sûr qu'elle partageait ses sentiments. Et voilà que débarque ce marin. À quoi ça ressemble d'être jaloux d'un mort ? Lahougue ! Lahougue, en plus !

Elle a aimé Julien Lahougue. Ils se sont aimés. Et Mme Lahougue ne le sait pas. Romain Lahougue non plus. Vingt-cinq ans de secret.

Sa réflexion est parasitée par ce fonctionnaire des impôts. Il n'est pas venu aujourd'hui par hasard. C'est forcément Fargier, son service juridique, sa comptabilité, son réseau, ses avocats, qui ont rappelé Adeline au bon souvenir de l'administration fiscale.

Ça ne change rien, parce qu'ils auraient fini par lui tomber dessus. Il faut élaborer une stratégie, il faut…

Mais le doute le submerge, le ravage. Il s'est trompé. Elle ne l'aime pas. C'est l'autre qu'elle aime toujours, le capitaine du bateau fantôme.

Elle le tolère, lui, dans ses murs, parce qu'il cuisine bien, parce qu'il est utile en cas d'attaque des pirates. Et encore. Quand on aime, il faut partir. Il aime. Il aime déjà beaucoup trop. Il marche.

Qu'est-ce qui rendait Lelong si arrogant, hier ? Si sûr de lui ? Fargier a une autre idée derrière la tête, c'est sûr. Les impôts, déjà, pour la déstabiliser, pour l'affaiblir.

Et après ? Ce sera quoi, le coup d'après ? Combien de temps elle va tenir, l'amoureuse transie ? Dans son bordel bunkerisé ? Combien de jours avant qu'elle plaque tout ?

Cette idée le galvanise bizarrement. Le doute reflue. Elle l'aime, elle aussi. Mais voilà, empêtrée dans son silence, dans ses remords, elle s'arrimait jusqu'alors à son dortoir par peur d'ouvrir les yeux. Or, elle a tout raconté. Les choses vont changer, c'est sûr. Il y a une vie après le sommeil. Il va l'aider à ouvrir les yeux.

Et, en attendant, tant qu'elle n'est pas tirée d'affaire, de toutes ses affaires, il faut qu'il la protège. C'est son devoir. Il ressasse tout ceci, songe à la siesterie, à Julien Lahougue, à Marion Lahougue, à Fargier, et un début d'idée le traverse. Un commencement de solution.

Il faut qu'il suive ce fil.

Mais là, pour l'instant, il a envie de pisser.

C'est dérisoire, quand même, l'être humain.

Il cherche un coin désert, où ça ne gênera pas trop, une venelle, un terrain vague, une palissade.

Il y a du monde partout. Les gens trottent, le nez sur leur téléphone. Ils rient beaucoup, se donnent le bras, exhibent des dents parfaites.

S'éloignant des lumières de la ville, il débouche dans la rue Max-Dormoy, où il a eu ses habitudes, erre encore et se glisse dans un interstice entre deux immeubles, impasse Dupuy. Au pied d'une gouttière, il se soulage et ferme les yeux.

C'est une grave erreur.

Le premier coup le cueille derrière les genoux. Les suivants, comme on dit, pleuvent, mais le mot n'est pas exact. La pluie n'est jamais si méchante, si précise, si tactique. Le ciel, quoi qu'on pense, frappe au hasard. Ce sont les hommes qui calculent.

Guillaume souffre beaucoup, mais il n'est pas étonné. Tant que dure l'averse, il garde les yeux fermés et reconnaît le timbre de certains ahanements. Ce n'est qu'une fois au sol qu'il s'offre le luxe d'une confirmation visuelle en contreplongée. Lelong et ses deux sbires, encore exaltés par l'effort, lui sourient tels des rois mages de cauchemar.

Ils n'ont pas été avares en cadeaux. À peu près tout son corps lui cuit ou l'élance. Il n'y voit que d'un œil, mais double.

— Messieurs, lance-t-il. Pas fâché de vous retrouver dans des circonstances moins pénibles que la dernière fois.

Quelques-unes de ses dents bougent, aussi. Ou manquent. C'est ennuyeux, sans mutuelle.

— On n'a pas eu le courage d'attendre, explique Lelong.

— D'attendre quoi ? Je n'ai pas saisi.

— Que tu libères la place à la pissotière.

Leurs trois jets l'atteignent avec la précision synchronisée d'une féerie hydraulique à Versailles. Il referme l'œil, un peu trop tard.

Quand il le rouvre, ils ont disparu. Il a dû s'évanouir. Probable commotion cérébrale. Il baigne dans divers fluides et pense à Lahougue qui a eu la chance d'être englouti par l'océan. On se noie dans ce qu'on mérite. Tentative pour remuer ses doigts, ses bras, une jambe, l'autre. Son corps lui répond à contrecœur, avec un temps de retard. Il émet l'hypothèse raisonnable qu'on ne l'a pas amputé. C'est déjà ça. Il se redresse, adopte une position intermédiaire entre le recroquevillement fœtal et le ratatinement du footballeur taclé, lance une main en éclaireuse et rencontre une jambe.

Une jambe qui n'est pas la sienne. Une jambe verticale, jeune, nerveuse, sportive, moulée dans une étoffe technique.

Quoique l'éclairage public soit particulièrement chiche au fond de cette impasse peu touristique, son œil valide lui confirme que cette jambe n'appartient à aucun des tontons flingueurs. Et, lorsque la voix de son propriétaire fait vibrer ses tympans saignants, il la reconnaît aussitôt.

C'est la voix de celui qui ne s'appelle pas Nathan. Son cerveau congestionné refuse, pour l'instant, de lui rappeler son vrai prénom.

— Ils sont partis.

Ça y est, ça lui revient. La commotion n'est peut-être pas trop létale.

— Bonsoir Thomas.

Il oscille entre un vague réconfort et la crainte d'être achevé par le jeune homme. À coups de marteau, pourquoi pas. Le talion est indémodable.

Mais non. Une main tendue rejoint la jambe dans son champ de vision. Il s'y accroche et se laisse hisser.

Puis tombe dans les bras de Thomas.

— Je les avais repérés. Ils vous suivaient.

Guillaume cligne des yeux. De celui, du moins, qui a conservé sa mobilité. L'autre n'est plus qu'un bloc aveugle et pulsatile. Il essaie d'analyser les informations que lui communique le jeune homme, à commencer par sa présence impasse Dupuy. Il a du mal à spéculer.

— Et toi ? Tu étais là par hasard ?

— Non. Moi aussi je vous suis, depuis un bout de temps.

— Quel succès. Je suis flatté.

— Je voulais vous parler, mais j'osais pas.

— Eh bien, c'est peut-être l'occasion. Surmonte ta timidité, mon garçon.

Finalement, s'aidant du corps musclé du garçon, Guillaume se rassoit par terre. Si on doit causer, autant se mettre à l'aise. Et puis, debout, le monde tourne trop. Elle n'est pas mal, cette impasse. Tranquille. Après une hésitation, Thomas s'accroupit.

— Si tu envisages de finir le travail, dit Guillaume, j'aimerais autant que tu t'y mettes tout de suite, tant que je suis encore chaud.

La douleur commence à le travailler plus précisément. Il n'est plus une boule de souffrance indéterminée. Chaque membre, chaque organe le torture en solo. On gagne en clarté.

— Non, murmure Thomas. Vous aviez raison. J'ai agi comme une merde.

Guillaume comprend l'idée, même s'il ne voit pas bien comment les merdes agissent.

— Au début, poursuit le jeune homme, bien sûr, j'avais la haine, et puis… J'ai réfléchi.

— C'est important, la réflexion, approuve Guillaume.

— J'ai fait des conneries, mais des trucs honorables, vous comprenez ? Un peu de trafic, un peu de racket, j'ai cramé une voiture ou deux, avec des potes.

— Oui, rien que de très honorable.

— Mais le coup de la sextape… Avec Camille, en plus…

Thomas se tait.

— Rien n'est perdu, affirme Guillaume. On peut toujours se racheter.

— Je ne sais pas si ça sera utile, mais j'ai tout filmé.

— Tout filmé ?

— La… la baston. Au début, j'ai pensé à intervenir, mais je… j'ai eu peur de ces mecs.

— Je te comprends. Moi-même, je n'étais pas très à l'aise.

— Alors j'ai filmé. On les reconnaît bien sur les images.

Il les montre à Guillaume, qui a la joie d'assister sous un autre angle à ses dernières aventures. Il constate qu'il s'est évanoui très vite, ce qui l'a sans doute sauvé. Après, les coups sont plus tâtonnants, moins professionnels. Finalement, Lelong donne le signal du repli.

— J'étais caché là-bas, précise Thomas en indiquant deux grosses poubelles.

— Joli travail. Encore un peu classique, comme cadrage, mais prometteur.

Guillaume se dit que ce film, joint à celui des obsèques de Suzanne, pourrait intéresser le capitaine Merteuil.

— Et je suis prêt à témoigner, ajoute Thomas en rangeant son appareil.

Guillaume pose un bras douloureux sur l'épaule du garçon.

— C'est bien, ce que tu fais, petit.

— Si vous voulez, je peux vous héberger pour la nuit. Ma mère garde toujours des fringues de ses ex. Dans le tas, il devrait y avoir votre taille.

Guillaume hésite, mais guère plus d'une seconde.

— Je vous prêterai mon lit. Par contre, j'ai refait la déco récemment, ça sent un peu la peinture.

— Question puanteur, j'aurais du mal à te faire la leçon.

— Pas faux, avoue Thomas.

Puis, avec précaution, il aide Guillaume à se relever.

54

Adeline, Guillaume et Thomas fixent le visage du capitaine Merteuil.

Il a eu beau accepter de les recevoir tout de suite et faire preuve d'une appréciable affabilité, aucun des trois n'est à l'aise dans son petit bureau.

Concentré sur le téléphone de Thomas, il ne s'occupe pas d'eux. La voix rauque de Lelong s'échappe de l'appareil : « Putain, tu l'as fumé ! Tu lui as cassé la tête, connard ! »

Apparemment rompu aux vicissitudes humaines, Merteuil affiche une expression impassible, à peine troublée, de loin en loin, par une esquisse de grimace.

— Ils ne vous ont pas raté, commente-t-il avec ce qui ressemble à une pointe d'admiration, dont on ignore si elle va à Guillaume ou aux gangsters.

Guillaume hoche sa tête tuméfiée.

Quand Adeline a vu, la veille, cette tête s'encadrer dans son écran de contrôle, elle a cru à une défaillance du système et a cherché instinctivement un bouton de réglage. La présence de Thomas en arrière-plan l'a fait douter de son discernement. Puis elle a écouté leur histoire. Ils ont parlé, ensuite. Ils sont arrivés à la conclusion qu'il fallait tout raconter à Merteuil. Concernant Camille, et la possibilité qu'elle accepte de revoir

Thomas, les avis étaient partagés. Guillaume se montrait optimiste, Adeline réservée, Thomas pensait que c'était mort.

Ils ont donc décidé de s'attaquer d'abord au plus facile : le crime organisé. Ils ont pris rendez-vous avec le capitaine pour le lendemain à la première heure.

Celui-ci a recueilli le témoignage de Thomas concernant la sextape, visionné les vidéos.

Et maintenant, ils attendent son verdict, qui tombe assez vite.

— Ça ne suffira pas.

Ils s'y attendaient, mais tout de même, c'est décevant. Merteuil se cantonne dans le périmètre ennuyeux de la loi, déroule la procédure, fait valoir que oui, bien sûr, avec de telles preuves, on pourrait faire tomber Lelong et ses complices.

Guillaume trouve que ce serait bien, déjà. Merteuil le lui concède. Mais Fargier ? Même pas en rêve. Aucun lien prouvable entre les gouapes et le nabab. Il va garder les images, bien sûr. Si Guillaume le souhaite, on peut sûrement lui obtenir des dommages et intérêts pour remplacer ses dents même si, compte tenu de l'engorgement des tribunaux, les poules s'en verront sûrement pousser avant.

— De surcroît, si vous désirez vraiment engager des poursuites, je serai obligé de tenir compte de cette histoire de... sextape, ce qui risquerait d'attirer des ennuis au jeune homme alors que, si j'ai bien compris, la jeune fille ne veut pas déposer plainte.

— OK, concède Guillaume. On laisse tomber.

Décevant, donc. Décourageant. Accablant.

Ils ressortent du commissariat, gratifiés chacun d'une petite tape dans le dos. Celle que reçoit Guillaume tombe sur une ecchymose, mais il ne pense qu'aux regards navrés dont Adeline l'a gratifié en le voyant revenir, les soins qu'elle lui a prodigués – agréable combo d'analgésiques, de tisanes et d'exclamations –, les effleurements qu'elle a offerts à ses contusions, et qu'il a accueillis d'une virile grimace.

À l'endroit de Thomas aussi, elle se sent moins rancunière. Outre sa tendance naturelle à l'indulgence, son propre sentiment d'avoir, elle aussi, commis des erreurs dans sa vie joue en la faveur du jeune homme.

Pourtant, ce qui prévaut chez elle, à la sortie du poste, c'est bien l'abattement. Elle mesure l'énormité de la tâche et repense à ce bonhomme qui poussait perpétuellement son rocher jusqu'au sommet de la montagne avant de recommencer. Elle a lu un texte, à l'école, qui affirmait qu'il fallait l'imaginer heureux. Elle a du mal. Elle, ça ne la rend pas heureuse de voir débouler chez elle en permanence de nouveaux ennuis. Ni de savoir que les amis, anciens et nouveaux, les éventuels amoureux qui l'entourent, risquent de faire les frais de ses problèmes financiers. Quelque chose, en elle, cède. Elle regarde le rocher dégringoler la pente et reste en haut de la montagne, à humer le bon air d'altitude.

— Je laisse tomber, annonce-t-elle.

Ils sont tous les trois sur le trottoir, vers Exelmans, et ce n'est pas le bon endroit pour une telle annonce. Trop bruyant, trop de monde.

Mais Guillaume et Thomas entendent. Et comprennent.

Guillaume n'ose y croire. Il semble que les réflexions d'Adeline l'aient menée au point où les siennes l'ont conduit hier. Prudent, il commence par faire semblant de n'avoir pas saisi.

— Tu laisses tomber les poursuites contre Fargier ?

— Non. Enfin oui. Et je lui vends la boutique.

Thomas s'arrête net.

— Sans déconner ?

— J'ai l'air de déconner ?

Les deux garçons la dévisagent un peu, pour être sûrs, puis hochent la tête. Non, elle n'en a pas l'air.

— Vous pouvez pas faire ça ! proteste Thomas.

D'autorité, Guillaume entre dans un bar, trop cher pour lui, mais tout est trop cher pour lui. Ils s'installent autour d'une table.

— Il est plus fort que nous, explique-t-elle.

Et, après que le serveur est venu prendre leur commande, trois cafés, elle explique qu'elle n'a jamais décidé de consacrer sa vie à la défense de son établissement, qu'elle ne se sent pas tenue d'honorer – de cette façon du moins – la mémoire de son père, ni celle de sa mère, qu'elle déteste la violence, qu'avec l'argent gagné, elle pourra prendre un nouveau départ. Les arguments de Fargier ne sont pas si absurdes.

Guillaume se sent presque tenu, par honnêteté morale, de lui faire remarquer que ce serait mal remercier ses amis, qui viennent de se mettre en frais pour elle. Il ne le lui dit pas.

Adeline a fini de parler. Les cafés sont bus. Il faudrait quand même lui répondre. Et c'est alors que Guillaume repense à son début d'idée. Celle qui l'a traversé avant que les coups des spadassins ne l'effacent.

— Vendre, d'accord. Mais pourquoi à lui ?

Adeline, à demi levée pour régler les cafés, se rassoit.

— Pourquoi, demande-t-elle, tu veux faire une offre ?

Elle regrette aussitôt. Pas très chic, comme blague. Il ne lui en veut pas, l'amour a peu d'amour-propre.

— Moi non, mais je suis sûr que Mme Lahougue serait intéressée.

Elle demeure coite, entrouvre les lèvres. C'est assez sensuel à regarder. Il ne s'en prive pas.

— Marion ? balbutie-t-elle.

Il confirme, d'un sourire. Thomas ne capte rien, mais se retient de poser des questions.

Marion, oui, Marion. Adeline fixe sans le voir le marc de café qui macule le fond de sa tasse. Guillaume a promis de réfléchir, et il l'a fait. Voilà la solution qu'il lui propose.

« Je t'ai volé ton mari et, pour me faire pardonner, je te vends une affaire pourrie, infestée de mafieux. »

Guillaume sourit.

— Imagine, reprend-il. Elle achète ton commerce. Elle remet les statuts d'équerre. Elle t'embauche. Et si Fargier tente quoi que ce soit, il n'aura plus affaire à un clochard et un dealer, mais au groupe Lahougue.

— Je ne deale plus, précise Thomas.

Adeline rouvre la bouche. La referme.

— Pourquoi elle ferait ça ?

— Parce que c'est ton amie.

— Oui, enfin…

— Je sais. Mais elle le ferait surtout pour son fiston.

— Romain ? Comment ça ?

— Ce serait lui, le boss. Il gèrerait l'administratif. Pour la première fois de sa vie, il serait à la tête d'une entreprise qui marche.

Silence.

— Je vais reprendre un café, décide Adeline.

55

L'IDÉE DE GUILLAUME A, semble-t-il, jeté une clarté nouvelle sur la vie d'Adeline. Tout paraît plus net. Les jours erratiques s'ordonnent en parcours. Elle va le faire, c'est certain. Appeler Marion. Lui vendre la boutique. Ainsi s'expliquera l'insistance du destin à leur égard, le fil qu'il a tissé entre les deux femmes : leurs sorts étaient liés. Les tessons du passé se ressoudent, quelque chose de plus grand qu'elles, d'invisible, de secret, présidait à leurs existences.

Peut-être est-elle un peu bourrée quand elle expose cette théorie à Guillaume trois jours plus tard, dans les vapeurs parfumées au butternut qui montent de la soupière.

Elle va appeler Marion ce soir même. Elle a rassemblé ses arguments, en commençant par les plus pragmatiques. Elle a révisé avec Guillaume. Il fallait expliquer Fargier, mais aussi les impôts. Ne rien lui cacher. Les agressions, les violences, Olivier Lelong.

Elle s'est opposé les objections les plus vétilleuses : ne risquait-elle pas de mettre Marion en danger ? Et Romain ?

Guillaume a joué les interlocuteurs patients, a rappelé l'importance, la puissance de l'entreprise Lahougue, la solidité de ses reins, l'extension de ses réseaux. Ses liens avec d'autres machines de guerre industrielles, Texa, par exemple, il était bien placé pour le savoir. Et puis Marion était une femme de tête. Si elle jugeait le plan dangereux, elle ne signerait pas, malgré toute l'affection qu'elle portait à Adeline.

Il y a aussi et surtout Julien, mais Guillaume n'aborde pas le sujet.

Maintenant, la soupe au butternut est presque prête. Ils la mangeront dès qu'Adeline aura passé son coup de fil à Marion.

Mais elle n'appelle pas. Elle hésite, le pouce en suspens au-dessus du téléphone.

Guillaume, assis à table en face d'elle, dans la tiédeur de la petite cuisine, la regarde en plissant légèrement les yeux. C'est elle qui lui a demandé d'être là. Depuis le café qu'ils ont pris au bar, avec Thomas, sur fond de chanson française, la nature de leur relation a évolué, sans que ni l'un ni l'autre ne puisse dire exactement en quoi. Ils n'arrêtent pas de mettre au point les détails du plan, prennent tous leurs repas ensemble, examinent les obstacles et les moyens d'en venir à bout.

Comme elle demeure figée, son téléphone à la main, et que ça commence à devenir un peu pénible, il soupire et se lance.

— Tu n'es pas obligée de le lui dire.

Elle pose l'appareil sur la table.

— Vraiment ? murmure-t-elle. C'est ce que tu penses ?

Elle le fixe avec une intensité suppliante qui le bouleverse. Ce qu'il pense… Il ne sait pas ce qu'il pense. Il n'a pas cessé de se la poser, cette question de l'aveu, qui ne lui appartient pas, qui n'est pas la sienne. Ce dont il est sûr, c'est qu'elle a besoin d'une réponse, même mauvaise. Autre certitude, il peut de moins en moins se passer d'elle, de son regard sur lui. Alors tant pis. Il y va. Il faut bien.

— Tu sais, au lycée, on nous avait fait lire ce bouquin, *La Princesse de Clèves*…

Elle fronce les sourcils. Il sort les classiques. Elle aimerait mieux éviter de subir une dissertation.

— Je vois, oui. L'histoire de cette femme qui se marie avec un homme et, juste après, tombe amoureuse d'un autre.

Il acquiesce. Sa paupière encore très gonflée lui confère, Dieu sait pourquoi, une espèce d'autorité lasse.

— Tu te rappelles peut-être qu'elle décide de tout avouer à son mari.

Au tour d'Adeline de hocher la tête. Elle commence à entrevoir où il veut la mener.

— Tu essaies de me faire comprendre qu'elle n'aurait pas dû, c'est ça ? Ça finit mal, me semble-t-il.

— Disons que le mari meurt de chagrin.

— Tu penses que Marion va mourir de chagrin, si je lui raconte tout ?

— Pas nécessairement. Elle me semble plus résistante que M. de Clèves. Par contre, elle t'en voudra peut-être. Et Romain aussi. Ça ternira l'éclat de votre amitié.

— Une amitié qui repose sur un vieux mensonge.

— Sur un secret. Qui n'appartient qu'à toi. Et à Julien.

Il prend sur lui pour prononcer ce prénom, qui lui irrite un peu la gorge. Mais moins qu'il n'aurait cru.

Elle se tait, un long moment, observe l'écran noir du téléphone. Elle n'est pas naïve au point de prendre pour argent comptant les arguments littéraires de Guillaume. Elle mesure la part de complaisance qu'ils recèlent. Mais elle sait aussi qu'elle n'est pas une héroïne tragique. Alors elle cède et s'empare de l'appareil.

— OK. Je l'appelle.

56

— On ne va pas se mentir, annonce Marion, Romain a déjà eu l'idée.

Quand Adeline l'a appelée, une heure plus tôt, elle l'a laissée exposer la situation, puis l'a interrompue :

— Pas au téléphone. Viens tout de suite. Je t'appelle un taxi.

— Aucune importance, a dit Guillaume, la soupe de butternut est meilleure réchauffée.

Maintenant, les deux femmes sont assises dans l'immense salon de Marion.

Adeline ouvre de grands yeux. Marion nuance.

— Oui, enfin, en gros. Disons que ton business le fait complètement rêver.

— Mon business…

— Ce sont ses mots. Tu te rends compte, il me dit, le potentiel du truc ! De nos jours, personne ne dort plus. L'insomnie, le burn-out. C'est une mine d'or…

— Vu sous cet angle…

— Je t'avoue que j'ai failli te faire une offre, plusieurs fois.

Elle s'interrompt, se lève, va chercher deux petits verres, les remplit, en tend un à son amie, vide l'autre, le remplit à nouveau.

Adeline se sent gagnée par un sentiment complexe. Pas sûr que le dictionnaire en connaisse le nom. Un mélange d'allégresse et d'effroi.

— Mais tu sais ce qui m'a retenue ? interroge Marion.

Non, Adeline ne le sait pas.

— C'est que tu es une personne tellement… tellement délicate. Moi, tu vois, j'ai pris l'habitude de foncer. Je signe, je conclus, j'avance. Toi, cette siesterie, c'est ton bébé. Je suis trop heureuse de ce qui nous arrive. Tchin !

Adeline trinque et avale péniblement sa gorgée d'élixir.

— Marion… tu as bien compris que Fargier…

— J'ai très bien compris. Crois-moi, ce fumier va regretter de n'avoir pas été gentil avec toi.

Marion attrape le poignet d'Adeline et le serre.

— On est sœurs, tu comprends. On est soudées.

Elle parle un peu trop fort.

— Il est dangereux, insiste Adeline.

— Mais moi aussi, je suis dangereuse. Demande à ceux qui ont essayé de me la faire à l'envers.

Adeline, évitant son regard, ingurgite deux autres gorgées.

— Pour toi, ça ne changera rien, promet Marion. Tu continueras de prendre toutes les décisions, même si Romain est officiellement responsable.

— Oh, tu sais, il n'y a pas vraiment de décisions à prendre.

— Alors c'est parfait. Il sera fou de joie. Tu nous rends un sacré service, Adeline. Comme autrefois.

Levant haut son verre, elle s'écrie :

— À Julien !

— À Julien, s'étrangle Adeline.

57

À PARTIR DE LÀ, les jours s'écoulent encore plus vite.

Un matin, Romain se présente à la siesterie. Il est effectivement fou de joie. Un gosse à qui l'on offre un nouveau jouet. Il se tient dans l'entrée, où Adeline le rejoint, tandis que les clients baignent dans leur bien-être onirique. Elle le trouve rayonnant et gêné. Il la regarde, hésitant entre diverses attitudes, étant entendu qu'à leurs âges, on ne se saute plus dans les bras. Mais les quatre bises qu'il lui fait valent une longue étreinte.

Elle est troublée, bien sûr. La peau du garçon, même mal parfumée par on ne sait quel produit coûteux contemporain, lui transmet le discret signal olfactif musqué qui préludait à ses embrasements, un quart de siècle plus tôt. Elle ferme les yeux.

— Ça va ? s'inquiète Romain.

— Mieux que bien.

Alors, il se lance dans un discours confus, il explique à quel point il est heureux de travailler avec elle. C'est comme ça qu'il dit. Travailler avec elle. Il ne joue pas les propriétaires, encore moins les patrons.

— Ce qui est ballot, remarque Adeline, à un moment où il reprend son souffle, c'est qu'on vient de refaire la déco.

Il la regarde, surpris.

— Et alors ?

— Alors… je ne sais pas. Ce sera ta boîte. J'imagine que tu veux… l'agrandir, modifier des choses…

Il l'interrompt en lançant les mains en avant, comme faisait son père, coiffant au passage une mèche rebelle, comme faisait son père.

— Ah mais non ! Rien du tout ! On ne touche à rien. C'est parfait ! C'est… *ton* monde.

Puis il expose une théorie, peut-être improvisée, selon laquelle chaque élément d'un lieu participe de son âme et que le succès d'une entreprise relève presque du surnaturel, du génie de son créateur, de sa créatrice, raison pour laquelle il s'est toujours planté, lui.

Il expose sa nullité en tant qu'entrepreneur comme un fait mille fois prouvé par l'expérience. Il ne cherche ni à être plaint ni à se faire consoler. Il est nul, c'est comme ça. Mais il est heureux.

— J'espère juste ne pas faire couler le bateau, pour une fois !

Il rit, d'un rire inquiet.

Elle lui expose ses propres inquiétudes, portant sur le volet administratif. Il balaie tout ça. Il y a toute une équipe, des comptables. Ils travaillent en ce moment même avec la Chambre de Commerce, anticipent d'éventuels coups fourrés de Fargier, ça va très bien se passer.

Alors, elle lui prend les mains et lui affirme qu'il est loin d'être nul. Très loin. Et qu'elle aussi est très heureuse de travailler avec lui, même s'ils n'ont ni l'un ni l'autre la moindre idée de ce que sera ce travail. Pour l'instant, il faut qu'elle aille réveiller les clients. Il comprend, bien sûr, il se lève, promet qu'il revient très vite et cette promesse la réjouit.

Le soir, elle parle encore des heures avec Guillaume. Avec une prudence timide, ils abordent l'avenir. Pourquoi pas un espace restauration ? Quelque chose de simple et d'élégant, ou un salon de thé à la mémoire de Suzanne, et qui porterait son nom, avec des paris-brest à tomber par terre ? Et Guillaume serait le chef? Mais sans contraintes, sans horaires ? On peut se permettre, on a les sous, on est débarrassés des méchants. Ils rient, reprennent un verre, se regardent, rediscutent.

Lola, dont l'obstination à garder les pieds sur terre contrarie un peu Adeline, lui conseille de rester sur ses gardes. Fargier a plus d'une saloperie dans son sac. Elle a raison mais n'empêche, on préférerait qu'elle ait tort. Et puis, Adeline en a marre d'être sur ses gardes. Elle n'est pas faite pour ça. Elle est douée pour la confiance. Lola bat en retraite. C'est qu'elle en a tellement vu, dans sa profession… Adeline n'ose pas lui proposer d'arrêter. Pourquoi ne travaillerait-elle pas, elle aussi, au salon de thé Suzanne ? Mais c'est délicat. Elle garde l'idée pour plus tard.

Et Fargier, justement ?

Les jours passant, il semble avoir disparu. Son mauvais souvenir rôde, mais rien de plus. C'est déjà beaucoup, un mauvais souvenir. Et, hélas, ça ne dispense pas de la vigilance.

Thomas, lui, est là presque tous les matins et tous les après-midi, jusqu'à tomber, un beau jour, sur Camille, assise dans la verdure de l'entrée.

Ils sont seuls. Adeline travaille au dortoir.

La jeune fille se fige, mais ne se lève pas.

Lui devrait faire profil bas, mais il sourit. Un sourire tellement sincère que Camille doit baisser les yeux qu'elle avait résolu de planter dans les siens, façon baïonnettes.

— Je suis content de te voir, murmure-t-il.

Elle ne répond rien. Trop de mots coincés dans la gorge, des mots trop gros, des insultes, des cris. Si elle desserrait les mâchoires, il serait enseveli direct.

Adeline et Guillaume lui ont raconté ce qu'a fait Thomas, son témoignage au commissariat, ses regrets. Elle les a écoutés. Mais ça ne change rien. Le pire, c'est qu'elle le trouve toujours aussi beau et que celui qu'il était avant l'agression subsiste, intact, dans le sourire qu'il lui offre. La blessure est ailleurs. La douleur. Le viol. Parce que c'est un viol. Il l'a offerte en pâture.

Elle finit par se lever, passe devant lui, franchit la porte et disparaît.

Il juge que c'est un début.

La nouvelle se répand chez les amis, chez ceux qu'Adeline considère désormais comme ses amis, Claude, Manon, son mec, leur bébé, tous les autres. Ils sont inquiets, au début, de savoir qu'elle vend, mais ils apprennent à connaître Romain et le courant passe. Est-ce que pour une fois, dans la vie, dans le monde, quelque chose de bien pourrait advenir ?

Marion l'informe de temps à autre des « avancées ». Tout se passe bien. Elle bétonne son offre. Elles se sont mises d'accord sur les conditions financières. Adeline ne demandait presque rien, elle aura trois fois plus, c'est comme ça, et, bien entendu, la jouissance de son appartement tant qu'elle le désire, et il y aura un contrat, avec toute une série de clauses en sa faveur, et des garanties, et de la transparence. Marion a *pris l'attache* de l'inspecteur des impôts qui est venu lui rendre visite. Il est très gentil, très compréhensif et, franchement, Adeline se faisait des montagnes de pas grand-chose, apparemment, on remet tout ça sur les rails, l'argent arrange tout.

Et puis, un matin, Fargier se présente.

Fargier lui-même, avec son manteau chic mais simple, et sa politesse et sa voix douce.

Adeline est seule. Il est tôt. Guillaume est parti faire des courses, comme souvent. Peut-être Fargier le sait-il. Sûrement.

Elle s'est imaginé plusieurs fois qu'il reparaîtrait mais pas comme ça, pas si simplement, pas juste après avoir sonné. Quand elle a vu son visage sur l'écran, elle a compris que, tout ce temps, elle s'était préparée à cet assaut.

C'est sans doute une erreur, mais elle le fait entrer.

Elle s'assied à son bureau, sans un mot, et elle attend.

— C'est très joli, dit-il en caressant la feuille d'une plante verte entre le pouce et l'index.

Il lui sourit, approche un fauteuil du bureau, s'y installe. Il est trop près. Elle déteste ça.

— On va faire court, annonce-t-il. Je sais que le compromis doit être signé très bientôt. Ça veut dire que ce n'est pas fait, n'est-ce pas ?

Il lui parle comme un gourou. Elle garde le silence. Pendant ce temps, il fouille dans sa poche intérieure, en sort une petite liasse de photos qu'il dispose soigneusement sur le plateau du bureau, sous ses yeux, comme on étale un brelan d'as.

— Comme je m'intéresse à vous, j'ai envoyé une petite équipe en Bretagne. C'est joli, la Bretagne. Humide, mais joli. Ils ont apprécié. Vraiment.

Elle détourne le regard, fixe le mur, devant elle, par-dessus la tête de Fargier. Mais les yeux, ça ne se commande pas si bien qu'on croit. Ils ont aperçu les photos, eux. Ils en ont vu assez pour qu'elle devine. Pour qu'elle comprenne.

— On dit que les Bretons sont taiseux. Ce n'est pas complètement faux. Mais, comme vous le savez, mon équipe a des ressources.

Elle ne peut pas rester ainsi, le cou tendu, muette, suspendue. C'est inutile et ridicule. Elle regarde les photos.

Sur la première, elle embrasse Julien à pleine bouche sur une plage. Sur la deuxième, elle embrasse Julien à pleine bouche par-dessus la table d'un petit café, en terrasse.

Les coups les plus bas provoquent une stupéfaction proche de l'anesthésie. Elle ne souffre pas encore. Elle se contente de relever la tête et de regarder son bourreau dans les yeux.

— Ce serait dommage que ces documents soient transmis à Mme Lahougue ou à son fils, opine-t-il. Ça leur ferait beaucoup de peine.

58

Guillaume n'ose prendre la parole qu'aux environs de Rennes.

Jusque-là, il s'est juste estimé heureux d'être du voyage. Et puis l'odeur de propre de la petite Auris de location lui donnait mal au cœur. Il a pris sur lui, fait semblant de dormir, lorgné du coin de l'œil le profil fermé d'Adeline qui conduisait sans un mot, sans un regard pour lui.

C'est vrai qu'il s'est imposé. Quand il est rentré des courses, ce matin, ravi d'avoir dégoté une petite épicerie bio abordable, il l'a trouvée défaite, hagarde, égarée, blafarde, mutique, et encore, il aurait fallu beaucoup d'autres mots pour venir à bout de la tête qu'elle faisait.

— Je pars, lui a-t-elle dit. J'ai loué une voiture.

Il a posé son cabas et déclaré qu'il l'accompagnait. Elle a refusé, il a insisté. Impossible de la laisser partir seule avec une tête pareille. Une tête de future accidentée.

Elle n'a dit ni oui ni non, elle a empoigné un petit sac de voyage, l'a jeté sur son épaule avant de sortir dans la rue sans se retourner. C'est lui qui a dû fermer la boutique derrière elle, en catastrophe. Elle marchait tellement vite qu'il a fallu courir pour la rattraper.

Elle a expédié les formalités chez le loueur, signé ce qu'il fallait, payé ce qu'on lui demandait, sans un mot. Il s'est chargé des sourires et des remerciements. Ensuite, il a tout juste eu le temps de se jeter sur le siège passager avant qu'Adeline ne démarre sur les chapeaux de roue.

Mais il n'a pas eu peur longtemps. Elle conduisait à la perfection, sans la moindre prise de risque. Elle avait moins l'air d'une folle. Ou plutôt, elle affichait un autre genre de folie. Une démence froide et mesurée.

Il a constaté qu'on filait vers l'ouest, inféré la Bretagne. Rien de plus. C'était déjà beaucoup.

Il s'est fixé Rennes pour s'enhardir à parler, espérant qu'elle n'aurait pas le cœur, si loin de Paris, de l'abandonner sur le bas-côté. Pari risqué.

— Il s'est passé quelque chose ? demande-t-il d'une voix ridicule.

Elle ne répond pas, s'engage sur la rocade, direction Brest. Il songe à renoncer. On verra bien. Mais, dès qu'ils ont enfilé la voie rapide, elle lui explique. Fargier, les photos.

Il comprend qu'il a de la chance. S'il n'avait pas écouté la confession d'Adeline au contrôleur des impôts, s'il n'était pas déjà au courant de l'affaire Julien Lahougue, elle ne l'aurait jamais laissé l'accompagner. Elle y a consenti parce que, peut-être, il l'espère de tout son cœur, elle compte sur son soutien. Parce qu'elle lui fait une place dans son histoire. Reste la question cruciale : que veut-elle faire exactement ?

Il la lui pose.

— Aucune idée.

Bon. Ça ouvre des possibilités. Il se retient de la questionner davantage, constatant qu'elle serre les dents au point de faire saillir dans sa mâchoire des muscles qu'il ne lui avait jamais vus. Prudence. Il réfléchit de son côté, essaie d'adopter son point de vue.

À sa place, il voudrait démasquer le traître. Savoir qui avait donné ces photos à Fargier. Qui, depuis tout ce temps, était au courant. Et pourquoi cette personne n'avait rien dit jusqu'à aujourd'hui. L'appât du gain n'expliquait pas tout.

Il coule un nouveau regard dans sa direction. Lèvres closes. Maxillaires en tension.

— Tu veux que je te relaie ?

Aucune réponse.

Vers Saint-Brieuc il a vraiment très faim et se demande comment il pourrait le lui faire savoir, teste diverses phrases dans son for intérieur. À Guingamp, n'ayant rien trouvé, il tente une sieste, présumant qu'il aura peu d'occasions de se reposer par la suite.

Il se réveille quand elle coupe le moteur.

Ils sont garés sous un viaduc monumental et, juste comme il lève les yeux, un train y passe, traversant les nuages. Il masse sa nuque endolorie, capte quelques détails du décor, hautes maisons grises d'allure moyenâgeuse, haut ciel gris atemporel. Dans les lointains, un goéland se marre à pleins poumons. La Bretagne, donc.

Ça ne lui déplaît pas. Pas du tout.

Revenant à Adeline, il la trouve transformée. Affaissée, d'un coup, comme en tas sur son siège, les mains toujours sur le volant mais les bras mous. Il réalise qu'elle a conduit pendant plus de six heures. Il déboucle sa ceinture, fait le tour de la voiture, ouvre la porte côté conductrice et s'incline, façon valet de pied.

— Madame.

Elle lui offre un regard épuisé.

— Première chose, décrète-t-il, on va manger.

Il s'attend à des protestations, mais non. Elle se déplie douloureusement, grimace un peu. La voilà debout, mais elle chancelle. Il la soutient.

— Il y a une crêperie, là.

Une crêperie, la bruine, l'air salin. Tout s'ordonne à merveille. Il lui prend le bras, façon mari, cette fois.

La crêperie est conforme à ce qu'il en espérait, boiseries sombres, chromos de bigoudènes et de ramasseurs de varech, on joue la carte folklorique, c'est parfait. Ils commandent du cidre et des galettes complètes. Adeline reprend un peu de couleur.

— Alors, c'est là que tu vivais ?

Il se lance, tant pis. Elle dessine quelque chose, sur la table, du bout des doigts. Il ne devine pas quoi.

— Presque ici. Plus loin, sur la rivière.

Il se fait préciser. La ville accueille une rivière. Il y a un port. Elle habitait à quelques kilomètres, un village, Le Dourduff, en direction de la mer. Il saisit plus ou moins. Les complètes arrivent, coiffées de leur jaune d'œuf qui luit gentiment. Il se jette dessus.

Adeline semble avoir moins d'appétit, chipote. Il l'encourage. Elle finit par manger, à petites bouchées. Il se cale sur son rythme, savourant avec elle la tendre austérité du blé noir. C'est vachement bon. Il le dit. Elle en convient.

— Je ne comprends pas, annonce-t-elle une fois le café servi.

Ça y est. On revient dans le dur. Lui, ça ne lui déplaisait pas d'avoir un peu perdu de vue la raison de leur voyage. Raison qu'il ignore, d'ailleurs. Pas que ça le dérange. Il est ravi de se retrouver seul avec elle, loin de tout, loin des autres. Mais il se force à réenvisager les enjeux. C'est une affaire de chantage. Une affaire d'adultère. Une affaire humaine. Le projet de rachat de la siesterie par Mme Lahougue est en péril. Adeline ne lui a pas vraiment révélé ce qu'elle a répondu à Fargier, au sujet des photos. Peut-être ne s'en souvient-elle pas elle-même. Il y a un flou entre le moment où le promoteur lui a montré ces images et celui où elle a pris la décision de partir pour la Bretagne. Marion est-elle déjà informée ? Tout est-il déjà fichu ? Auquel cas, à quoi bon rentrer à Paris ?

Voilà ce qu'il aimerait lui dire.

Mais elle a sorti les clichés de son sac et, maintenant, elle les étale sur la table.

C'est un choc pour lui, de découvrir la façon dont elle embrassait cet homme. Tout ce désir, toute cette beauté, cette jeunesse sous ses yeux. On dirait deux stars qui s'enlacent. Un choc cosmique. Il se sent misérable.

— Qui a pu prendre ça ? s'interroge-t-elle.

Il se retient de sourire. Quelle naïveté ! N'importe quel amateur de ragots aurait pu voler ces images. Est-ce qu'elle mesure l'érotisme de leurs étreintes ? Est-ce qu'elle se rend compte de l'effet que ça fait, de voir ce couple de cinéma ? Elle, dans cette robe légère, hallucinante de légèreté, lui, mince et fort, mal rasé, mal coiffé, impeccable. Qu'est-ce qu'elle s'imaginait ? Qu'ils étaient invisibles ?

Mais, rapide réflexion faite, il se rappelle que les faits remontent à plus de vingt ans et qu'à cette époque, il était moins facile de voler des images. Il existait sans doute déjà des appareils photo numériques, mais ces clichés-ci sont d'une qualité quasi professionnelle. De la belle ouvrage. Alors, certes, ils ressemblent à des acteurs, mais de là à attirer les paparazzi…

— Aucune idée, répond-il. C'est très étrange, en effet.

— Il devait avoir un téléobjectif.

Possible, oui. Et alors ? Mais il n'est pas là pour la faire douter de l'utilité du voyage. Il est là pour l'encourager, pour l'aider, pour être à ses ordres. Il garde pour lui ses remarques.

— Un téléobjectif... Tu connaissais un photographe amateur ou professionnel ? Un journaliste ?

D'un hochement de tête, elle confirme qu'elle s'est évidemment déjà posé la question.

— Ça ne me dit rien. Mais peut-être qu'en me voyant débarquer ici, le maître-chanteur aura une réaction qui le trahira.

D'accord. Donc elle a bien une esquisse de plan.

— Et si tu me faisais un peu visiter ? propose-t-il.

Elle accepte. Ils redémarrent. Cette fois, il conduit et elle le guide. Ils longent d'abord la fameuse rivière jusqu'au Dourduff. Il est estomaqué. On dirait un autre pays, un genre de Canada. Passé le port et ses mâts, les écluses, on sinue doucement dans la verdure, le long d'un large cours d'eau encaissé. C'est un peu la mer et un peu la montagne. C'est ailleurs. Sur l'autre rive, un arbre immense croule sous une petite foule de grands oiseaux blancs. Elle lui apprend que ce sont des aigrettes. Elles ont toujours vécu là. À mesure qu'ils progressent, l'horizon s'élargit. On va vers l'embouchure, vers l'océan. Le ciel prend toute la place, brasse des tonnes de grand vent. Des nuages nouveaux, inconnus, se roulent dans le gris. On n'en verra jamais de pareils à Paris. C'est une autre espèce, sauvage.

Passent des canards, à l'aise dans cette démesure. Sur un rocher, trois cormorans font sécher leurs ailes. Ici, on semble loin des extinctions de masse. Ça se rallumerait plutôt.

Bientôt, des façades minuscules apparaissent dans le lointain. Semis de maisons de poupées qui s'étalent sur une colline boisée, au bord de l'eau. Des bateaux dorment à leurs pieds. On passe un pont. C'est Le Dourduff-en-Mer.

— Je vivais là-bas, indique-t-elle, à côté du Café du Port. La maison avec la bow-window.

Il connaît le mot mais son sens précis lui échappe. Il comprend vite. Une avancée vitrée, trois panneaux de lumière. Ils se garent sur un petit parking en contrebas.

Quand elle se serre contre lui, il la sent trembler, alors, allez, tant pis, il entoure ses épaules d'un bras protecteur. Ça se fait.

Ainsi nichée, elle observe chaque détail, se les remémore à mesure qu'il les découvre. C'est très propre, visiblement riche. De vastes terrasses, du granit bien solide, des toits d'ardoises habitués aux tempêtes.

Ils s'arrêtent devant la maisonnette de jadis. Jardinet dallé meublé d'une table pour deux, portillon de bois. Par la fenêtre, on devine à travers un rideau de tulle rose une salle de séjour sobrement meublée d'où s'élève un escalier en colimaçon qui évoque à Guillaume celui d'un phare, bien qu'il ne soit jamais entré dans un phare.

Tandis qu'elle lève les yeux vers la bow-window, il se penche pour déchiffrer le panonceau fixé au portillon. « À louer. » Il note le nom et le numéro qui suivent.

— Voilà, dit-elle.

Elle demeure longtemps immobile puis se tourne vers la baie, vers les bateaux. Il devine. C'est par là qu'il venait. Un frisson le parcourt.

Quand elle a fini de se taire, elle lui propose une promenade. Ils continuent le long de l'eau, passent les baraques ostréicoles et le loueur de kayaks, fermé hors-saison. Ils marchent sans parler, observant les oiseaux qui s'ébattent sur une langue de vase bleutée.

— La marée descend, constate Adeline.

Plus loin, le sentier s'élève vers la forêt. Cette fois, c'est elle qui attrape son bras et le passe autour de ses épaules, comme une grande écharpe chaude. On dirait que ça commence à devenir une habitude. Qui a dit que l'habitude tuait l'amour ? C'est l'inverse qui est vrai.

La forêt sent bon la résine et l'iode. Du bleu palpite entre les arbres. Ils montent toujours, aperçoivent une grande villa avec piscine, puis la forêt se fait moins dense et devient un verger. Plus loin encore, des demeures d'architecte à baies vitrées alternent avec des bâtisses traditionnelles rénovées. Un quartier opulent et paisible, vue sur l'immense.

— Ton ancienne maison est à louer, révèle-t-il, l'air de rien, quand ils s'engagent dans les venelles qui les ramènent à la voiture.

— Je sais. J'ai vu.

Elle ne commente pas. On a tout le temps. Il se rappelle qu'il est parti sans bagage. Préoccupation bien bourgeoise, pour un clochard. Mais la misère le tente moins, ces temps-ci.

Quand ils remontent dans la voiture, elle s'installe côté conducteur. Elle a sans doute une idée derrière la tête. Ils retournent à Morlaix. La même route, dans l'autre sens. Nouvelles merveilles. Un village sur la rive opposée, qu'il n'avait pas vu à l'aller. Une église de poche. Il l'imagine, des années plus tôt, dans ce paysage, embrassant cet homme. Il devine un peu ce qu'a pu être cet amour.

Il s'autorise une question.

— Où est-ce que tu m'emmènes ?

— À l'école. C'est l'heure.

59

Elle avait beau s'y attendre, elle est stupéfaite que les choses aient si peu changé, en dix ans. Bien sûr, des bâtiments ont été construits aux abords de l'école, des logements très sociaux, du faux beau, du coloré à bas coût, des cubes pour familles populaires nombreuses. À l'époque, c'était un genre de terrain vague. La maternelle se situe un peu à l'écart de la ville, dans un espace jadis arboré, propice aux sorties nature, avec ramassage de feuilles, cueillette d'herbe, galipettes dans la boue. Maintenant, c'est bitumé, mais la municipalité s'est fendue d'un terrain de jeux et, plus loin, d'un circuit de remise en forme avec agrès au rabais où stagnent des ados à téléphones.

C'est l'heure des mamans.

Elles sont là, massées comme d'habitude devant la grille, discutant, heureuses de se retrouver, elles ont les bras croisés et de petits mouvements de jambes, impatientes. Elles ont les mêmes têtes que vingt-cinq ans plus tôt, presque les mêmes coiffures. Adeline réalise que ces mamans sont sans doute d'anciennes élèves de l'école. Elle observe discrètement leurs visages pour tenter d'y reconnaître les traits de celles qu'elle accompagnait dans le sommeil.

Involontairement, son regard s'attarde sur le visage des rares papas, dont aucun n'est Julien.

Guillaume, embarrassé de lui-même, se compose une attitude, affecte de réfléchir à des trucs en examinant des machins.

Une sonnerie retentit, beaucoup plus sirupeuse que celle d'autrefois, des notes douces qui évoquent un jingle d'aéroport.

Les portes s'ouvrent, une première escouade de bonnets, d'écharpes et de cris jaillit du bâtiment, investit le bitume de la cour, et les deux maîtresses qui les accompagnent semblent surfer sur cette vague d'énergie. Rien n'a changé.

Sauf les maîtresses, qu'Adeline ne reconnaît pas. Maîtresses ou dames de service. Rien d'anormal, mais elle s'était attendue à revoir Noémie, ou la directrice. Elles ne sont pas si vieilles. Pas plus qu'elle.

Elle attend. Se présentent d'autres pelotons d'enfants, d'autres maîtresses, un maître, orné d'une barbe à la mode. Aucune figure connue. Les mamans récupèrent leur progéniture, parlent encore un peu, finissent par s'égayer, rejoignent leurs voitures en cornaquant leurs petits troupeaux barissants.

Adeline est surprise de ne pas ressentir grand-chose. Elle a déjà anticipé maintes fois ce retour et, dans son imagination, il lui procurait une intense émotion, qui la cueillait au sternum. Mais elle n'est pas dans les bonnes dispositions. Elle n'est pas disponible. Elle enquête.

— J'y vais, annonce-t-elle à Guillaume.

Il en déduit que lui, il n'y va pas, ce qui l'arrange bien. Les écoles, ça l'angoisse.

Adeline rejoint la jeune femme qui s'apprête à refermer la grille.

— Excusez-moi !

L'autre lui adresse un sourire interrogatif, tout en essayant de maîtriser une mèche de ses cheveux, que le vent s'amuse à lui rabattre dans l'œil. C'est une femme vraiment jeune, pleine d'énergie, qui donne envie d'être sa collègue.

— Bonjour, se lance Adeline. Je… J'ai travaillé ici autrefois…

« Autrefois » lui semble exagéré. Dix ans, tout de même, ce n'est pas si énorme. Mais elle se dit que pour cette fille, qui devait entrer au lycée au moment où Adeline a quitté la Bretagne, le mot doit sembler juste. Elle se reconcentre, arrête de penser autant au temps.

— Ah bon ? Dans cette école ?

La question est bizarre mais l'intention paraît bonne. La fille veut encourager Adeline à en venir au fait parce qu'elle a sa journée dans les pattes et que malgré son dynamisme, à la voir de plus près, on perçoit qu'elle est crevée.

Mais le fait, les faits sont complexes. Durant les six heures de voyage, elle s'est entre autres demandé comment elle devrait aborder les gens, les témoins éventuels, s'il fallait inventer un prétexte ou déclarer tout de go qu'elle était victime d'une tentative de chantage en lien avec son passé, et qu'elle avait besoin de renseignements. C'est cette solution qu'elle a adoptée mais, en situation, les mots ne viennent pas.

— Vous aviez quelles classes ? insiste la fille.

Ah oui, bien sûr, elle la prend pour une institutrice. On ne dit plus institutrice depuis longtemps, Adeline, on dit « professeur des écoles ». On ne dit pas non plus « dame de service ». On utilise des acronymes, mais elle a oublié lesquels.

— Non je… j'aidais les maîtresses. Je m'occupais beaucoup du dortoir.

Formulation obscure, mais la jeune femme saisit l'idée, hoche la tête, ne trouve rien à répondre, alors Adeline continue.

— Je me demandais… Ce serait possible de voir la directrice ?

Le visage de son interlocutrice se ferme.

— C'est moi, la directrice. Mme Bothorel a obtenu sa mutation il y a trois ans.

Mme Bothorel. C'est ça, le nom. Elle n'y avait pas repensé. Trois ans, c'est peu. Elles ne se sont pas ratées de beaucoup.

— Et… et Noémie ?

Zut. Seul le prénom lui revient. Adeline est stressée, paraît sans doute complètement stupide.

Est-ce pour cette raison que la jeune femme se rembrunit de plus en plus ? Qu'elle paraît presque fâchée, maintenant ? Ou alors embarrassée, contrariée. Quelque chose cloche.

— Vous parlez de Noémie Liotard ?

Liotard. Comment ce patronyme a-t-il pu se dérober à sa mémoire ? Adeline est saisie. Pour elle, Noémie a toujours été Noémie. La mère de Youn. Mais ça n'explique pas tout. Entre la mort de Julien et celle de son père, moment où elle est partie pour Paris, elle n'a jamais *vraiment* parlé à Noémie. Elles ont coexisté dans l'espace de l'école qui, en ce temps, lui semblait revêtir les dimensions de l'univers, et qui maintenant lui apparaît rabougri, minuscule. Comment a-t-elle pu y enclore tant d'années ? Y regarder dormir tant d'enfants ? S'y taire autant près de Noémie ? La mort de Julien a signé sa mise en sommeil. La voilà, la vérité. Elle a rêvé là, les yeux ouverts.

— Noémie Liotard, exactement. La mère du petit Youn.

Pourquoi cette précision ? Peut-être espère-t-elle qu'elle lui donnera davantage de crédit. Qu'elle légitimera sa présence ici. Le petit Youn, il a l'âge du petit Romain. La trentaine. Il avait donc vingt ans quand elle a ouvert la siesterie. Mais lui aussi, elle l'avait perdu de vue. Depuis longtemps.

La jeune femme est vraiment très mal à l'aise. Elle hésite et finit par se lancer.

— Écoutez, je suis vraiment désolée de vous l'annoncer comme ça… Mme Liotard est décédée l'année dernière.

Adeline fronce les sourcils le temps que les mots se chargent de sens. Un vide gris la happe, mais Guillaume s'est matérialisé derrière elle et la soutient.

Noémie décédée. C'est impossible. Noémie a son âge. Pas celui de mourir. La mort de sa mère, celle de Julien n'y changent rien. Ce sont des exceptions qui confirment la règle : on meurt vieux. On meurt plus tard. On meurt dans l'avenir.

Noémie ne peut pas être morte avant qu'elles se soient revues, expliquées.

La jeune femme commence à manifester plus clairement son impatience que ce moment finisse. Elle ébauche des gestes pour fermer la grille.

— Mais… reprend Adeline, le souffle court. Mais comment…

Son interlocutrice lève une main, pour l'interrompre.

— Désolée, madame, je ne peux pas vous en dire davantage…

Elle essaie une petite moue désolée. C'est agaçant. Pourquoi ne peut-elle lui en dire *davantage* ?

Mais justement, c'est ça qui est louche, aux yeux de la jeune femme. Si Adeline est bien celle qu'elle prétend, comment se fait-il qu'elle en sache si peu ? La directrice se méfie. Il y a des gens bizarres. Et c'est vrai, c'est bizarre. Adeline est partie sans laisser d'adresse. Personne n'a cherché à la retrouver. Mais elle veut savoir comment Noémie est morte. Elle ne peut pas repartir bredouille. Elle tente une question.

— Vous l'avez connue ?

La directrice hausse les épaules, clairement hostile, maintenant.

— Oui. Nous avons été collègues deux ans.

— Et… Elle ne vous a jamais parlé de moi ? Adeline…

Elle tend la main, bêtement, comme si on reprenait tout à zéro. Aux présentations. Mais l'autre ne la saisit pas. Elle s'est immobilisée et paraît abasourdie.

— Adeline ? Vous êtes Adeline ?

— Tout à fait, intervient Guillaume, dont on avait oublié la présence, mais qui ne perd pas un mot de leur échange. La seule, l'unique Adeline.

— C'est vous qui endormiez les enfants ?

Difficile de nommer l'émotion qui semble avoir envahi la jeune femme, et dont l'intensité se lit sur son visage. Un trouble qui oscille entre l'admiration et la crainte.

— Oui, enfin…

— C'est elle, confirme Guillaume.

La directrice hésite puis, d'un signe de tête, les invite à la suivre.

Et c'est là, sans prévenir, que l'émotion submerge Adeline.

La traversée de la cour est un voyage spatio-temporel. L'entrée dans le hall sonore et odorant, un retour à Ithaque, la fin d'une odyssée. Ça sent la peinture, la colle, l'enfance. Sa gorge se serre et l'air doit se frayer un pénible chemin jusqu'à ses poumons.

La directrice les précède dans son bureau. On y est serré, comme autrefois, comme toujours. La jeune femme s'installe avec un petit soupir de fatigue qui ne leur échappe pas. Elle leur propose de prendre place en face d'elle. Puis elle se tait longuement, la tête dans les mains, en une attitude évoquant la méditation ou le désespoir.

— Au fait, précise-t-elle, je m'appelle Julie Vauclair.

Adeline en prend acte et Guillaume se présente, sans clarifier la nature de sa relation avec Adeline, ce dont il serait, de toute façon, incapable. De toute façon, Julie Vauclair semble s'en foutre. Elle cherche juste à gagner du temps. Ils comprennent pourquoi dès qu'elle reprend la parole.

— Écoutez, voilà. Noémie a mis fin à ses jours.

Silence. Mettre fin à ses jours, c'est bien pire que mourir. À cause du mot jour, qui sonne comme une promesse de lumière. Tous ces jours engloutis dans la mort. Dans la fin. Adeline peine encore plus à respirer.

— Des années, poursuit Julie, qu'elle était, disons, profondément dépressive. C'est du moins ce que m'ont dit les collègues. Vous aviez dû remarquer, il y a dix ans, qu'elle n'allait pas bien.

C'est à peine une question. Presque un reproche. Adeline avait perçu le mal-être de Noémie, une tristesse latente. Comme chez beaucoup de gens. Mais l'idée de la dépression ne lui était pas venue à l'esprit. De toute façon, elle était trop concentrée sur Julien, sur elle-même, sur quoi, en fait ?

— Un soir, elle a avalé tous ses médicaments. Avec beaucoup d'alcool.

Guillaume coule un regard inquiet, sans bouger la tête, vers Adeline dont le silence et l'indifférence apparente le mettent très mal à l'aise. Elle contemple Julie Vauclair comme si elle examinait une statuette complexe dans un musée contemporain.

— Son fils n'était pas là ? finit-elle par demander.

C'est une question bête, dont la réponse ne jetterait pas beaucoup de lumière sur les faits. Une de ces questions que l'on pose pour ne pas en poser d'autres, plus essentielles, plus profondes, plus perturbantes.

— Non. Il travaillait. Il est technicien sur les ferries pour l'Angleterre. Il vivait à Roscoff, mais depuis le… le drame il est retourné dans l'appartement de sa mère.

Adeline acquiesce. Elle pense à cet appartement humide, place des Otages, où elle n'est entrée qu'une fois pour prendre un thé. Quelque chose se dessine, s'entrevoit, comme un schéma obscur. Pour l'instant, elle ne comprend pas.

L'appartement de Noémie. Elle se souvient soudain que quand elle était écolière, la maîtresse leur avait proposé, comme sujet de rédaction : « Vous découvrez une pièce inconnue dans votre maison. Racontez. » Elle avait trouvé ce sujet très angoissant.

Racontez.

Adeline ferme les yeux. Il faut qu'elle se concentre. Le souvenir de l'appartement se précise peu à peu. Certains détails émergent, des objets, un joug de bœuf décoratif, accroché au mur, Noémie avait le goût des bibelots, un masque africain, un miroir…

Guillaume et Julie Vauclair respectent son silence. Ils se figurent sans doute qu'elle a besoin de se recueillir, après une telle nouvelle.

Un miroir, oui, orné de perles, lui semble-t-il, un poster, quelques affiches de cinéma, et…

Elle étouffe un cri.

Des photos, encadrées. De belles photographies d'oiseaux, des paysages marins. Noémie avait confirmé que c'était bien elle qui les avait prises et balayé d'un geste les compliments d'Adeline. C'était un passe-temps. Juste un loisir. Aucune prétention artistique.

— Vous allez bien, madame ?

Elle rouvre les yeux. Julie Vauclair la fixe, inquiète.

— Oui… Je… Je pensais à Noémie. Je… Elle vous avait parlé de moi ?

Julie confirme. Pas seulement elle. L'ancienne directrice. Et aussi le monsieur de l'entretien, qui a pris sa retraite. La Dame de la Sieste. Une légende, en effet.

Puis elle attrape son portable et fait mine de le consulter.

— Je suis désolée. Il va falloir que…

Adeline se lève.

— Merci beaucoup. Vraiment.

Elles hésitent puis se serrent enfin la main, par-dessus le bureau. Guillaume examine les lieux, façon détective.

Ensuite, ils retournent à la voiture. Dès qu'ils sont dans l'habitacle, elle l'affranchit :

— Noémie. Elle faisait de la photo, en amateur. Des oiseaux, beaucoup d'oiseaux. C'est elle.

Il en prend acte, réfléchit, suppose, conclut :

— Tu n'étais pas la seule à être tombée amoureuse du beau marin.

Adeline contemple le volant.

— Elle vous a suivis, poursuit Guillaume. Elle vous a pris en photo. Peut-être qu'elle les a montrées à Marion Lahougue. Peut-être que Marion Lahougue sait tout, depuis toujours.

Adeline semble approuver ce raisonnement. Elle remue un peu la tête.

— Pendant toutes ces années, finit-elle par dire, elle m'a détestée en secret.

Guillaume se demande si elle parle de Noémie ou de Marion. Il s'abstient de poser la question. Et il a raison, parce qu'Adeline y répond déjà.

— Non. Marion n'était pas au courant. Elle me l'aurait dit. Elle est incapable de mentir. C'est une femme droite.

Bon, très bien. Alors ?

— Si ça se trouve, propose Guillaume, on se trompe. Ce n'est pas parce que Noémie photographiait les oiseaux que…

Adeline démarre brusquement. Guillaume attache sa ceinture.

— On va où ?

— Au cimetière.

60

Entre les tombes, Guillaume fait les cent pas. Il a beau se raisonner, les croix, ça lui fiche le bourdon. Déjà plus d'une heure qu'ils sont au cimetière. Pour des vivants, c'est long.

Adeline, au début, est allée se recueillir sur la sépulture de Noémie Liotard. Mais depuis, elle semble en catalepsie devant la dalle de Julien Lahougue, à relire ses dates et le trait d'union qui les sépare. Guillaume comprend. Il respecte.

Mais bon, ça ne fait pas trop avancer leurs affaires. Il est allé fouiner un peu du côté du caveau de Tristan Corbière, le seul *people* local, apparemment. Un poète dont il n'a rien lu. Une discrète consultation de Wikipédia lui en apprend de bien tristes sur le bonhomme. Une vie brève, aucun succès de son vivant, un grand amour malheureux. Il ne fut ni marin ni mari. Mais les quelques vers qu'il découvre sur la toile lui plaisent bien.

« *Il se tua d'ardeur, ou mourut de paresse.*
S'il vit, c'est par oubli ; voici ce qu'il se laisse :
— Son seul regret fut de n'être pas sa maîtresse. — »

Par cercles concentriques, il finit par se rapprocher d'Adeline. Il espère que sa présence lui rappellera que le monde existe.

Elle se tourne vers lui et hoche la tête. C'est encourageant.

— J'attends, l'informe-t-elle. Tu n'es pas obligé de rester.

Moins encourageant. Il sourit, essaie de jouer la décontraction, le plaisir d'être là, avec les défunts, à se payer une bonne pinte de silence. Il n'a pas grand-chose d'autre à faire, après tout. Après dix bonnes minutes, il se risque :

— Et tu attends quoi ?

— Lui. Il va forcément venir.

Ah. Comme elle fixe à nouveau le tombeau de son amant, il s'imagine une histoire de fantômes. Il préférerait ça, plutôt que cette inaction qui commence à durer.

Et puis, comme il se demande s'ils ne risquent pas de se faire enfermer ici, supposant que même le sommeil éternel a ses horaires, il perçoit le bruit caractéristique de pas sur le gravier.

Elle a entendu, elle aussi, et tourne la tête dans la direction du jeune homme qui s'avance lentement vers eux. Il a peut-être une trentaine d'années. Ses cheveux courts et roux, son menton dessiné, son nez droit, lui donnent un air buté, pas commode. Il ne semble pas là par hasard.

Adeline prononce un mot, très bref. Un prénom.

— Youn ?

Il achève d'approcher. Se tient trop près, mains dans les poches ventrales d'un blouson de toile. Malgré son jeune âge, ses traits trahissent une rudesse et une indifférence étranges. Il porte de grosses chaussures poussiéreuses.

— Julie Vauclair m'a appelé pour me dire que tu étais passée la voir. J'étais sûr que tu viendrais là après, répond-il.

Guillaume s'efforce de prendre un air discrètement concerné, ce qui n'est pas simple. Il aimerait bien être présenté, mais personne ne semble s'intéresser à lui. Alors il s'assied à l'écart, sur un banc de pierre.

Adeline, maintenant, fronce les sourcils.

— Les photos, c'est moi, confirme Youn, pour abréger.

Il paraît peu friand de palabres.

— Je les ai découvertes assez récemment, poursuit Youn. Quand j'ai débarrassé ses affaires.

Adeline baisse la tête.

— Je suis au courant. Pour ta maman.

— Tu peux l'appeler par son prénom. On n'est plus à la maternelle.

— Je suis désolée, Youn.

Elle s'en veut aussitôt. Noémie méritait mieux que des répliques aussi creuses.

— Je ne t'ai pas prévenue, dit Youn.

Elle se demande ce qu'il sous-entend. Est-ce un pas vers elle ou un défi ? Le visage du garçon exprime hélas une colère froide qui laisse peu de place à un espoir de réconciliation.

— C'est… c'est normal. Je n'avais pas laissé d'adresse.

— Non, bien sûr. Et puis c'était pas ta copine, je me trompe ?

Les deux hommes fixent Adeline, tous deux curieux de la réponse, qui ne vient pas.

— Avec les photos, j'ai trouvé un journal, qui expliquait deux trois trucs intéressants. Pourquoi elle a été déprimée, toutes ces années, entre autres. Et pourquoi elle a fini par se buter.

Guillaume, bien sûr, sait qu'il ferait mieux de s'abstenir, mais l'abstention n'est pas son fort. L'arrogance du jeune homme lui déplaît. Et son ton accusateur.

— Excusez-moi, intervient-il, mais je vous trouve bien agressif. Et bien allusif. Je suis désolé pour votre mère, mais Adeline ne saurait être tenue pour responsable de son suicide.

Youn se met à ricaner sans bruit.

— Ah bon ? Elle ne saurait pas ? Moi je pense que si. Elle est très capable de détruire les gens, la dame de service.

Adeline ne dit rien. Guillaume essaie de se maîtriser. Ne gâche pas tout.

— Écoutez, reprend-il aussi calmement que possible. Je suis au courant de la… de l'aventure d'Adeline avec Julien Lahougue. Je crois deviner le reste.

— Bravo, Sherlock. Vas-y, raconte !

Guillaume inhale un peu d'air iodé, lentement, par le nez.

— Votre mère était jalouse, n'est-ce pas ? Elle aussi aimait Lahougue. Elle a fait une fixette sur leur histoire, elle les a suivis, elle les a photographiés. Peut-être pour les dénoncer à sa femme…

Adeline se rappelle tout à coup le regard que Noémie a posé sur Julien, en 1997, à l'heure des mamans, quand il n'était pas encore son amant. Quand ils ne s'étaient encore que promenés. Avant l'aventure. Et la jalousie qu'elle-même avait éprouvée. Cette flèche de rage et de peur pure. Cette flèche qui a fini par tuer Noémie. Guillaume a raison. C'est évident.

Youn aussi, a les yeux fixés sur le passé. Il s'adresse à Guillaume, ne regarde plus Adeline.

— Ma mère adorait la photo. Elle avait un appareil assez cher pour une instit. Au départ, elle voulait photographier les oiseaux. Elle m'emmenait en balade sur les plages. J'aimais bien. Et puis, un jour, par hasard, elle est tombée sur eux. Tu sais ? C'est la première image…

Guillaume s'en souvient, oui.

— Pour la fixette, t'as pas tout à fait tort, poursuit Youn. Elle raconte, dans son journal, qu'après cette première fois, elle les a guettés, suivis. Elle voulait d'autres photos d'eux. Elle me confiait à une amie pendant ce temps-là. Ça lui faisait des nœuds à sa conscience de mère. La pauvre…

— Et puis Julien est mort, et elle ne s'en est jamais remise.

Nouveaux ricanements silencieux. Une tête à claques, ce gosse.

— Elle ne m'a pas parlé, murmure Adeline.

— Ah bon ? Toi non plus, apparemment. D'après ce qu'elle écrit, toutes ces années où vous avez bossé ensemble, tu l'as jamais calculée. Toujours à faire la gueule, toujours à pleurer ton disparu…

— Youn, je te jure, je n'avais pas deviné qu'elle l'aimait aussi.

Le garçon semble hésiter entre l'éclat de rire et la fureur. Il fait un pas vers eux. Guillaume serre un poing, au cas où.

— Lui ? Elle en avait rien à foutre, de lui…

Adeline recule, se serre à nouveau contre Guillaume.

— Je ne comprends pas, balbutie-t-elle.

Les bruits de la petite ville s'engouffrent dans leur silence. Adeline n'arrive plus à penser.

— Ce n'est pas lui qu'elle aimait, énonce lentement Guillaume. C'était toi.

— Bravo, Sherlock ! ricane Youn.

Mais il ricane très mal. Se force. Comme quand il se faisait taper dessus par d'autres enfants, autrefois.

— Et je suppose, poursuit Guillaume, que quand des types sont venus sonner aux portes pour chercher des infos sur Adeline, vous vous êtes fait un plaisir de leur balancer les photos. J'espère qu'ils vous ont bien payé, au moins.

— Penses-tu ! Je les leur ai filées gratos. Si tu savais le nombre de pages qu'elle a barbouillées sur elle, dans son journal. Ma mère n'avait jamais droit au moindre regard. Jamais un mot. Et, après son départ, plus de nouvelles. Rideau.

— Votre mère était dépressive. Adeline n'est pas responsable de son suicide.

— Il est psy, en plus ? Jackpot, dis donc ! Essaie de le garder, celui-là. Ne le crève pas à la tâche comme l'autre.

Il a gagné. Adeline pleure. Guillaume se tait. Le crépuscule a commencé.

— Viens, finit par dire Guillaume.

Ils s'éloignent. Youn n'ajoute rien. Il n'essaie pas de les retenir. Guillaume soutient Adeline qui sanglote sans bruit. Il la ramène à la voiture et l'installe délicatement sur le siège passager.

— Qu'est-ce que… qu'est-ce qu'on fait ? parvient-elle à articuler.

— On rentre à la maison.

61

À LA SURPRISE, un peu soulagée, de Guillaume, elle s'endort presque tout de suite. Le cauchemar ne commencera qu'à son réveil.

Il se dit que, sauf erreur, il ne l'a jamais vue dormir. Alors, tout en surveillant la route, il s'autorise un coup d'œil dans sa direction, de temps en temps. Elle dort très joliment, sans bruit, bouche fermée, tout bien comme il faut. Un sommeil de conte de fées. En fait, elle a l'air morte.

Alors, Guillaume tente de réfléchir, à partir de ce qu'il sait. Il comprend le ressentiment du gosse, et même ce geste de donner les photos à des inconnus. C'était sûrement Lelong. Il imagine bien les gros doigts de ce type sur les précieux clichés. Mais la question n'est pas là. Jusqu'à quel point Adeline se sent-elle fautive ?

Une sonnerie stridente interrompt sa plaidoirie. La jauge l'informe qu'on est presque à sec. Merde. Adeline s'est réveillée en sursaut.

— Tout va bien, il y a une station dans une dizaine de bornes.

Ton calme, assuré, voix paternelle, mode « tout est normal ». Il trouve qu'il assure.

Jusqu'à la station, elle ne parle presque pas. Puis ils prennent un café dans un gros gobelet. Il s'avale un sandwich. Elle ne veut rien. Il insiste, elle accepte une barre chocolatée.

Ensuite, il reprend le volant. Elle ne dort plus. Elle réfléchit. Normal, mais il aimerait bien participer au débrief.

— Comment tu vas ? se hasarde-t-il.

C'est bien. C'est global, comme question, ça englobe à peu près tous les paramètres, ça montre qu'il est conscient des enjeux. Il est sûr qu'elle va répondre « ça va ».

— Ça va.

— J'en étais sûr.

— Hein ?

— Non, pardon. Continue.

— Continue quoi ?

— Je veux dire, explique. Développe.

Elle le regarde avec une espèce de consternation incrédule.

— Et toi ? Ça va ?

— Oui, bien sûr.

On barbote. Il faut, de toute urgence, se remettre en selle, cow-boy. Il enchaîne.

— Tu ne t'étais jamais doutée, pour Noémie ?

— Jamais.

— Je suppose qu'il est trop tôt pour te dire de ne pas culpabiliser.

Elle réfléchit.

— En théorie, je le sais. Mais j'aurais pu donner des nouvelles. Demander ce que devenait Youn.

Elle a raison. On pourrait tous faire plus ou mieux. Il ne va pas la juger. Il se concentre sur la route sombre, sur les phares des autres, sur les éoliennes dont les lumières rouges clignotent dans le lointain des champs. Le petit stage de cimetière l'a confirmé dans sa foi simple, primaire mais indiscutable : il faut vivre tant que c'est possible.

— Comment tu vois la suite ? relance-t-il.

Il perçoit son hochement de tête, dans le noir de l'habitacle. Elle aussi s'est posé la question.

— Je pense que Fargier a déjà montré les photos à Marion. Il aurait pu me laisser une chance de renoncer à la vente, m'épargner l'humiliation, mais à quoi bon ? Il s'en fout. Ce n'est pas son problème. Il est sûr que quand elle connaîtra la vérité, elle retirera ses billes.

Il réfléchit, lève l'index pour rectifier un point.

— Il n'y a rien d'humiliant, dans ton histoire.

— J'ai été lâche. Il fallait que je parle à Noémie. Et à Marion.

Il réfléchit à nouveau. Lève encore l'index.

— Ça se discute.

À sa grande stupéfaction, elle éclate de rire et il se tourne vers elle. C'est sublime, de la voir rire.

— Regarde la route, finit-elle par articuler.

— Qu'est-ce que j'ai dit de marrant ?

Elle remue la tête.

— Aucune idée.

C'est à cet instant précis, ils s'en souviendront tous les deux, qu'il prend sa décision. Ainsi qu'elle le lui a ordonné, il regarde la route. Tout roule. Peu de circulation, nuit claire, vent presque nul, on est quelque part entre la Bretagne et Paris, en zone neutre, c'est ici, c'est maintenant.

— Adeline, dit-il. Toi et moi, nous... Il y a longtemps déjà. Je crois que...

Cinq cents mètres passent.

Il continue de fixer les bandes de signalisation, les feux arrière du véhicule qu'ils suivent.

— Guillaume... répond-elle.

— Je sais bien que... précise-t-il.

Cinq cents autres mètres. Peut-être davantage, car il ne peut s'empêcher d'accélérer. Il croit l'entendre se tortiller sur son siège, garde les yeux rivés sur la route et s'aperçoit qu'il retient son souffle. Il faudrait qu'il parvienne à construire une phrase complète, cohérente, mais la grammaire se dérobe.

— Nous ne sommes plus des enfants, réattaque-t-il.

— Prends la prochaine sortie et arrête-toi dès que tu peux.

Il hoche la tête et se tait. L'Auris semble avoir pénétré dans un espace-temps élastique, une zone de durée floue, bordée de nuit, sans consistance ni perspective. Il sait qu'il ne doit rien dire tant qu'ils ne seront pas garés quelque part, au bord du chemin. Un panneau finit par apparaître, le nom d'un bled assorti d'un nombre de kilomètres. Il patiente, dans cette sargasse nocturne, se maudissant d'avoir improvisé.

Il avait pourtant tout préparé, élaboré les grandes lignes d'un dialogue optimal. Cet aveu fatidique devait se dérouler dans la cuisine d'Adeline, au cours d'un souper dont il avait conçu le menu – une daurade saisie sur la peau accompagnée de courgettes au lard de Colonnata – et choisi les alcools, les mots, les silences. Il envisageait de commencer par le récit de son mariage, une union difficile criblée de malentendus, puis de revenir sur son dessillement professionnel, ses illusions perdues, avant de déployer le vaste panorama de son amour pour Adeline, riche en perspectives sur l'avenir. Au passage, il aurait avoué ses faiblesses, sa tendance à remiser son indignation dans les profondeurs de son être jusqu'à l'éruption, tendance malsaine, certes, probablement due à une éducation rigoriste et à un père taiseux. Mais il allait changer, envisageait de pratiquer la cohérence cardiaque à l'aide d'une application gratuite très bien conçue.

— Tu peux te garer ici.

Il cligne des yeux. Ils roulent en pleine cambrousse, depuis combien de temps ? Tout droit vers nulle part.

Il ralentit et immobilise prudemment la voiture sur le bas-côté. Le moteur éteint produit un silence énorme.

Ou alors, au contraire, ce sera ici. Leur première nuit d'amour, sur les banquettes d'une petite voiture, comme des lycéens.

Le moteur émet quelques claquements.

— Tu vas peut-être me prendre pour une cinglée, dit-elle.

Il ne sait que penser de ce prélude. Mais le son de la voix d'Adeline lui donne le courage de tourner enfin la tête vers elle et de la regarder dans les yeux. Elle paraît nerveuse mais déterminée. Il attend la suite, qui ne tarde pas.

— Je… Oui, bien sûr qu'on n'est plus des gosses.

Il se tait très fort. Se mord jusqu'à la douleur l'intérieur des joues.

— Et moi aussi, je… poursuit-elle.

Elle non plus ne parvient pas au bout de ses phrases. C'est bon signe. Elle inspire, recommence à parler :

— Tu vas me prendre pour une dingue, mais je crois que ce serait dangereux.

Là, il ne peut s'empêcher de lâcher un mot :

— Dangereux ?

Il est presque rassuré. Elle craint de l'entraîner dans ses problèmes, de lui faire prendre des risques. C'est presque risible. Outre qu'il s'est déjà fait démonter le portrait pour elle, il ne voit pas ce qui pourrait arriver de grave. Au pire, elle lâche l'affaire, ils sont libres comme l'air et…

— J'aurais trop peur de te tuer.

Ah. Il n'avait pas envisagé les choses sous cet angle. Le syndrome de la mante religieuse ? Puis il comprend. *Elle sait très bien détruire les gens, la dame de service.*

— Adeline, tu n'as pas assassiné Julien.

— Tu connais l'endormeuse ? C'est une plante.

— Adeline…

— Un poison qui peut plonger dans le coma. C'est Suzanne qui me l'a dit.

— Tu fais dormir des gens depuis des années, personne n'est mort…

— Si.

Il a du mal à faire semblant de ne pas comprendre. Julien est mort parce qu'elle l'aimait. À cause de leur amour. Noémie est morte d'amour pour elle. Elle s'imagine que son don est l'envers d'une malédiction. Elle n'a pas droit au bonheur.

— La princesse de Clèves… murmure Adeline.

— Oui, quoi ?

— Elle renonce à sa passion pour Nemours, tu te souviens ?

— Oui, et alors ?

— Alors je pense qu'après la mort de sa mère et celle de son mari, elle a eu raison d'arrêter les frais.

Il se maudit d'avoir si mal choisi le moment de ses aveux. C'était beaucoup trop tôt. Elle était encore bouleversée.

Mais une petite voix timide lui susurre aussi que la peur d'Adeline est précisément le signe que ses sentiments pour lui sont de nature à lui faire craindre le pire. Sa peur de le tuer est sûrement proportionnelle à l'intensité de son amour.

Et maintenant ? Faut-il prolonger l'échange ? Élaborer des arguments rationnels ? Mais le monde d'Adeline est-il rationnel ? Le monde tout court ?

Redoutant d'aggraver les choses, il met le contact et reprend la route de Paris.

62

Le visage de Marion ne présage rien de bon.

Adeline s'est présentée chez elle sans la prévenir. Elle était là.

Elle lui a ouvert, n'a pas prononcé un mot et, maintenant, la conduit au grand salon. Le procès se tiendra donc ici. Celui qu'Adeline attend depuis toutes ces années.

Marion l'invite à s'asseoir sur le sofa, face à elle. Faites entrer l'accusée.

Mais Adeline a beau n'avoir pas fermé l'œil depuis la Bretagne, dont ils sont revenus quelques heures plus tôt, elle a beau trembler d'épuisement nerveux, mesurer la gravité, l'importance cruciale de cet instant, où se condensent tant d'années, tant d'attente, éprouver le soulagement épouvanté du prévenu qu'on sort de sa cellule au terme d'une éternité d'angoisse pour le pousser dans le prétoire, au moment précis où elle plonge les yeux dans ceux de Marion, elle revoit le visage de Guillaume.

Et, à sa propre stupéfaction, ne peut réprimer le sourire qui lui monte aux lèvres.

Marion la fixe, interloquée.

— Tu te fous de moi ?

C'est une vraie question. Marion a envie de savoir. Elle est sans doute curieuse d'apprendre jusqu'où peut aller l'abjection humaine.

— Non, Marion, pas du tout. C'est… c'est le contraire.

Réponse absurde mais qui semble faire l'affaire. Provisoirement, en tout cas. Adeline se lance, pleine d'un courage inédit.

— Je suppose que Fargier t'a envoyé les photos.

Marion commence par hocher la tête, mais ça ne suffit pas. Il faut que les mots soient prononcés. Alors elle dit oui. D'une petite voix. Et on a l'impression que c'est elle, la coupable.

— Est-ce que… hésite Adeline. Est-ce que tu veux des détails ?

Marion hoche la tête. Dans l'autre sens. Puis dit non. Puis dit :

— Il était tellement jeune…

Elle se lève, traverse l'espace qui les sépare, s'assied sur le sofa, à côté d'Adeline, et se met à pleurer.

Adeline ne sourit plus. Et même, constate qu'elle pleure, elle aussi. Depuis quand ? Mais ce n'est pas du chagrin. C'est plus grand, plus profond, plus puissant, un dégel, une débâcle.

Peu à peu, par touches, elles se mettent à parler. De tout. De toute l'histoire. Elles se racontent leurs versions respectives de l'affaire.

Adeline est si loquace et si passionnée qu'elle met du temps à comprendre que ce n'est pas un procès. Tant s'en faut. Marion parle, se rappelle l'arrivée en Bretagne, la petite enfance de Romain, raconte l'humidité, les bronchites, les otites, l'attente chez le pédiatre, toute une enfilade de rhumes, de réveils nocturnes, de bleus, de chutes.

Elle parle de Julien aussi, de sa fatigue permanente, de sa lutte contre la réalité, contre les faits : ils s'étaient trompés.

— Comment ça ?

— Oui, trompés. De vie. De région. D'amour. Il était jeune, mais moi aussi. On a tout fait trop vite.

Adeline l'écoute, stocke les faits. Elle pense encore et encore au souhait pressant de Julien. Il voulait vivre avec elle, recommencer à vivre.

— Je ne suis pas sûre de l'avoir vraiment aimé, conclut Marion.

Elles se regardent.

— Il y a autre chose, dit Marion. Ce que tu viens de m'apprendre… C'est un soulagement.

Adeline fronce les sourcils.

— Un soulagement ?

— Oui. Pendant toutes ces années, j'ai cru qu'il était mort d'épuisement, à cause de moi. Qu'il s'était tué à la tâche pour m'offrir un niveau de vie… parisien. Ça m'apaise de savoir qu'il m'a menti, qu'il allait te retrouver et que… ça devait aussi le fatiguer.

D'accord. Elle est rassurée de comprendre que s'il est mort, c'est plutôt à cause d'Adeline. Peut-être un procès quand même. Dont acte.

Il leur faut encore de longues minutes de discussion, peut-être même des heures, pour en venir au verdict : quel sera le sort d'Adeline ?

Avant d'en venir là, elles parlent de Noémie, cette affaire stupéfiante.

— Elle aussi, elle s'est trompée, conclut Marion.

Elle n'explique pas ce qu'elle veut dire. Adeline n'insiste pas.

— Putain, finit par soupirer Marion, tu sèmes l'amour et la mort autour de toi.

Le voilà, le verdict. Une confirmation.

Adeline ne sourit plus. Hier, dans la voiture, elle a espéré que Guillaume la contredirait, lui expliquerait qu'elle délirait, avec ses histoires de malédictions, qu'il fasse usage, une fois encore, de ce bon sens tranquille qui sait si bien la rassurer.

Mais il n'a rien dit.

Marion médite, puis fronce les sourcils.

— Tu veux savoir si je te déteste ?

Difficile de répondre. Adeline se lance quand même.

— Je m'en doute.

— Je t'ai détestée quand j'ai vu les photos. Je te croyais la seule fille honnête au monde. Tu m'as déçue et je t'ai détestée pour ça.

— Et pour Julien ?

— Aussi. Mais j'en ai parlé avec Romain.

Adeline pâlit. Elle n'aurait pas imaginé ça. Ni qu'elle serait aussi blessée que Romain soit au courant. Mais qu'est-ce qu'elle croyait ? De quelle indulgence prétendait-elle se prévaloir ?

— Et… Qu'est-ce qu'il a dit ?

Non seulement c'est un procès, mais il y a plusieurs juges.

— Il a dit qu'il était heureux que son père ait eu une petite part de bonheur avant de mourir.

— Mais Julien était heureux avec vous. Il… Il vous adorait. Il adorait son gosse. Il me l'a dit. Ça le déchirait de vous mentir.

Marion sourit tristement.

— Je sais. Romain parle de ça aussi. Sa part de bonheur, c'était nous trois.

Le silence se réinstalle pesamment, puis Marion se lève et son visage se durcit.

— J'ai fait savoir à Fargier que, bien évidemment, je ne revenais pas sur ma décision. Que ses magouilles minables allaient juste grossir le dossier que je monte contre lui.

— Le dossier ?

— Oui, bien sûr. Moi aussi j'ai une équipe de tueurs, au service juridique. Et quand on cherche sur Fargier, on trouve. Il a assez de casseroles pour ouvrir un restau. Donc il va se tenir tranquille. S'il bouge un doigt, je l'achève.

Elle s'approche d'un secrétaire, y puise plusieurs liasses qu'elle tend à Adeline.

— Tu vas me lire tout ça et, si ça te convient, tu signes. Après, et après seulement, je te propose qu'on picole jusqu'à se rendre abominablement malades.

63

ROMAIN EST NERVEUX.

À première vue, pourtant, rien n'a changé, ou pas grand-chose. Il a fait jouer son réseau, celui de sa mère, celui des amis de sa mère, et les clients se bousculent. Les habitués sont venus, mais on a laissé un peu de place aux nouveaux.

Un peu de place… Bon, Adeline et Guillaume ont fait quelques concessions. On a poussé les murs du dortoir. Disons qu'on en a abattu un, ce qui a permis d'agrandir la pièce en y incluant le couloir, l'ancien débarras et les toilettes qui ne ressemblaient à rien. On a gagné pas mal de mètres carrés. De fil en aiguille, bien sûr, il a fallu revoir la déco. La refaire. Mais c'est très joli, vraiment. Les parois sont mieux peintes, les couleurs pastel proposent une ambiance relaxante, limite layette. On est très loin du bar paternel. Mais ça fait si longtemps, déjà, qu'on s'en éloigne.

Deux trois ajustements aussi sur la façade, l'enseigne a été repensée, elle est design, maintenant, montre une forme abstraite mais suggestive, peut-être une silhouette endormie ou une clé de sol horizontale. C'est joli, en tout cas. Ça donne envie d'entrer.

On a gardé le mot *siesterie*, moins médical qu'*institut de sommeil*, un moment pressenti. On craignait que des clients désirent se faire mesurer les ondes du cerveau pendant qu'ils dormaient, service que l'établissement, définitivement, ne proposera jamais.

Alors pourquoi Romain est-il nerveux ? C'est le côté crémaillère, bien sûr. L'inauguration. On a longtemps hésité, avec les deux freelances chargés de l'aspect proprement événementiel. On s'est demandé quel contenu créer. Finalement, on s'en est tenu à une formule hybride, entre le café et l'apéritif, il y avait des tartelettes et des sushis. De toute façon, les invités ne sont pas là pour s'empiffrer.

Un à un, ils serrent la main de Romain, ou l'embrassent, ou le checkent. Il reconnaît d'anciens collèges, d'ex-associés, avec qui il partage des souvenirs plus ou moins glorieux. Ils ont ensemble participé à des réunions, conçu des slides, puis dansé à Berlin ou à Bangkok. Ils sont heureux d'être là, trouvent le concept incroyable.

Quand la salle est pleine – on a aussi ajouté des lits, en tassant un peu –, Adeline prend place dans un grand fauteuil tendu de velours. C'est Romain qui a insisté pour ce soit impressionnant. Elle est la reine des lieux, il lui faut un trône.

Elle n'a pas protesté.

On éteint les lumières, à l'exception de quelques veilleuses qui diffusent un halo relaxant.

Lui, il a préféré rester au bureau de l'entrée, d'où il observe ce qui se passe sur le vaste écran de son ordinateur. Il y a des caméras mobiles dans le dortoir. Les clients sont prévenus, c'est dans la charte. Une question de sécurité. Mais aucune image n'est conservée.

Un doigt sur le pad, il les oriente à sa guise, zoome sur un visage, vérifie qu'Adeline s'acquitte correctement du taf. C'est quand même lui le patron.

Quelques minutes passent. Personne ne dort encore. C'est normal. Comme dit l'autre, avant de dormir, on est éveillé. Ça tombe sous le sens.

Les clients remuent, cherchent une position. Peut-être qu'on a eu tort de mettre tant de lits. Ils sont trop près les uns des autres. Des jeunes se font de petits signes, comme des gamins en colo, ça pouffe, ça ricane. Il est à deux doigts d'intervenir. Ces gens n'ont pas l'air de mesurer les enjeux.

Impavide, Adeline attend. Un léger sourire flotte sur ses traits. Ça donne l'impression qu'elle n'est pas concentrée. Peut-on s'endormir en confiance dans ces conditions ?

Parfois, l'idée qu'elle a couché avec son père le traverse, comme un flash. Il a un peu menti à Marion, quand il lui a sorti sa grande phrase sur le bonheur. Il voulait la rassurer, lui certifier qu'il n'était pas traumatisé. Surtout, honnêtement, on ne va pas se mentir, il avait peur qu'elle annule tout le projet. Le plus beau projet de sa vie. Le plus prometteur. Il ne sait pas lui-même s'il souffre d'un traumatisme. Et si c'est le cas, il le doit certainement davantage à la mort de son père qu'à ses écarts de conduite. En fait, il n'en sait rien. Il faudrait peut-être qu'il fasse une psychanalyse, mais il a la flemme.

Bon. Déjà dix minutes. Qu'est-ce qui se passe ?

Il se passe que personne ne dort.

Là, c'est inhabituel. Là, c'est grave.

Adeline lance un petit regard caméra. Elle paraît surprise mais sourit toujours.

Et puis, au bout de vingt minutes, même si les vrais amis simulent, feignant d'être plongés dans un profond sommeil, il faut se rendre à l'évidence : c'est un échec.

Adeline ne sourit plus.

— J'ai perdu mon don, déclare-t-elle en sortant de la salle.

Guillaume minimise, relativise, temporise.

Romain transpire à grosses gouttes.

Les gens, dans l'ensemble, sont très gentils. Un peu déçus, certes, à cause des flyers et des mails qu'ils ont reçus, et qui clamaient en jolies lettres très graphiques : « Sommeil instantané. » L'agence de création publicitaire avait prôné l'audace.

Mais bon, ça arrive, ce genre de choses, surtout le premier jour. On est tendu, c'est normal. On reviendra. On s'appelle.

Bises, poignées de mains, checks.

Pourtant, le deuxième jour, c'est pareil. Le troisième aussi. Personne ne dort. On dirait que le monde entier vit sous caféine.

— Il va peut-être falloir revoir la stratégie marketing, concède Guillaume.

Heureusement, se dit-il, qu'on ne s'est pas encore lancés dans l'espace-brunch. On attendait de voir comment les choses se présentaient.

Eh bien ça y est. On a vu.

Romain est dévasté.

64

— C'est stupéfiant, reconnaît Lola.

Élégamment assise sur la tombe de Suzanne et de son mari, qui sourient dans leurs médaillons respectifs, elle savoure un bavarois aux trois fruits rouges, dont l'exquise texture forme avec l'implacabilité du marbre un contraste savoureux.

— Qu'elle ait perdu son pouvoir ? Je trouve pas, conteste Camille, la bouche pleine de crème au beurre.

— J'oubliais que tu t'y entendais en sorcellerie, sourit Lola.

La petite hausse les épaules, accablée par la niaiserie obstinée des adultes.

— On ne sait ni comment ni pourquoi ce don lui est venu. Il faudrait s'étonner qu'il disparaisse ? Tu crois que tu connais la raison des choses ?

Adeline approuve, d'un hochement de tête. La perte de son pouvoir l'a moins surprise que l'indifférence avec laquelle elle l'a accueillie. Une longue parenthèse s'est tranquillement refermée. Elle s'est quand même demandé si le phénomène tenait aux ahurissantes dispositions de Romain pour le fiasco. Celui-ci couronnait sa carrière de loser.

La parenthèse de Guillaume, en revanche, reste béante.

Depuis leur douloureuse conversation sur la route, il est comme éteint, hésitant, errant dans ses limbes. Il s'absente des heures entières. Ils se croisent parfois, se contournent, s'évitent. Elle sait qu'il ne va plus tarder à sortir de sa vie, ce qui sauvera peut-être la sienne. *Tu crois que tu connais la raison des choses ?*

Pour le moment, il loge dans la siesterie provisoirement fermée. Tout est suspendu. Romain et sa mère se donnent du temps pour faire évoluer le projet. On envisage un spa ou un espace multifonctionnel, un tiers-lieu, un centre œcuménique de méditation. Des consultants sont sur le coup.

Le projet d'aménagement du quartier par la société Fargier semble tombé à l'eau ou reporté *sine die*. Des difficultés imprévues, des histoires de normes, des tracas de cadastre. Certains propriétaires sont déçus, d'autres soulagés, la spéculation repart à bas bruit, Paris sera toujours Paris.

S'adressant prudemment à Camille, tout en se tamponnant les lèvres à l'aide d'une jolie serviette en papier, Lola s'enquiert :

— Où en es-tu, avec, eh bien, ce jeune homme ?

Camille secoue énergiquement la tête.

— Thomas ? C'est mort.

Elle assortit cette assertion d'un bref coup d'œil au caveau de Suzanne. Elle n'a pas osé y poser ses fesses, préférant s'asseoir en tailleur sur un coin de pelouse.

— Je comprends que tu n'aies pas pu lui pardonner, dit Lola.

— J'ai failli, avoue la jeune fille, mais j'ai compris que c'était glauque. Par contre, j'ai gardé le tatouage.

— Ah oui ?

— Il me protègera des mecs tordus.

— N'exagérons rien, modère Lola, tous les hommes ne sont pas des brutes. Parole de spécialiste.

Elles rient toutes les deux, puis, au coup d'œil involontaire que lui lance Lola, Adeline comprend que l'évocation de

Thomas n'était pour elle qu'une façon plus ou moins habile de remettre Guillaume sur le tapis.

— Moi aussi, c'est mort ! lance-t-elle.

— De quoi parles-tu ?

Lola joue très mal l'ébahissement.

— Tu sais bien. Guillaume et moi.

— Pourquoi ? réagit aussitôt Camille. Il a fait quelque chose ?

Adeline soupire.

Après avoir parlé avec Marion, elle s'est crue délivrée de l'aveu. Et que son histoire pouvait enfin être racontée. Guillaume savait, Marion, Romain. Il ne restait plus que Lola, sa meilleure amie, et pourquoi pas Camille ? Désormais, cet épisode de son passé devenait dicible, résumable, presque anecdotique. C'était une histoire d'amour, d'adultère, de mort, extraordinaire et vaguement sordide, comme en vivent, depuis toujours, des millions d'humains.

Et pourtant, elle n'y est pas parvenue. À chaque fois que l'occasion s'est présentée, son vieux réflexe de verrouillage a pris le dessus. Lola remarquait bien la tristesse de Guillaume, l'attitude fuyante d'Adeline, mais sa bonne éducation lui interdisait de se montrer trop inquisitrice.

Jusqu'à aujourd'hui, face au sourire obstiné de Suzanne, enchâssé dans le marbre.

Camille et Lola la regardent toujours, silencieuses et patientes. La question de la petite demeure en suspens.

— Non, finit par répondre Adeline. Il n'a rien fait. Moi oui, par contre.

Alors, dans la lumière déclinant sur les croix, elle raconte. Tout. Elle parle de Julien, mais aussi de Noémie, de Youn et, après une courte hésitation, décrit la scène avec Guillaume, dans la voiture. Elle remet les faits à leur place. Son récit est beaucoup moins anarchique que la première fois, quand elle avait tout déballé à l'inspecteur des impôts sans comprendre ce qui lui arrivait. Elle situe les lieux, fournit des détails, rétablit la chaîne des causes et des effets. Les mots comblent des vides naguère abyssaux qui lui paraissent soudain dérisoires. Elle mesure à quel point le silence l'empêchait de respirer complètement. Ce n'était que cela, son grand secret. Un oppressant silence.

— La vache ! conclut Camille.

Lola n'a encore rien dit. Elle semble vaguement fâchée. Adeline se crispe. Si elle s'était dédouanée un peu vite ? Si, au fond, elle était vraiment coupable ? Lola connaît la vie par cœur. Ses dessous, ses rudesses, ses saloperies. Et elle est mécontente. C'est grave, donc. Forcément.

D'ailleurs, voilà qu'elle se racle la gorge.

— Et donc, si je t'ai bien suivie, c'est la raison pour laquelle tu as éconduit Guillaume ?

Adeline réfléchit avant de répondre. C'est une vaste question. De quelle raison Lola parle-t-elle ? Elle n'est plus sûre de le savoir elle-même. Mais, à nouveau, les deux femmes, la jeune et l'autre, attendent, inflexibles, sourcils froncés. Non, son procès n'est pas fini.

— Camille l'a dit tout à l'heure, plaide Adeline. On ne connaît pas la raison des choses. Pendant des années, j'ai endormi des gens. Ceux qui m'ont aimée sont morts. J'ai repensé récemment au regard que m'a lancé une marchande d'huîtres, au marché, peu avant la noyade de Julien. Il ne faut pas négliger les avertissements. Je ne prendrai plus de risques…

C'est alors que se produit quelque chose de surprenant.

Lola se métamorphose.

Elle se lève brusquement, ou plutôt bondit sur ses pieds, renversant la boîte en carton qu'elle tenait sur ses genoux et qui contenait encore une tartelette au citron, laquelle s'écrase dans la poussière de l'allée, gonflant ses joues et roulant ses yeux dans une pantomime démoniaque. Camille toujours en tailleur dans l'herbe amorce un mouvement de recul. Lola se courbe, raidit ses bras et progresse, tel un zombie de carnaval, jusqu'à la stèle où Suzanne sourit toujours.

Là, droite sur ses jambes, elle toise son public tétanisé et, d'une voix qu'Adeline reconnaît aussitôt, parfaitement restituée, ressuscitée jusque dans le grasseyement des consonnes, la voix de leur vieille amie morte, s'écrie :

— Non mais tu rigoles ou quoi ?

Saisie par la qualité de l'imitation, Camille pousse un gloussement nerveux.

— Tu te fous de moi ? module Lola, possédée. Tu es bien mignonne, ma belle, mais enfin, ça fait des siècles que tu roupilles dans ton palais, à attendre, à rêver, et quand se pointe enfin le mec ad hoc, qui défend ta forteresse, qui te mitonne des repas aux petits oignons, le bonhomme adorable, héroïque, amoureux, tu lui claques la porte au bec ? C'est quoi ce plan ?

Quelques sépultures plus loin, un couple de personnes âgées, surpris, interrompt son recueillement, tandis que Lola reprend son souffle et continue :

— Tout ça parce que tu as peur de le tuer ? Mais tu es qui pour lui interdire de mourir d'amour ? Il est grand, non ? S'il en a envie, lui ? Arrête un peu ton délire et rattrape-le par le slip avant que l'avenir soit passé !

Silence. Le couple, au loin, se reconcentre en grommelant.

— La dernière métaphore était sans doute un peu hasardeuse, admet Lola, de sa voix ordinaire, en époussetant sa jupe où s'étaient accrochées quelques miettes de tartelette.

— Ouaaah ! module Camille, admirative. Tu sais imiter les gens ?

— Ça fait partie du métier, ma petite. J'ai des clients qui rêvent de s'unir à Bardot, à Mimie Mathy, à Jacques Chirac. Avec de l'entraînement, on progresse vite.

Descendant de la tombe comme d'une estrade, elle s'approche d'Adeline et lui saisit le menton.

— J'espère que tu as bien reçu ce message d'outre-tombe.

— Lola…

— C'est ce qu'elle t'aurait dit. Et tu le sais. Elle aurait ajouté : « Fonce ! »

65

Il n'a pas tant changé. Passé un certain âge, les visages se figent, se momifient, les rides se creusent mais ne se multiplient plus.

Encore assez ferme sur ses jambes, il les observe, ébloui par la lumière qui se faufile dans l'entrebâillement de la porte. Ses yeux paraissent troubles. Sans doute la cataracte. Il a mis du temps à leur ouvrir, malgré leurs coups de sonnette insistants. Il était déjà vieux, dans la jeunesse d'Adeline.

— Bonjour, dit-elle. Vous me reconnaissez ?

Il hésite, puis sourit.

— Bien sûr. Tu n'es partie que depuis dix ans.

Elle note qu'il la tutoie, et qu'il tient ses comptes. Ce qui signifie qu'elle a peut-être eu une certaine importance pour lui. Ou qu'elle en a encore. Elle s'étonne de s'en étonner. À son tour, elle calcule, et conclut qu'ils ont été voisins pendant près de quinze ans. Tout la ramène à la même conclusion : c'est elle qui est bizarre.

Pas bizarre, lui répète patiemment Guillaume, chaque fois qu'elle en prend conscience. Distraite.

— Je n'ai pas donné de nouvelles, dit-elle au petit vieux avant qu'il ne le lui reproche.

Sans cesser de sourire, il les invite à entrer.

Elle n'a jamais pénétré dans sa petite maison. Sa vie est pleine de choses qu'elle n'a jamais faites.

— Je vous présente Guillaume, dit-elle in extremis.

Les deux hommes se serrent la main.

— Nous avons loué la maison où Adeline vivait autrefois, précise Guillaume.

Histoire que le vieux sache qu'il n'est pas un vague grand frère, ni un pote de passage. Dès qu'il peut, les concernant, il dit nous. Le mot, à chaque fois, lui réchauffe le gosier.

— L'ancienne propriétaire est morte. C'est à sa fille, maintenant, dit leur hôte en leur faisant signe de s'asseoir dans ses fauteuils.

Adeline le sait déjà. Elle a posé la question à l'agence. Habituellement, la fille en question préfère louer pour de brefs séjours, mais comme Adeline a signé un beau chèque, tout s'est vite arrangé. Certains problèmes, désormais, se règlent facilement.

Avant de pouvoir prendre place dans les fauteuils, ils doivent les débarrasser discrètement de certains objets qui les encombrent, assiettes douteuses, magazines cornés, transistor à piles.

— Il faudrait que je prenne une femme de ménage, reconnaît leur hôte.

Il n'explique pas pourquoi il ne le fait pas. Adeline note dans un coin de sa tête qu'elle s'occupera de régler ce problème-là aussi. Les coins de la tête d'Adeline sont pleins de petites notes. C'est nouveau. C'est depuis qu'elle a perdu son pouvoir. Elle s'interroge, avec Guillaume, sur tous ces changements. Ils n'ont pas de réponse mais, de toute façon, ils préfèrent les questions.

— Tu vas retourner à l'école ? se renseigne le petit vieux.

La question la déconcerte. Elle s'imagine, cartable au dos. Puis comprend qu'il veut savoir si elle est toujours dame de service et qu'il est curieux, plus largement, de sa vie. Qu'il veut qu'elle lui raconte.

— C'est une longue histoire. Je te dirai tout, promis.

Elle a osé le tutoiement, à son tour. Il ne semble pas s'en formaliser. Son sourire fait plaisir à voir.

— Va nous chercher des bières, ordonne-t-il à Guillaume. Il doit en rester dans le frigo.

— Tu navigues toujours ? lui demande-t-elle.

Elle regrette aussitôt sa question. Le bonhomme a cessé de sourire.

— Non. C'est fini.

Heureusement, Guillaume apporte les bières.

Adeline regarde le vieux boire et se mettre de la mousse plein la barbe. Elle observe ses yeux presque éteints et qui sont les derniers à avoir vu Julien vivant.

Elle sourit.

— C'est mon nouvel amoureux, annonce-t-elle.

Le vieux hoche gravement la tête.

— Félicitations, prononce-t-il.

— Merci, répond Guillaume en levant son verre. Ça n'a pas été simple, vous savez.

Adeline sait ce qu'il veut raconter. Depuis qu'elle est rentrée du cimetière et, sans un mot, l'a longuement embrassé sur la bouche, il s'est considérablement détendu. Sa foi dans l'espèce humaine a pris une telle ampleur qu'il en aurait presque l'amitié facile et la confidence spontanée.

Son nouvel amoureux, a-t-elle dit. Ce sont les mots justes. Son amoureux nouveau, comme le vin nouveau, la saison nouvelle. Éternel recommencement de l'ivresse. Privilège inouï de revivre les premiers temps du grand amour, de reprendre un vol pour le septième ciel mais en classe affaires, cette fois, à visage découvert, avec toutes les options. Cela dit, le grand amour offre toujours à peu près le même standing, qu'il concerne des collégiens ou des vieillards cacochymes. Ce sont les mêmes mines, les mêmes blagues qui ne font rire que vous, les mêmes sourires agaçants pour les autres. Ce sont des moments hors du monde, sous les draps, dans les rues, ce sont des rêves, des projets, des envies de tour du monde, des croissants de lune, des croissants au lit, des films regardés nus sous la couette, de grands verres de vin rutilants…

Mais tout cela, Guillaume renonce finalement à le raconter au vieil homme qui continue de le considérer avec gravité, avant de murmurer :

— Fais attention à elle.

Guillaume hoche la tête.

Le marin, dont la main gantée de veines énormes serre la bouteille de bière comme s'il craignait, peut-être à juste titre, qu'elle lui échappe, risque une question :

— Vous comptez vous établir ici ?

Adeline se demande si elle doit soupçonner quelque sous-entendu. Elle a réalisé très récemment, quand lui est revenu le souvenir de la marchande d'huîtres au marché, qu'elle avait probablement choqué certains autochtones en restant à Morlaix après l'accident de Julien. Ceux qui savaient. Elle laisse passer un bref accès de paranoïa rétrospective. Depuis l'affaire Fargier, elle entrevoit mieux la vilenie du monde. Et si le vieux voulait l'avertir discrètement qu'un retour définitif en Bretagne risquait de constituer un défi, voire une offense ?

— Non, répond-elle. Nous sommes de passage. J'avais envie… de te revoir. De passer encore un peu de temps ici.

— Avant de retourner à Paris ?

— Non, répète-t-elle. Paris, c'est fini.

Là-dessus, Guillaume et elle sont d'accord. Pas d'hésitation ni de regret. Une décision étonnamment simple à prendre. Même Lola n'a pas protesté. Fuyez, leur a-t-elle enjoint. Dénichez-vous un paradis correct avec une belle chambre pour moi, où je viendrai passer ma retraite.

Elle ne plaisantait qu'à moitié.

Adeline se sentait juste un peu coupable, vis-à-vis de Romain. Mais Guillaume lui a patiemment répété que l'on n'est pas comptable de ses pouvoirs perdus. Et à propos de comptable, a-t-il ajouté, c'est peut-être Romain qui est puni pour avoir voulu monétiser la magie.

Au terme de longs brainstormings, les consultants sont allés au plus simple : on s'est contenté de modifier les flyers. On ne garantissait plus un sommeil immédiat. Juste un cadre propice au repos. Un environnement sécure. « Dormez en toute confiance, dormez les yeux fermés. »

Les siesteries, du reste, étaient devenues à la mode dans la capitale. Certaines proposaient des formules mixtes repos-ronron thérapie. On dormait avec un chat sur le ventre. Ou en se laissant bercer par des musiques apaisantes, exotiques. Ou en inhalant des huiles essentielles. Il n'était que de combiner les idées, de trouver une formule innovante. La réputation d'Adeline jouait en faveur des lieux, même si la patronne était partie. Il y avait peut-être moyen de bâtir un narratif, une légende. On bossait dessus.

Marion s'était montrée philosophe. Ce nouvel échec confirmait l'inaptitude absolue de son fils à l'entrepreneuriat. Il fera toujours tout foirer, avait-elle résumé. Elle ne leur en avait pas voulu. Son inaptitude à elle, apparemment, c'était à la rancune.

Fichez le camp, leur avait-elle intimé, mais envoyez des cartes postales. On ne laisse plus passer vingt ans. On ne laisse plus rien passer.

Un ultime événement avait contribué à dissiper la mauvaise conscience d'Adeline : au terme d'une séance de somnolence délassante, assortie d'une manucure, un client avait pris langue avec Romain, lequel lui avait résumé l'interminable série d'avanies dont il avait été le jouet depuis ses débuts. Le client, ex-trader reconverti dans le pilotage de think tanks, cherchait un spécialiste de l'échec. Selon lui, la victoire ne pouvait s'envisager sans une connaissance précise, structurée, de la défaite. Les plus hautes constructions subissaient sans cesse l'assaut invisible de la gravitation. Mépriser le vide, c'était la chute assurée. Il convoquait pour sa démonstration la roche tarpéienne, la tour de Babel et le World Trade Center. Romain avait du mal à suivre, mais le type l'avait convaincu de mettre à profit son expertise. Ils envisageaient une tournée de conférences sur l'échec, qui pourrait se décliner par la suite en capsules numériques et colloques virtuels.

L'enthousiasme de Romain pour ce nouveau projet avait finalement dissipé les remords d'Adeline. Guillaume et lui étaient partis le cœur léger.

Il faut être prudent, avec les grands mots, mais tout de même, les concernant, on oserait presque parler de bonheur. Ils passent des heures devant la bow-window et d'autres heures ailleurs, par les champs, par les grèves, dans les cafés-librairies.

Sirotant sa bière, le vieux leur raconte les menus événements du coin. Les nouvelles d'ici ne sont pas neuves, mais Adeline remarque qu'elles semblent passionner Guillaume. Il découvre les évidences locales, les marées, la géographie. Il fait des efforts pour comprendre d'obscures animosités territoriales, la différence entre le Léon et le Trégor, la campagne et la mer, la ville et la campagne.

— Les algues vertes, les pesticides, les nitrates ! s'exclame-t-il au bout d'un moment. Quelles saloperies !

Le vieux approuve et sourit. Adeline aussi.

— J'ai tendance à m'énerver, rappelle Guillaume.

Même les pieds dans l'eau, un cow-boy reste un cow-boy.

66

Un dimanche, vers dix heures, la mer est haute.

Guillaume dort encore, dans l'ancien grenier du second, devenu chambre, et Adeline s'est postée devant les grandes baies transparentes. C'est le printemps, la mer minaude, offre ses étincellements ensorcelés, pas peu fière d'avoir enfanté le monde.

Adeline croit d'abord à un petit mirage.

La voile apparaît, d'abord confuse et tremblante au milieu des reflets, mal distincte de l'horizon.

Puis elle se rapproche, lentement. Adeline s'est crispée. Elle tend le cou vers les lointains, s'aiguise les yeux.

Elle s'y connaît un peu en illusions, en faux espoirs. Les chimères sont légion. Les sirènes. Les rêves. La mer aime les prodiguer.

Mais non, c'est bien une voile. Et dessus, qui se trémousse au vent léger, c'est bien une salamandre. *La* salamandre.

Le bateau de Julien.

Elle a dû pousser un cri parce que Guillaume descend pesamment les escaliers de bois et la rejoint. Elle lui montre du doigt. Il comprend. Elle lui a déjà maintes fois raconté l'histoire.

— Il est à qui, maintenant, ce bateau ?

La question est stupéfiante. Encore une qu'elle ne s'est jamais posée. Encore une évidence qui lui a échappé.

— Aucune idée.

Il va chercher les jumelles, revient et les braque sur l'embarcation.

— Viens.

Ils descendent sur le quai, marchent jusqu'au bout de la cale. Le navire est très près, maintenant. Elle n'a pas besoin des jumelles pour reconnaître le marin qui, après avoir jeté l'ancre, rame vers eux dans la petite annexe.

— Salut, Youn, lance Guillaume.

Elle, elle ne dit rien.

Le jeune homme répond d'un hochement de tête puis met du temps à attacher l'annexe à l'anneau. Enfin, il se tient devant eux, comme l'autre fois, au cimetière, dans la même tenue.

— Tu bois quelque chose ?

Cette fois, c'est elle qui a parlé. Youn hoche à nouveau la tête, mais semble prendre conscience qu'il ne pourra pas se contenter indéfiniment d'une communication aussi rudimentaire, alors il dit oui, d'une voix enrouée.

Il met du temps à se détendre, assis à la table du salon, devant le grand café au lait qu'Adeline lui a servi. Elle s'est souvenue que Noémie adorait le café au lait. Guillaume regarde sa montre.

— Je file au marché de Saint-Martin. J'ai peur qu'il ne reste plus rien. Tu restes déjeuner avec nous ?

Youn bredouille quelque chose que Guillaume fait mine d'avoir compris. Il sort. Ils sont seuls.

— Je voulais présenter mes excuses, lâche Youn, comme s'il n'attendait que le départ de Guillaume pour cracher cette phrase brûlante.

Adeline boit une gorgée de café.

— Si quelqu'un doit s'excuser, commence-t-elle…

Mais il l'interrompt.

— Non, j'ai pas été cool.

Il n'épilogue pas. Elle n'ajoute rien.

— C'est elle qui l'a donné à ma mère, poursuit-il.

— Elle ?

— Mme Lahougue. Le bateau. Elle ne voulait pas le garder. Elle savait que ma mère avait fait de la voile dans sa jeunesse.

Adeline l'ignorait.

— Mais pendant des années, continue Youn, il n'a pas servi. Il était au port de Roscoff. On l'a juste fait repeindre et caréner. Le temps que je grandisse et que je me forme.

Ce « on » bouleverse Adeline. La mère et l'enfant, couple bancal. Pendant des années.

— Et maintenant tu es grand. Et la mer est devenue ton métier, à ce que m'a dit la directrice de l'école.

— Oui, je m'occupe des machines, sur les ferries. Ça me plaît.

Adeline sourit et le regarde longuement. Il la laisse le regarder, ouvre grand les yeux sur elle. Il la laisse aussi sourire. Lui, il ne peut pas encore, mais ça viendra peut-être. Ça viendra sûrement.

Elle retrouve dans ce visage durci, dans ce front têtu, la bouille butée du petit gosse qui flanquait des roustes aux autres. Qui se vengeait de la vie. Un garçon difficile, comme la vie.

— Ça te dirait de faire un tour en mer ? propose-t-il soudain.

Elle hésite une seconde. Une seule.

— Je me change, dit-elle.

Elle redescend très vite. Il est fini, le temps des hésitations, avant de prendre le large. Un vieux ciré, une paire de bottes. Une vraie Parisienne en goguette. Youn sourit enfin.

Mais juste avant de monter dans l'annexe, elle s'immobilise.

— Attends-moi. Je reviens.

Alors il attend. Il a l'habitude. Il n'est pas pressé. Debout sur la cale, il attrape un paquet de clopes dans la grande poche de son blouson et s'en allume une. Il regarde le bateau, les détails qu'il est seul à connaître. Sa mère n'a jamais voulu monter dessus. C'est comme ça.

Quand il se retourne, Adeline revient. Elle n'est pas seule. Un petit vieux l'accompagne en traînant la patte, coiffé d'une casquette informe.

Youn lui serre la main.

— Tu aurais une clope pour moi ? demande le vieux.

Youn lui en allume une. Le petit vieux la fume lentement, les yeux plissés, rivés sur le bateau. Il ne dit rien. Youn non plus.

Adeline non plus.

Un peu plus tard, le vent se lève.

Sur la voile bombée, la salamandre s'éloigne lentement vers le soleil.

Achevé d'imprimer en décembre 2024
en France par Normandie Roto Impression s.a.s.
N° d'impression : 2405707
Dépôt légal : janvier 2025

Cet ouvrage a été imprimé sur du papier bouffant Enso Classic 65 g